자비

묘보설림
猫步說林
——002

자비

慈
悲

루네이 路內

김택규 옮김

글항아리

| 일러두기 |

1. 이 책의 저본은 路內, 『慈悲』(人民文學出版社, 2016)다.
2. 본문 각주는 모두 옮긴이 주다.

차례

자비 • 006

01

페놀 공장은 강변에 있었다. 지난 수십 년간 그곳의 이름은 '전진前進화학공장'이었고 주로 페놀과 아교를 생산했다. 페놀은 향기로운 물질인데 겨울이면 온 시내 사람들이 그 향기에 머리가 지끈지끈했다. 또 아교는 원료가 돼지뼈와 소뼈인데 여름이면 썩은 시체 냄새가 동남풍에 실려 강 쪽으로 날아갔다.

쉬성永生이 스무 살에 막 페놀 공장에 들어갔을 때 사부는 그에게 발로 밸브를 차서 여닫으면 안 된다고 했다. 쉬성은 바닥에 놓인 시커먼 밸브를 보았다. 발로 차면 허리를 굽힐 필요가 없었다. 하지만 사부는 말했다.

"감옥에 들어갈 거야."

이때 마침 건성根生이 다가와 발로 툭 차서 밸브를 올리고는 휘파람을 불며 가버렸다. 사부가 말했다.

"저런 짓은 별게 아닌 것 같아도 사실 '생산파괴죄'야. 내가 건성을 봐서 발설하지 않아서 그렇지 발설하면 건성은 바로 감옥에 갈 거야."

쉬성은 공업학교를 나와 이 페놀 공장에 배치되었다. 그런데 이 공장의 나이 든 직공들은 퇴직 후 이삼 년이면 간암에 걸려 바로 죽어버렸다. 왜 공장에 다닐 때는 괜찮다가 꼭 퇴직 후 암에 걸리는 것일까? 이에 대해 사부는 이렇게 말했다.

"페놀에는 독이 있지만 매일 페놀과 함께하면 몸이 적응해서 괜찮아. 그러다가 퇴직을 하면 페놀이 없어져서 암이 생기는 거야."

건성이 옆에서 비꼬듯이 말했다.

"사부, 아예 퇴직하지 말지 그래요. 암 같은 거 안 생기게 말이에요."

"안 돼. 나는 반평생을 일했어. 하루도 빠짐없이 밤낮으로 일했지. 퇴직을 안 하면 아마 지쳐 죽을 거야."

사부는 유독물 취급 현장에서 일했기 때문에 육십 세에 퇴직하는 일반 남자 직공보다 오 년 일찍 퇴직할 수 있었다. 그해, 사부는 마흔여덟 살이었으므로 퇴직까지는 아직 칠 년이 남은 셈이었다.

"나는 잘못하면 십 년도 더 못 살 거야."

쉬성은 공장에 와서 그를 스승으로 모셨다. 공업학교 졸업자는 간부로 취급되지만 사부는 무학력의 직공이었다. 그래서 사부는 쉬성에게 말했다.

"나는 너 같은 간부 제자는 못 데리고 있어."

이에 쉬성은 말했다.

"사부, 저를 받아주세요. 저는 간부라고는 하지만 사실 평생 직공 일을 할 거예요."

말을 마치고서 그는 사부에게 담배 한 갑을 건넸다. 사부는 그에게 물었다.

"너희 집은 뭐하는 집이냐? 아버지, 어머니는?"

"재해로 굶어 죽으셨어요. 시골에 먹을 것이 없어서요."

"안됐구나. 우리 아버지도 굶어 죽으셨지. 일본 놈들이 있을 때였어. 이제 내 밑으로 들어와라. 너를 절반은 아들로 대할 테니 너도 나를 잘 섬겨야 한다. 옛날에는 스승을 모시려면 절을 해야 했는데 이제는 안 되지. 자, 네 작업화를 수령하러 같이 가주마. 보통 견습공은 한 켤레밖에 안 주지만 내가 두 켤레 받게 해줄게. 한 켤레는 출근할 때 신고 한 켤레는 퇴근할 때 신어. 가죽 작업화를 신고 거리를 걸으면 누가 봐도 노동자 계급인 게 확실하니 아무도 감히 너를 우습게 못 볼 게다. 앞으로는 맨발로 천 신발을 신고 다니면 안 돼."

"감사합니다, 사부님."

"나 말고 당黨에 감사해야지."

페놀 제조는 간단치 않았다. 사부가 하면 일등품 완성률이 70퍼센트인데 사형인 건성이 하면 50퍼센트였다. 야근을 하면 그 차이는 더 커졌다. 이에 대해 사부는 말했다.

"온도 조절이 다야. 야근을 하면 조느라 온도 조절을 잘 못해서 완성률이 낮아지지."

쉬성은 사부 밑에서 일 년간 일하면서 일등품 완성률을 70퍼센트까지 올렸고 지각도 조퇴도 한 적이 없었으며 야근할 때 졸지도 않았다. 물론 발로 밸브를 닫은 적도 없었다. 작업장도 점차 익숙해져서 밸브 하나, 스위치 하나까지 눈을 감고도 더듬어 찾을 수 있어 사부가 무척 흐뭇해했다.

일 년 중 한여름에는 일하기가 힘들어서 작업장은 기계를 멈추고 정기 점검을 했다. 쉬성은 그 일을 배운 적이 있었고 성능 시험도 사부보다 더 잘했다. 정기 점검이 끝나고 가을에 다시 조업에 들어갈 때도 그가 시운전을 맡았다. 사부는 지금이 무척 중요한 때라면서 은밀히 말해주었다.

"전에 시운전을 할 때 나는 천지신명에게 빌곤 했지. 때로는 희한하게 가마 가득 불량품이 나오기도 했거든. 꼭 귀신이 장난친 것처럼 말이야."

쉬성은 말했다.

"사부님, 그건 좀 미신 같아요. 어쨌든 성능 시험을 잘 못해서 그런 거예요."

"마오쩌둥 주석한테 맹세하는데 난 절대 그런 적이 없다."

얼마 후 쉬성이 시운전을 성공적으로 마치자 사부는 탄복하며 말했다.

"더 가르칠 게 없다. 근무 시간대를 바꾸고 독립해서 일해라."

그러고서 한마디를 덧붙였다.

"멋지게 기치를 올리렴."

그때부터 사부를 보기가 어려워졌다. 사부는 오전, 오후, 야간 근무 중 두 차례만 나왔다. 하루는 쉬성이 출근했는데 사부가 마침 퇴근하다가 그가 또 맨발로 천 신발을 신은 것을 보고 물었다.

"쉬성아, 네 신발이 왜 그러냐?"

"매일 삼십 분씩 걸어서 공장에 오는데 작업화가 너무 무거워서 발에 온통 물집이 잡혔어요. 천 신발은 가볍잖아요."

"자전거를 사."

"한 대 중고로 봐둔 게 있기는 해요. 75위안을 달라는데 돈이 없어 못 사고 있어요."

사부는 쉬성을 데리고 작업장 사무실로 갔다. 마침 건성과 한 무리의 직공들이 책상을 둘러싸고 계모임을 하고 있었다. 쉬성이 어떤 계모임이냐고 묻자 사부가 알려주었다.

"직공들이 매달 5위안씩 내서 곗돈을 모으지. 그러고서 제비를 뽑아 먼저 당첨된 사람이 첫 달 계를 타는 거야. 두 번째로 당첨된 사람은 둘째 달 계를 타고. 맨 마지막에 당첨된 사람은 어쩔 수 없이 마지막 달 계를 타야겠지."

계를 타면 그 돈으로 자전거 같은 큰 물건을 살 수 있었다. 그날 작업장 사무실에는 모두 열두 명의 직공이 있었다. 다들 자기 이름 밑에 사인하고 작업장 주임 리톄뉴李鐵牛가 증인을 섰다. 리톄뉴가 보고서 용지 한 장을 열두 쪼가리로 찢어 숫자를 적은 뒤 잘 접어서 양철통에 집어넣었다. 사람들은 곧 양철통 속에 손을 넣어 종이 쪼가리를 골랐다. 건성이 고함을 질렀다.

"하하, 내가 첫 번째야. 일등이라고."

쉬성이 종이를 펴보았더니 '12'라고 적혀 있었다. 그것을 보고 사부가 말했다.

"건성아, 쉬성과 한 번 바꿔줘라."

건성이 말했다.

"사부님, 계는 운이라고요. 안 돼요. 바꿔주면 재수가 없을 거예요."

쉬성은 사부를 따라 밖으로 나갔다.

"사부님, 저는 일 년 기다리면 돼요. 그때가 되면 60위안이 생기잖아요."

"너는 어째서 그렇게 운이 없냐?"

"저도 몰라요."

"일하러 가거라. 나는 조금 있다 리테뉴를 보고 갈 거야."

사부는 작업장 주임 사무실에 앉아 있었다. 그 말고는 리테뉴 한 사람밖에 없었다.

"쉬성에게 보조금이 필요해."

이때 리테뉴는 보고서를 쓰고 있었다. 제2생산조의 덩쓰셴鄧思賢이 잡혀갔기 때문이었다. 리테뉴가 입을 열었다.

"덩쓰셴은 지난주에 한 가마나나 폐기물을 만들었지. 규정에 따르면 10퍼센트를 봉급에서 제해야 돼. 그런데 또 지난주에 발로 밸브를 닫는 걸 쑤샤오둥宿小東한테 들켰단 말이야. 덩쓰셴은 아버지가 수용소에서 노동개조를 받고 있는데 이제 자기도 콩밥을 먹게 생겼어."

사부가 물었다.

"얼마나 살고 와야 한대?"

"공장에서는 일 년형을 줄 거라더군."

"일 년이면 많은 편은 아니군."

"많으면 안 되지. 덩쓰셴은 전문대 출신이잖아. 감옥에서 나와도 계속 일을 해야 한다고. 만약 자네 쪽 멍孟건성 같았으면 최소한 오 년형은 받았을 거야. 지난번에 또 누구한테 멍건성이 발로 밸브를 닫는다는 소리를 들었어."

"그래도 건성은 폐기물을 만들지는 않잖아."

사부는 리테뉴가 보고서를 다 쓸 때까지 계속 기다렸다. 벽에 걸린 시계가 오후 네 시를 가리키고 있었다. 곧 퇴근을 해야 했다. 리테뮤가 이상하다는 듯이 물었다.

"자네 두 시에 근무 마쳤잖아. 그런데 아직 여기서 뭐하고 있는 거야?"

사부가 말했다.

"방금 말했잖아. 쉬성에게 보조금을 얻어주러 왔어."

리테뮤가 말했다.

"계모임에서 마지막 제비를 뽑아놓고 공장에 보조금을 요구하다니, 투기꾼이로군."

사부는 일어나서 사무실 문을 닫았다. 이때 낮 근무를 한 직공들이 떼를 지어 밖으로 나가면서 퇴근을 알리는 벨 소리가 윙윙 울려 퍼졌다. 사부는 말했다.

"테뮤, 나와 자네는 같은 사부님 밑에서 배웠지만 지금 자네는 작업장 주임이고 나는 여전히 일반 직공이지. 그래서 내 말은 힘이 없고 자네 말은 힘이 있지 않나. 지금 자네한테 하는 말인데 왕싱메이汪興妹는 매달 5위안씩 보조금을 받지. 거기에 무슨 특별 보조금이니 건강 보조금이니 하는 건 또 별도고. 작년에는 지갑을 분실했다고 보조금을 주기도 했지. 왕싱메이는 자네 마누라도 아니지 않나. 자네가 그 여자한테 그렇게 보조금을 많이 주는 걸 자네 마누라도 아나?"

리테뮤는 혼비백산해서 찻잔을 들고 문가로 가 엉덩이로 문을 받친 채 사부에게 말했다.

"함부로 말하지 마. 나도 잡혀갈지 모른다고. 요즘 여기저기서 사람들이 잡혀가고 있어."

"그러니까 보조금을 줄 거야, 안 줄 거야?"

"페놀 작업장에서 보조금 지급 대상은 달랑 세 명이야. 왕싱메이랑 鬃샤오둥 그리고 노총각. 자, 말해봐. 누구를 자르면 좋겠어?"

사부는 말했다.

"鬃샤오둥은 제일 음험하고 왕싱메이는 제일 예쁘고 노총각은 제일 가난하지. 누구를 잘라야 좋을지는 알아서 정하라고."

리톄뉴는 어쩔 수 없이 고개를 흔들며 말했다.

"사회주의 신중국이 아니었으면 이 사람들은 전부 굶어 죽었을 거야."

며칠 뒤, 노동조합은 천陳쉬성에게 일 년간 매달 5위안의 보조금을 준다고 발표했다. 그렇다면 모두 60위안이어서 쉬성이 받을 곗돈 액수와 딱 맞아떨어졌다. 하지만 鬃샤오둥은 이제 보조금을 못 받게 됐다. 그가 쉬성을 구석으로 끌고 가서 말했다.

"우리 집은 아내가 장기 병가를 내고 있어서 돈이 없어. 아내는 관절염이라 걷지도 못해."

이때 건성이 때맞춰 다가와 鬃샤오둥의 엉덩이를 툭 찼다.

"일이나 하러 가시지."

쑤샤오둥은 계속 말했다.

"우리 집은 가난하다고……."

건성은 또 그의 엉덩이를 찼다.

"능력이 있으면 리톄뉴를 찾아가. 다 리톄뉴 마음이잖아."

"내가 그런 능력이 어디 있어. 나는 아내가 관절염인데……."

쑤샤오둥은 투덜거리며 가버렸다.

건성은 쉬성에게 쑤샤오둥이 멍청이 같아 보이긴 하지만 사실 가장 나쁜 놈이라고 말했다. 툭하면 고자질을 해서 이번에 덩쓰셴도 그가 공장에 고해바치는 바람에 투옥됐다는 것이다.

"공장에는 저런 인간이 많아. 그놈들은 꼭 귀신같아서 네가 두려워하면 할수록 더 네게 달라붙을 거야."

02

쉬성이 열두 살이던 그해, 마을에 먹을 것이 떨어졌다. 쉬성의 아버지는 밭에서 마지막 야생 당근 한 뿌리를 찾아내 식구들과 나눠 먹고서 말했다.

"여기 더 있다가는 온 가족이 굶어 죽을 거야."

어머니는 쉬성의 손을 잡았고 아버지는 쉬성의 남동생을 업었다. 그 아이의 이름은 윈성雲生이었으며 겨우 일곱 살이었다. 그들은 마을을 탈출해 시내의 삼촌 집에 갈 셈이었다. 쉬성은 앞에서 어떤 사람이 느릿느릿 밭두둑 위를 걷다가 갑자기 옆으로 픽 쓰러지는 것을 보았다. 그 사람은 온몸이 퉁퉁 부어 있었다. 질겁한 쉬성에게 아버지가 말했다.

"쉬성아, 계속 가, 그 사람 보지 말고!"

네 사람은 읍내에 도착했지만 읍내는 텅 비어 있었고 먹을 것도 전혀 없었다. 어머니가 말했다.

"어디로 가죠?"

아버지가 답했다.

"북쪽으로 사십 리를 가면 터빈 공장에서 배를 타고 강을 건널 수 있어. 동쪽으로 이십 리를 가면 나무배를 타고 곧장 시내에 닿을 수 있고."

"난 동쪽으로 가야겠네요."

"동쪽이 가깝기는 하지만 나무배여서 안전하지 않아. 터빈 공장의 기선은 안전하고. 하지만 사십 리 길을 가다보면 길에서 굶어 죽지 않는다고는 장담 못하지."

"당신이 결정하세요."

어머니의 요구에 아버지는 답했다.

"당신은 북쪽으로 가. 나는 동쪽으로 갈 테니."

어머니는 그렇게는 못 하겠다고 버텼다. 죽어도 같이 죽겠다는 것이었다. 아버지가 말했다.

"같이 죽은 사람들은 이미 실컷 봤잖아. 그게 좋아 보였어?"

헤어지기 전, 쉬성의 아버지는 쪼그려 앉아 쉬성에게 이 빠진 밥그릇을 주며 말했다.

"시내에 가서 네 삼촌을 찾아가. 만약 못 찾으면 구걸을 해야 해. 구걸을 하려면 밥그릇이 있어야 하고. 먹을 것은 줄 게 없으니 이 밥그릇이라도 주마."

아버지는 말을 마치고서 동생을 업고 떠났다. 그가 조금 걷다가 뒤를 돌아보니 쉬성과 엄마가 여전히 교차로에 서 있었다. 아버지는 그들을 향해 손을 흔들었다. 빨리 가라는 뜻이었다. 이때 굶주려 미친 사람이 옆으로 지나갔다. 그는 입에 삼십 센티미터 길이의 뼈를 물고 있었는데 고기 한 점 안 붙은 그 뼈는 꼭 껍질 벗긴 마른 나뭇가지처럼 희끄무레했다. 미친 사람이 쉬성 옆에 서서 아버지에게 손을 흔들었다. 이를 보고 쉬성이 놀란 표정을 짓자 아버지가 멀리서 소리를 질렀다.

"그 사람 보지 마! 그냥 가!"

어머니는 쉬성을 끌고 천천히 걸었다. 하룻낮과 하룻밤을 걸었다. 그다음에는 쉬성이 어머니를 끌고 또 하룻낮과 하룻밤을 걸었다. 강변에 도착하니 터빈 공장의 부두에는 이재민이 가득했다. 기선이 오자 사람들은 묵묵히 다가가 줄을 섰다. 마치 적막한 그 어떤 곳으로 떠나려는 듯했다. 몇 사람은 부두에 누워 꼼짝도 하지 않았다. 그들은 그냥 그곳에 남겨졌다. 배가 닻을 올리고 부웅부웅 기적 소리를 울리며 출발해 강 건너편 공장으로 향했다. 수면에서 엷은 물안개가 일어나 강 건너편은 마치 존재하지 않는 듯했다.

병원에서 일하는 삼촌은 모자를 구내식당으로 데려가 밥을 먹였다. 쉬성은 배불리 먹고 나서 아버지와 동생이 생각났다. 이틀 밤낮을 더 기다렸는데도 두 사람은 나타나지 않았다. 쉬성은 서로 헤어진 지 얼마나 됐는지도 기억이 안 났다. 기아의 시간은 뒤죽박죽이다.

삼촌이 말했다.

"형은 못 올 거야."

어머니는 시내 동쪽 부두로 가서 이 빠진 밥그릇을 들고 아버지와 동생을 기다렸다. 밥그릇에는 밥이 조금 담겨 있었다. 어머니가 말했다.

"둘이 강을 건너오면 뱃가죽이 등가죽에 붙을 만큼 배가 고플 거예요."

삼촌은 "형수, 그러지 마세요"라고 하면서 알루미늄 도시락을 내주었다. 어머니는 쉬성을 데리고 가서 도시락을 안은 채 부둣가에 앉아 있었다. 창장長江강은 넓고도 넓어서 건너편이 한눈에 들어오지 않았다. 강물이 역류하며 꿈틀거리는데 기선은 그림자도 보이지 않았다.

"배가 없구나. 한 사람도 안 보여."

어머니가 잠시 생각하다가 다시 말했다.

"네 아빠는 배가 없다는 걸 알고 틀림없이 북쪽 터빈 공장 부두로 가서 여기로 오려고 했을 거야. 우리는 이틀 밤낮을 걸었지만 둘은 나흘 밤낮은 걸었겠지. 하지만 그랬어도 벌써 왔어야 하는데."

어느 날 아침, 잠에서 깬 쉬성에게 숙모가 말했다.

"네 엄마가 도시락을 들고 네 아빠를 찾으러 갔다. 온 길을 되밟아 간다고 했어."

눈을 비비는 쉬성에게 숙모는 또 말했다.

"네 엄마가 너를 잘 데리고 있어달라고 했어. 그러니까 집에서 얌전히 기다리고 있으렴. 또 부두에 나갈 생각일랑은 말고."

그러나 쉬성의 어머니는 다시는 돌아오지 않았다. 몇 년 뒤, 쉬성과 삼촌이 고향 마을에 돌아갔을 때 집은 이미 무너져 있고 안에는 아무것도 없었다. 누군가 그들에게 말했다.

"네 엄마가 하염없이 걷다가 배가 고파 기절해 강물 속에 곤두박질치는 걸 봤단다. 구해줄 기력이 없어 네 엄마는 물에 빠져 죽었어."

쉬성은 울음을 터뜨렸다. 그때 다른 사람이 또 말했다.

"하지만 네 아빠와 동생을 본 사람은 없어. 그때 강변에 갔던 사람들은 전부 사라졌지."

쉬성과 삼촌은 기선을 타고 시내로 돌아가다가 어떤 검은 그림자들이 물속에서 빠르게 헤엄치는 것을 보았다. 그것들은 마치 미련 많은 유령처럼 너울대며 배를 쫓아왔다. 누가 옆에서 말했다.

"상괭이*야. 옛날에는 많았는데 재해가 났을 때 다 사라졌다가 요즘 다시 나타났지."

쉬성은 삼촌과 함께 시내에서 살았다. 삼촌에게는 아이가 없어서 쉬성이 아들이 되었다. 삼촌은 말했다.

"쉬성아, 내가 죽으면 네가 내 장례를 치러줘야 한다."

쉬성은 열여섯 살에 공업학교에 합격했다. 숙모는 말했다.

"쉬성아, 원래 네가 열여덟 살이 되면 군대에 보내려고 했는데 네 삼촌이 그러지 뭐니. 네 할아버지가 군대에서 죽었는데 군대는 무슨 군대냐고. 군대에 가는 게 얼마나 영광스러운 일인지도 모르니 네 삼촌은 참 시대에 뒤떨어졌어. 너무 아쉬워 말고 공업학교에 가거라. 직공이 되면 굶어 죽을 일은 없을 거야."

쉬성은 말했다.

"저는 공업학교에 가는 게 좋아요. 거기를 졸업하면 간부잖아요."

삼촌은 줄곧 쉬성에게 이런 말을 했다.

"쉬성아, 밥을 먹을 때는 삼 할은 허기를 남기고 옷을 입을 때도 삼 할은 추위를 남겨라. 그 허기와 추위가 밑천이 돼서 앞으로 너는 허기져도 아주 허기지지는 않고 추워도 아주 춥지는 않을 게다."

쉬성은 훗날 공장에 들어갔을 때 나이 든 직공은 공장에서는 건강한데 퇴직하면 바로 암에 걸린다는 소리를 사부에게서 들었

---

* 돌고랫과에 속하는 포유동물. 몸길이는 1.5미터 정도이며 얕은 바다와 하구에서 새우나 꼴뚜기를 먹고 산다.

다. 그는 속으로 공장의 그 독도 밑천이라고 생각했다.

페놀 공장은 강변에 있었기 때문에 쉬성은 강을 따라 한참 걸어서 출근했다. 어떨 때는 아침이었다. 겨울 아침에 안개가 자욱한데 어둠 속에서 공기가 응결되어 안개가 영 안 걷히고 강물도 보이지 않았다. 또 어떨 때는 밤이었다. 여름밤에 폭우가 쏟아져 길이 분명치 않고 멀리 수면 위로 번개가 쳐서 온 강이 눈밭처럼 밝았다. 쉬성은 강변을 걷다가 아버지, 어머니가 생각났다. 아빠 어깨 위에 엎드려 자던 동생도 생각났다. 바로 앞에서 쓰러졌던 온몸이 퉁퉁 부은 사람과 희디흰 뼈를 물고 있던 미치광이까지 모든 것이 눈앞에 생생했다. 그럴 때면 그는 멍하니 길가에 서 있곤 했다. 귓가에 아버지의 말이 울렸다.

"쉬성아, 계속 가, 그 사람 보지 말고!"

03

건성의 집은 시내에서 떨어진 쉬탕須塘 읍에 있었다. 그는 휴일마다 집에 다녀왔지만 평상시에는 공장 기숙사에 살았다. 페놀 작업장이 기숙사 동남쪽에 있어서 여름에 동남풍이 불면 페놀 냄새를 강 언덕으로 날려 보냈다. 그러나 겨울에 서북풍이 불면 모두 창문을 꼭꼭 닫아야 했다. 기숙사가 너무 낡아 페놀 냄새가 창문 틈으로 파고들기는 했지만.

"나도 언젠가 간암에 걸리겠지만 계급투쟁을 위해서라면, 공산주의를 위해서라면 간암쯤은 두렵지 않아요."

회의 시간에 이런 괴상한 소리를 하는 바람에 건성은 그 후로 리톄뉴로부터 다시는 발언 기회를 얻지 못했다. 리톄뉴가 가장 싫어하는 직공이 바로 멍건성이었다. 작업장 주임에게 미운털이 박힌 사람은 인생이 끝장난 것이나 다름없다고 사부는 말했다.

어느 날 건성은 리테뉴를 찾아가 말했다.

"저도 보조금을 좀 받고 싶어요. 노조에 신청하게 도와주세요."

그때 리테뉴는 이렇게 말했다.

"너는 전에 공장에서 공공연히 소란을 피웠잖아. 보조금은 배 곯는 사람이나 받는 건데 왜 달라는 거야?"

"집에 급히 돈이 필요해서요."

"어느 집이나 돈은 급해. 너, 지난번 계모임에서 일등으로 타 간 돈은 다 어쨌어? 멍건성, 너는 기술은 좋은데 입이 너무 더러워. 발도 함부로 놀리고. 발로 밸브 닫는 거, 다음에 또 한 번만 걸리면 덩쓰셴과 같은 데에 처넣어주겠어."

건성은 말없이 바닥에 가래를 퉤 뱉고 자리를 떴다.

이튿날 사부가 왔을 때 리테뉴는 말했다.

"멍건성 그 건달 녀석은 자기가 뭐라도 되는 줄 아나봐. 내가 몇 마디 싫은 소리를 했다고 바닥에 가래를 뱉고 가지 뭐야. 집 안 얘기를 좀 구체적으로 해보라는데도 아무 말 없고. 딴 사람들 은 나한테 보조금을 달라고 오면 다 개처럼 납작 엎드리는데 말 이야. 멍건성은 노조가 뭐 자기 집이 연 걸로 아는 거야?"

"건성이 정말 집에 무슨 일이 있나봐. 오늘 휴가를 내고 쉬탕 으로 돌아갔어."

"자네는 또 그 녀석 역성을 들어주는군. 자네가 없었으면 녀석은 벌써 오래전에 잘렸을 거야."

두 사람은 쉬성을 불렀다. 리톄뉴는 그에게 일이 끝나면 쉬탕에 가서 건성의 집에 무슨 일이 있는지 보고 오라고 했다. 쉬성은 그러겠다고 했다. 리톄뉴는 한마디 덧붙였다.

"사실대로 보고해야 해. 속이면 안 돼."

쉬성이 자기는 거짓말을 못 한다고 하자 리톄뉴는 한숨을 쉬었다.

"건성한테 속아서도 안 돼."

그날 오후 쉬성은 오전 근무를 마치고 자전거를 타고서 쉬탕 읍에 갔다. 공장에서 나올 때는 볕이 좋았는데 시내를 벗어나자 돌연 비가 오고 길이 질척해졌다. 쉬성은 비를 피해 작은 정자를 찾아 들어갔다. 그곳에는 지식청년知靑* 두 명이 앉아 있었다. 쉬탕 읍은 시내 근교이고 더 가면 농촌이었다. 시내의 일부 지식청년이 그곳에 내려가 생활했다. 거기서 더 멀리 가면 안후이성과 장쑤성 북쪽 지역이었다. 쉬성은 그 청년들보다 두세 살 위였다. 몇 년만 늦게 태어났으면 제때 국영 공장에 못 들어가고 그들처럼 농촌에 배속되었을 것이다. 쉬성이 길을 묻자 지식청년들은 동쪽을 가리키며 조금만 더 가면 쉬탕 읍이라고 말했다. 비가 그

---

* 문화대혁명 기간에 중고교를 졸업한 뒤, "농촌에서 재교육을 받으라"는 마오쩌둥의 지시에 따라 농촌으로 내려가 생산활동에 참여했던 젊은이들을 말한다.

치자 그는 다시 자전거를 타고 길을 재촉했다. 도로가 젖어 자전거 바퀴에 진흙이 쩍쩍 달라붙었다.

건성의 집은 읍 입구에 있었다. 쉬성이 자전거를 세우고 문을 두드리자 안에서 사람 목소리가 들렸다. 잠시 후 건성이 나와 문을 열었다. 쉬성은 왜 왔는지 이야기하며 집 안을 살폈다. 천장이 낮고 가구가 온통 우중충한 색이었으며 벽 한가운데 마오쩌둥의 초상화가 붙어 있었다. 스무 살 남짓한 아가씨가 단정한 차림새로 걸상에 앉아 쉬성 쪽을 살폈다.

"아버지가 중풍에 걸렸어."

건성의 말에 쉬성이 답했다.

"좀 보여줘."

건성은 코웃음을 치더니 안방 문을 열고 전등을 켰다. 노르께한 불빛 아래 한 노인이 요를 깐 대나무 침상 위에 누워 있는 것이 보였다. 지저분한 솜이불을 뒤집어쓴 채 코를 골았다가 눈을 희번덕거렸다가 하는 모습이 조금 무서웠다. 쉬성은 슬쩍 보고서 얼른 방에서 나와 건성에게 말했다.

"알았어. 돌아가서 보고할게. 주임하고 사부님이 보조금을 줄지 의논하고 있거든."

건성은 쉬성을 문밖까지 바래다주었다. 쉬성은 잠시 생각하다가 주머니에서 반 근짜리 식량 배급표를 꺼내 건성에게 건넸다.

"그냥 내 성의야."

건성이 돌아서서 그 아가씨에게 말했다.

"위성玉生아, 너 이 사람 자전거 타고 시내로 돌아가라."

그 아가씨가 일어나서 말했다.

"괜찮아."

쉬성이 말했다.

"방금 비가 와서 걷기가 너무 힘들어요."

이때 건성이 생각났다는 듯이 말했다.

"너, 얘 아직 모르지? 사부님 딸이야. 리黎위성."

쉬성은 그때까지 사부의 집에 가본 적이 없었다. 사부에게 외동딸이 있고 중학교를 마치자마자 터빈 공장에 들어가 일한다는 얘기만 들었다. 또 건성이 열여섯 살에 페놀 공장에 들어와 사부 밑에 들어갔고 사부가 그를 아들처럼 생각해 한동안 자기 집에서 밥을 먹이며 집안일을 시켰다는 얘기도 들었다. 그러다가 나중에 그것이 봉건사회의 풍습이라는 비판을 받아 사부는 제자에게 집안일 시키는 것을 그만두었다.

처음 위성을 보았을 때 쉬성은 그녀가 건성과 잘 어울린다고 생각했다. 시내로 돌아가는 길에 위성은 자전거 뒷자리에 비스듬히 앉아 있었다. 쉬성은 핸들이 꺾일까봐 속도를 못 줄였다. 또 바퀴에 흙탕물이 튀어 그녀에게 묻을까봐 속도를 높이지도 못했다. 위성은 가만히 앉아 한마디도 하지 않았다. 부두에 거의 다 왔을 때 그녀가 말했다.

"세워줘. 오늘은 집에 안 가고 터빈 공장에 갈 거야."

그녀가 강기슭에 서서 배를 기다릴 때 쉬성은 옆에서 자전거 핸들을 잡고 함께 있었다. 날이 어두워지자 기적 소리가 길게 울렸다. 기선이 불빛을 반짝이며 천천히 기슭에 닿았다. 위성은 그제야 입을 열었다.

"고마워, 천쉬성. 아빠가 네 얘기를 한 적이 있어."

그러고서 그녀는 배에 올랐다.

이튿날 쉬성이 공장에 돌아갔을 때, 건성은 역시 출근하지 않았다. 리테뉴는 건성의 보조금 신청서를 노동조합에 제출했다. 노동조합은 처음에는 동의하지 않았다. 건성의 업무 태도가 안 좋다는 것이 그 이유였다. 이때 리테뉴가 말했다.

"업무 태도는 고칠 수 있습니다. 가르치면 돼요. 하지만 집이 찢어지게 가난하고 아버지도 드러누웠는데 보조를 안 해주면 업무 태도가 좋아지려야 좋아질 수가 없지요."

노동조합은 건성에게 10위안의 보조금을 주는 것을 승인했다.

건성의 아버지는 반년 뒤에 죽었다. 그 반년 동안 건성은 연달아 네 번 보조금을 받았다. 공장에서 사상무장대회가 열렸을 때 건성과 쉬성은 나가서 발언했다. 건성은 두 마디에 그쳤지만 쉬성은 스무 마디나 말했다.

"사회주의는 훌륭하고 우리 공장은 내 집과 같습니다. 공산당 만세! 마오 주석 만세!"

서기書記가 말했다.

"전에는 몰랐는데 천쉬성은 언변이 좋군그래. 앞으로 더 단련시켜야겠어."

04

왕싱메이는 서른다섯 살이고 과부였다. 그녀에게는 열 살짜리 아들이 있었지만 시댁에서 키웠다. 왕싱메이는 페놀 공장의 직공 기숙사에 들어가 살았다. 기숙사가 너무 낡아서 들어가려는 여공이 없었기 때문에 그녀는 여자 기숙사 공간을 혼자 다 차지했다.

밤에 리테뉴가 몰래 여자 기숙사에 들어갔다. 시대가 뒤숭숭해서 작업장 주임도 몸조심을 해야만 했다. 그는 살금살금 계단을 올라가 살금살금 남자 직공 방을 몇 개 지나쳐 다시 살금살금 여자 기숙사의 문을 두드렸다. 페놀 공장은 삼교대여서 썰렁해 보이는 밤에도 사방에 보는 눈이 존재했다.

리테뉴는 안에 들어가 문과 창을 닫고 불을 껐다. 그리고 아무 소리 없이 옷도 안 벗고 바지를 반만 내린 채로 왕싱메이에게 침상에 무릎을 꿇고서 그 일을 하게 했다. 몸이 조금 허해서 일 분 만에 끝이 난 리톄뉴는 땀을 뻘뻘 흘리며 연이어 한숨을 쉬었다. 옆에서 왕싱메이가 물었다.

"무슨 고민이라도 있어요?"

리톄뉴가 말했다.

"한 번 올 때마다 십년감수해. 와서는 일 분밖에 못하는데 사실 이럴 필요까지 있을까도 싶어. 하지만 안 오면 또 마음이 끓는 물처럼 두 시간은 족히 안달이 난다니까."

"공장장도 바람을 피웠다던데요. 노조에 있는 바이쿵췌白孔雀하고요."

"그런 얘기는 알아도 떠들고 다니지 마. 그러고서 잘된 사람 못 봤으니까. 공장장도 뭐 혁명 사업에 필요해서 바람을 피웠겠지."

"당신은요? 당신은 뭐에 필요한데요?"

리톄뉴는 헤헤 웃으며 말했다.

"나야 당신이 나를 필요로 해서 맞춰주는 거지. 당신은 남자가 필요하고 보조금도 필요하잖아. 그러고 보니 싱메이, 한번 얘기 좀 해봐. 내가 보조금을 못 따줘도 나를 여기 들여보내줄 거지?"

왕싱메이는 짜증을 냈다.

"일 분밖에 못하는 사람이 그게 할 소리예요? 보조금도 당신이 주는 게 아니잖아요. 노조가, 조직이 나를 보살펴주는 거죠. 당신이 나 대신 신청 안 해줘도 내가 직접 가서 신청할 수도 있고요."

리테뉴는 일어나서 허리띠를 매며 말했다.

"당신이 신청하면 그게 무슨 소용인데? 열 놈이 죽 한 사발 놓고 다투는 격인데 당신 차례가 돌아올 줄 알아? 조직에 부탁하느니 나한테 부탁하는 게 나아."

"당신은 나한테 참 잘해주죠. 당신이 빨리 공장장이 되게 해달라고 하느님하고 부처님한테 빌어야겠어요. 그리고 일 분 만에 끝나는 것 좀 어떻게 해봐요. 적어도 삼 분은 돼야 하지 않아요?"

이때 누가 여자 기숙사 문을 쾅 하고 걷어차고 들어와 손전등으로 리테뉴와 왕싱메이를 비췄다. 그 사람이 전등을 켰을 때 리테뉴는 쑤샤오둥인 것을 알아보았다. 그는 보안과의 직원 두 명과 함께 있었다. 목이 굵고 냉랭한 표정의 여공 두 명도 옆에 있었다. 리테뉴는 다시 땀이 흐르는 것을 느끼며 목청을 높여 말했다.

"뭐하는 짓이야?"

쑤샤오둥이 웃으면서 말했다.

"벌써 끝나셨나 보죠? 리 주임님, 저희랑 잠깐 갔다 오셔야겠는데요."

리톄뉴가 말했다.

"나는 일 얘기를 하러 온 거야."

쑤샤오둥은 손전등으로 주위를 쓱 비추더니 침상 밑에서 이미 사용한 콘돔 하나를 찾고서 깔깔 웃었다.

리톄뉴가 밖으로 끌려 나올 때 마침 건성이 구경을 하러 다가 왔다. 리톄뉴가 그를 향해 소리쳤다.

"가라, 가서 네 사부를 불러와. 다른 사람도 몇 명 더. 오늘 내가 재수가 옴 붙었다."

쑤샤오둥이 말했다.

"공장 문은 다 잠겼어요. 아무도 도망 못 치고 들어올 수도 없어요."

그러고는 또 한마디 덧붙였다.

"오늘 일은 공장장님의 명령입니다. 나 쑤샤오둥이 혼자 꾸민게 아니에요."

리톄뉴는 보안과 안에 갇히고 쑤샤오둥은 그 문 앞을 지켰다. 리톄뉴가 말했다.

"너는 아무것도 본 게 없어. 나와 왕싱메이는 옷을 다 입고 있었고 너는 증거도 전혀 없잖아. 콘돔도 마찬가지야. 네가 자꾸 내 것이라고 우기면 나도 네 것이라고 말하겠어."

쑤샤오둥이 말했다.

"당신이 자백할 리 없다는 것은 알고 있어요. 리 주임. 우리도 당신을 심문하고 싶지 않고. 위층에서 나는 소리나 들어봐요."

리테뉴는 귀를 쫑긋 세웠다. 왕싱메이의 참혹한 비명 소리가 들렸다.

자정 넘어 건성이 담을 넘어서 사부를 찾아갔고 사부는 나이 든 직공 몇 명을 불러 함께 상황을 살피러 갔다. 수위실에서는 감히 막지 못하고 그들을 들여보냈다. 사부는 보안과에 들어가서 다짜고짜 고함을 쳤다.

"꺼져라, 쑤샤오둥!"

쑤샤오둥이 부르르 떨자 리테뉴가 말했다.

"어서 서둘러. 위층에 가서 왕싱메이를 빨리 끌어내."

이때 위층에서 보안과의 두 직원이 내려왔다. 그들은 피 묻은 슬리퍼 밑창을 들고 있었다.

"끌어낼 필요 없다. 그 여자가 몽땅 말했으니. 조직에 부탁하느니 당신에게 부탁하는 게 낫고 또 공장장님이 혁명 사업에 필요해서 뭘 어쨌다고?"

리테뉴가 사부를 보더니 양손을 펼쳐 보였다.

"할 수 없군. 나중에 요와 이불이나 좀 보내줘."

쑤샤오둥이 끼어들어 말했다.

"그런 게 무슨 필요야. 반혁명 현행범으로 잡혔으니 총살이나 기다려."

리톄뉴가 잡혀간 후, 사부는 건성이 들으라고 다음과 같이 당부했다.

"쑤샤오둥이 밀고한 거야. 리톄뉴의 일은 앞으로 입 밖에도 내지 마라. 괜히 그랬다가는 패거리로 몰려 잡혀갈지도 몰라."

건성이 말했다.

"저랑은 관계없는 일이에요."

쉬성도 고개를 끄덕이고 위성을 보았다. 위성은 걸상에 앉아 말없이 콩깍지만 벗기고 있었다.

다시 며칠 뒤, 무장 트럭이 한 무리의 죄수들을 태우고 거리를 돌았다. 리톄뉴도 그 안에 있었다. 트럭이 페놀 공장 앞을 지날 때 공장 사람들은 전부 달려 나가 구경했다. 뒤로 수갑이 채워진 리톄뉴는 머리를 빡빡 밀었고 본래 딱 바라진 몸이 푹신푹신한 솜뭉치처럼 변해 있었다. 그는 사람들 속에서 몸을 웅크린 채 눈을 감고 아무것도 보지 않았다. 트럭은 죄수들을 싣고 달리며 뒷바퀴로 자욱하게 먼지를 피워 올렸다. 리톄뉴는 그 먼지 속에서 자취를 감췄다.

공장은 한 간부를 새 작업장 주임으로 보냈고 쑤샤오둥은 그 밑에서 조장을 하다가 얼마 안 돼 작업장 부주임이 되었다. 새 주임은 보조금 업무에는 관여하고 싶지 않아, 쑤샤오둥에게 모든 것을 맡겼다. 쑤샤오둥이 작업을 감독하러 왔을 때 건성은 말했다.

"앞으로는 너도 왕싱메이랑 할 수 있겠네. 그 여자는 이제 화장실 청소를 하니까 화장실에 가서 하면 되겠군."

쑤샤오둥이 헤헤 웃으며 말했다.

"멍건성, 내가 하는 일 좀 잘 밀어줘."

건성이 물었다.

"쑤샤오둥, 이제 부주임이 됐는데 자기 자신한테 보조금을 줄 배짱은 있는지 몰라."

쑤샤오둥은 말했다.

"자, 자, 담배 한 대 가져가라고. 작업장에서는 피우지 말고 조금 이따가 나가서 피워."

웃는 낯에 침을 뱉기는 어려웠다. 건성은 그 싸움에서 자기가 이겼다고 생각했지만 기쁘지도 않고 조금 더 생각해보니 이긴 것도 아니었다. 쑤샤오둥은 언제 어디서든 계속 그를 지켜보고 있을 게 뻔했다. 일 년 뒤, 작업장 주임이 퇴직하자 쑤샤오둥이 그 자리를 차지했다. 쑤샤오둥은 더는 건성에게 담배를 건네지 않았다.

05

위성이 간염에 걸려 전염병동에 입원했다. 사부는 탄식하며
말했다.

"나도 아직 안 걸린 간염을 위성이 걸려버렸네. 앞으로 어쩐
담?"

쉬성이 자전거를 타고 전염병동에 갔지만 문을 굳게 잠근 채
들여보내주지 않았다. 쉬성은 병동 담장을 반 바퀴 돈 뒤 강변으
로 갔다가 다시 돌아왔다. 날씨가 추워서 땅이 단단하게 얼어 있
었다. 쉬성이 병동 문 앞에 돌아와서 자전거를 밀고 가려는데 안
에서 누가 어깨를 으쓱이며 붙잡혀 나왔다. 알고 보니 바로 건성
이었다. 건성이 말했다.

"나는 리위성을 보러 왔다고요."

전염병동 의사가 말했다.

"다음에 또 담을 넘어 들어오면 경찰서에 보낼 줄 알아."

건성은 솜저고리와 솜바지를 입고 있었고 쉬성은 새로 산 울바지를 입고 있었다. 건성이 말했다.

"바지 좋은데! 전에는 입은 걸 못 봤는데."

쉬성이 말했다.

"울바지를 감히 어떻게 공장에 입고 가겠어."

"울바지를 살 형편이 다 되고, 역시 너는 집에서 부담이 적구나. 나는 어머니도 부양해야 해."

"우리 삼촌은 그래도 매달 수당이 5위안씩은 나와. 숙모는 봉급이 적어. 역시 공장의 직공이지."

"너도 보조금이 있잖아."

"한 번 받아본 것뿐인데 뭐. 자전거를 산 그때. 그 뒤로는 없었어."

건성은 쉬성에게 데려다달라고 하지 않고 혼자 가버렸다. 그리고 이튿날 근무 교대 시간에 쉬성을 구석으로 끌고 가서 더듬더듬 그 울바지를 빌려 입고 싶다고 했다. 두 사람은 몸집이 비슷하고 키는 쉬성이 좀 작았다. 그래서 건성이 그 바지를 입으니 양말이 반쯤 드러나서 뒤쪽의 두 군데 기운 자국이 신발 위로 드러났다. 그는 너무 꽉 낄까봐 안에 가을 바지를 못 입고 울바지만 입고서 갔다.

알고 보니 누가 건성에게 방직 공장의 여공을 소개해준 것이었다. 나중에 건성은 울바지를 돌려주며 쉬성에게 말했다.

"내가 가난한 게 마음에 안 들어서 나를 몇 번 보지도 않고 가버리더라."

쉬성이 물었다.

"울바지를 입고 갔는데도?"

"자전거가 있어야 한다는데 내가 없잖아. 자전거는 빌려도 소용없어. 꼭 마누라 같아서 남한테 빌려서는 때깔이 안 나거든. 자, 네 울바지 받아."

위성이 퇴원할 때 쉬성은 세 바퀴 수레를 빌려 그녀를 데리러 갔다. 대나무로 만든 등받이를 수레 뒤에 놓고 바닥에는 깨끗한 솜 외투를 깔았으며 위성이 앉고 나서는 이불을 덮어주었다. 위성은 마스크를 쓴 채 한 마디도 하지 않았다. 사부는 자전거를 타고 뒤에서 따라왔다.

집에 거의 다 왔을 때 위성이 물었다.

"건성은 왜 안 왔어?"

쉬성이 말했다.

"오늘 오후 근무거든. 좀 이따가 내가 교대하러 가면 금방 올 거야."

얼마 지나서 위성은 병세가 나아졌다. 황달이 사라져 피부가 제 색깔을 찾았다. 그런데 갑자기 또 열이 올랐다. 위성은 혼자 한의원에 달려가 어둑어둑한 복도에 앉아 있다가 긴 의자 위에 모로 쓰러졌다. 이때 젊은 의사 하나가 다가와 그녀를 흔들다가 그녀가 기절한 것을 알고 얼른 사람을 불러 응급실로 데려가게 했다. 성이 허(許) 씨인 그 의사는 피부가 하얗고 용모가 점잖았다. 주위의 얘기로는 집안 대대로 한의사였으며 아버지는 시내에서도 유명한 한의사여서 고관을 진맥한 적도 있다고 했다.

젊은 허 의사는 위성에게 신경을 많이 써주었다. 응급처치를 하고 열을 낮춰준 것 말고도 사후에 그녀에게 몸을 보양할 처방전까지 써줬다. 그리고 자라, 가물치, 계란, 우유 같은 단백질 음식을 많이 먹어야 한다고 조언했다.

"먹을 돈이 있어야죠."

위성이 말하자 허 의사는 손바닥을 비비며 말했다.

"간 질환은 평생이 걸린 병이에요. 잘 치료해야 합니다."

이때부터 위성은 매일 약을 달이고 복용했다. 그 바람에 집에서 늘 한약 냄새가 났다. 그녀는 본래 터빈 공장에서 견습공으로 일했지만 병이 난 후 반년짜리 장기 휴가를 내서 봉급이 반 토막 났다. 또 사모는 직업이 없고 집에서 장갑을 손질하는 부업으로 푼돈을 벌었다. 사부의 급료가 높기는 했지만 장인, 장모까지 부양해야 했다. 혼자서 네 명을 부양해야 했던 사부는 어느 날 작업장에서 이런 말을 했다.

"너희, 말 한 필이 수레 네 대를 끄는 거 본 적 있냐?"

건성이 말했다.

"기차가 화물칸 네 개를 끄는 건 본 적이 있죠."

"나는 기차가 아냐. 말이라고. 풀을 먹지 석탄은 안 먹는다. 나는 공장에서 수십 년을 일하면서 남이 보조금을 타는 것만 도와줬지. 그런데 지금은 내가 힘들고 가난해 죽게 생겼으니 나도 보조금을 좀 신청해봐야겠어."

"사부님은 전에는 보조금 타는 사람을 무시했잖아요."

"너와 쉬성도 보조금을 탔는데 무시할 게 뭐가 있냐. 전에 무시했던 건 집에 돈이 좀 있어서였지. 지금 우리 집은 다들 허리띠를 졸라매고 생활하고 있어. 허리띠를 졸라매는 것은 그래도 괜찮지만 내년에는 목을 졸라매게 생겼다."

사부는 흔들흔들 걸어 작업장 주임 사무실로 갔다. 사무실 안에는 쑤샤오둥이 앉아 있었다. 사부는 서서 두 무릎을 모으고 모자를 쥔 채로 공손하게 그를 불렀다.

"쑤 주임."

쑤샤오둥이 말했다.

"당신이 왜 왔는지 압니다. 보조금이 필요해서 왔겠죠."

"맞네, 쑤 주임. 집안 사정이 영 안 좋아서 말이야. 딸아이는 간염에 걸려 병가를 냈고 아내는 직장에 안 나가서……."

쑤샤오둥은 사부의 말이 끝나기도 전에 손사래를 치고는 먼저 사회 현실을 이야기하고 그다음에는 계급투쟁과 규율에 관해 이야기하더니 마지막으로 물었다.

"멍건성이 최근에 발로 밸브를 찬 적이 있습니까?"

"없네."

쑤샤오둥은 또 손사래를 쳤고 사부는 밖으로 나가 작업장으로 돌아갔다. 그리고 오후 내내 잠자코 앉아 있었다. 그는 계속 모자를 쥐고 있어서 머리에 하얗게 먼지가 내려앉았다. 그러다가 혼자 중얼거렸다.

"기치를 올려야겠어."

사부는 작업장 주임 사무실로 가서 모자를 땅바닥에 내려놓고 무릎을 꿇었다. 지나가던 직공들이 다가와 구경을 하는데 쑤샤오둥이 문가에 나와 물었다.

"지금 뭐하는 거죠?"

사부는 말했다.

"무릎을 꿇고 있잖아. 하지만 자네한테 꿇은 건 아니야. 이 사무실 앞에 무릎을 꿇고 모두에게 보여주려는 거야."

이때 노동조합의 쑹宋 주석이 왔고 다들 그가 공정하게 일을 처리해주길 바랐다. 쑹 주석은 입을 쓱 문지르더니 말했다.

"그러니까 보조금 때문에 이러는 건가. 보조금이 중요한 일이긴 하지. 보조금 때문에 리톄뉴 같은 악질분자가 나온 거잖아."

그는 투덜대며 엉덩이를 툭툭 털고는 훌쩍 가버렸다. 사부가 여전히 일어나지 않는 것을 보고 쑤샤오둥이 웃으며 말했다.

"계속 그러고 있으시오."

사부는 말했다.

"그러지."

구경꾼들이 더 많아졌다. 쉬성이 지나가다가 사부를 보고 일으켜 세우려 했지만 사부는 꼼짝도 하지 않았다. 잠시 후에는 공장의 공산당위원회 서기가 왔다.

서기는 우선 사부를 일으키며 말했다.

"나이 든 직공이 이러면 쓰나."

그러고는 또 쑤샤오둥에게 말했다.

"직공이 도움을 바라면 자네가 신경을 써줘야지. 직공은 자네집 개, 고양이가 아니야."

이어서 다시 고개를 돌려 사부에게 말했다.

"다음에는 이러지 말게. 무릎만 꿇으면 보조금을 탈 수 있다는 소문이 나서 공장 사람들이 전부 우르르 무릎을 꿇으면 어쩔 텐가?"

사부는 일어나서 무릎을 두드리며 말했다.

"사람이 가난하면 비굴해지고 오금을 못 쓰게 되지요."

쉬성은 모자를 집어 그에게 주었다.

사부는 난생처음 보조금을 탔다. 모두 15위안이었다. 사부는 쉬성을 곁으로 불러 물었다.

"네가 보기에 위성이 착하냐?"

쉬성은 말했다.

"위성은 착해요."

"예쁘기는 하고?"

"위성은 예뻐요."

사부는 말했다.

"그러면 위성을 네게 시집보내마."

"위성이 마음에 들어하는 사람은 제가 아니라 건성인데요."

사부는 말했다.

"건성은 집이 가난하고 돌봐야 할 노모가 있잖아. 위성도 몸이 안 좋아서 누가 돌봐줘야 하는데 건성은 그럴 수 없어. 더구나 건성은 계속 이렇게 굴다가는 조만간 쑤샤오둥한테 걸려 경찰서에 넘어갈 거야. 위성이 착하다니 네가 위성을 데려가렴. 건성은 신경 쓰지 말고. 건성은 너와 관계없어. 위성은 간이 안 좋지만 잘 쉬면 금방 나을 거고 애도 낳을 수 있어. 자, 네가 괜찮다면 무릎을 꿇고 나한테 절해. 나는 전에는 네 사부였고 앞으로는 네 장인이다. 원래 사부를 모시려면 절을 올려야 하지만 지금이 사회로 바뀐 뒤에는 그러지 못하게 하지. 하지만 네 장인이 될 때는 절을 시켜도 돼."

쉬성은 신문지 몇 장을 바닥에 깐 뒤, 무릎을 꿇고 공손히 절하며 "장인어른"이라고 불렀다. 사부가 말했다.

"됐다. 나는 돌아가서 이 일을 위성에게 얘기하고 그 애가 받아들이는지 좀 봐야겠다."

"사부님, 아직 위성한테 말하지 않았나요? 저는 벌써 사부님을 장인어른이라고 불렀는데요."

쉬성의 물음에 사부는 말했다.

"너도 최소한 위성의 병이 나을 때까지는 기다려야 하지 않겠냐?"

06

위성은 병이 다 나았다. 어느 날 사부가 말했다.

"무릎이 아프다. 그래도 싸지. 쑤샤오둥 앞에서 무릎을 꿇은 다음부터 안 좋아졌으니까."

위성은 말없이 콩깍지만 벗기고 있었다. 사부가 또 말했다.

"무슨 기분 나쁜 일이라도 있느냐?"

위성이 쥐고 있던 콩을 내려놓으며 말했다.

"허 의사의 아버지를 사람들이 신의神醫라고 부르잖아요. 내가 허 의사 댁에 갔는데 허 신의가 의자에 앉아 있다가 나를 보더니 진맥을 하는 거예요. 그러고는 나를 보고 절레절레 고개를 흔든 뒤 밖으로 내보냈어요."

사부는 안색이 새파래졌다. 위성이 또 말했다.

"그분이 왜 그랬는지 모르겠어요."

"그 사람 믿지 마라. 진즉에 정치적으로 타도된 사람 아니냐."

"그런 말씀 마세요. 허 신의는 홍위병 사령관의 간 질환도 고쳤고 또 혁명위원회 주임 부인의 불임증도 고쳤다고요. 사람들이 그랬어요. 한의사는 타도가 안 된다고. 언제가 됐든 의사가 필요한 일이 생기니까요."

"나도 무릎이 아파서 다른 사람을 시켜 허 신의를 찾아가게 한 적이 있다. 허 신의가 그랬다더군. 자기는 폐문한 채 손님을 사절하고 있다고 말이야. 진료를 안 한다는 거야."

"허 의사한테 물어보러 가야겠어요."

"그럴 필요 없다. 그런데 허 신의가 왜 네게 진맥을 해준 것이냐?"

"나는 정말 모르겠어요."

사부는 더 이상 말하지 않았다. 이튿날, 제자 몇 명이 공구를 들고 사부의 집 지붕을 수리하러 왔다. 그 집은 철로변에 있어서 기차가 지나갈 때마다 기와와 창살이 흔들흔들했다. 사부는 위성에게 물을 끓여 모두가 차를 마시게 하라 하고 자기는 안방에서 무릎을 비비고 있었다. 쉬성은 지붕에서 기와 조각을 줍다가 멀리서 한 젊은이가 다가오는 것을 보았다. 그는 인민복과 울바지 차림이었으며 가까이 오자 가슴에 꽂은 만년필이 보였다. 건성이 말했다.

"저 사람이 허 의사야."

그는 아래를 향해 소리쳤다.

"허 의사가 왔어."

위성이 집에서 나와 다리 위에서 허 의사와 잠시 이야기를 나눴다. 사람들에게는 그들의 말이 들리지 않았다. 단지 허 의사의 몸이 차츰 무너지면서 인민복과 울바지가 하나로 겹쳐지는 것을 보았다. 결국 그는 두 어깨를 감싸고 땅바닥에 웅크려 앉았다. 위성이 묵묵히 고개를 들어 건성과 쉬성을 보았다. 두 사람도 그녀를 바라보았다. 위성은 집으로 들어갔고 허 의사도 일어나 되돌아갔다. 그의 발걸음은 처음에는 느렸지만 갈수록 빨라졌다. 쉬성이 멍하니 지붕 위에 서 있을 때 멀리서 열차가 흰 연기를 뿜으며 다가왔다. 한 량 한 량 지나가는 그 모습은 마치 굵은 컨베이어 벨트 같았다. 쉬성은 열차가 멀어질 때까지 넋을 놓고 바라보다가 다시 고개를 돌렸다. 어느새 허 의사도 자취를 감췄다.

지붕 수리를 마치고 사람들이 내려와 차를 마시는데 사부가 무릎을 비비며 물었다.

"허 의사는 갔느냐?"

건성이 답했다.

"갔어요."

사부는 말했다.

"위성이 허 의사와 안 어울리는 것도 아니고 허 의사가 위성을 싫어하는 것도 아니야. 너희는 돌아가서 함부로 떠들고 다니면 안 된다."

모두 알겠다고 고개를 끄덕였다. 위성이 찻잔을 정리하러 들어왔을 때 다들 입을 꼭 다물고 있었다. 그리고 위성이 나가고 나서 조금 어색해하며 흩어졌다. 집으로 돌아가는 길에 건성이 불쑥 쉬성에게 말했다.

"나도 위성한테 안 어울려."

쉬성은 어안이 벙벙해서 그게 무슨 말이냐고 물었지만 건성은 입을 열려 하지 않았다.

여름이 왔다. 페놀 공장의 여름은 정기 점검 기간이라 할 일이 없기 때문에 직공들은 전부 대낮에 출근했다. 시체 썩는 냄새가 원료 창고 안에서 끓어 넘치고 새어나와 어디든 그 냄새가 나지 않는 곳이 없었다. 모두가 하루속히 페놀 생산이 재개되기만을 기다렸다. 페놀의 향기가 뼈 썩는 냄새를 중화시키기 때문이었다. 페놀은 시신용 방부제로도 쓰인다.

남자 직공들이 망가진 화단 옆에 앉아 나무에 기댄 채 할 일 없이 담배를 피우고 차를 마시고 있었다. 그때 왕싱메이가 빗자루를 들고 여자화장실에서 나와 남자화장실로 들어가려 했다. 왕더파王德發가 소리쳤다.

"남자화장실에 누구 있어? 왕싱메이가 들어갈 거야."

남자화장실에서는 아무 인기척도 없었다. 왕싱메이는 잠시 기다렸다가 나무 밑의 남자 직공들을 쓱 보고는 남자화장실로 들어갔다. 그리고 오후에 그녀가 또 나타났을 때 남자 직공들은 여전히 나무 밑에 있었다. 그녀는 아무 소리도 않고 깨끗한 빗자루를 바꿔 들고서 쑤샤오둥의 사무실에 들어가 바닥을 쓸었다. 왕더파가 말했다.

"엉? 왕싱메이가 쑤 주임의 사무실을 청소해주네."

쑤샤오둥이 밖에서 돌아오는 것을 보고 왕더파는 물었다.

"왕싱메이가 쑤 주임의 사무실을 다 청소해주네. 그러다가 쑤주임도 리테뉴처럼 되는 거 아니에요? 혹시 알아요, 청소하다가 쑤 주임 이불 속까지 청소해줄지?"

쑤샤오둥이 말했다.

"함부로 지껄이면 경찰서에 보낼 줄 알아. 왕싱메이에게 할일을 더 마련해준 것뿐이야. 화장실 청소만 하면 너무 편하잖아."

"쑤 주임은 참 똑똑하다니까. 그런데 왕싱메이가 종일 화장실을 청소하고 냄새 나는 몸으로 와서 사무실 청소를 하면 사무실에서도 냄새가 나지 않겠어요?"

"일리가 있는 말이로군."

쑤샤오둥은 왕싱메이를 불러 지시했다.

"앞으로는 아침에 내 사무실부터 청소하고 화장실을 청소하도록 해."

왕싱메이는 고개를 끄덕였고 쑤샤오둥이 손을 내저은 다음에야 빗자루를 든 채 자리를 떴다.

쑤샤오둥이 사무실로 들어간 뒤, 건성이 나무 아래에서 비웃으며 말했다.

"이 공장에서 냄새 안 나는 데가 어디 있어? 어디든 냄새가 코를 찌른다고, 화장실보다 더. 그런데도 아직도 냄새를 무서워하는 사람이 있군."

왕더파가 말했다.

"멍건성이 왕싱메이의 편을 들어주네. 리테뉴의 뒤를 이은 게 분명해."

이 말을 듣고 건성은 벌떡 일어나 왕더파를 냅다 걷어찼다.

여름이 지나고 페놀 작업장이 돌아가기 시작했다. 어느 날 야간 근무에 나가서 건성과 교대한 쉬성은 웬일로 건성이 기숙사로 안 가고 도시락 통을 든 채 원료 창고 쪽으로 가는 것을 보았다. 그때 공장 안은 어둡고 고요했다. 건성의 그림자가 흔들리더니 순식간에 눈앞에서 사라졌다. 하지만 뚜벅거리는 발자국 소리는 계속 귀에 들렸다. 쉬성은 그의 뒤를 쫓다가 강렬한 악취를 맡았다. 그의 그림자가 원료 창고 옆의 단칸 오두막 안으로 사라지는 것이 보였다. 쉬성은 그곳이 왕싱메이의 거처인 것을 알고 있었다. 리테뉴가 잡혀간 뒤, 왕싱메이는 기숙사에서 쫓겨나 그 오두막에서 살아야 했다. 겨울에는 바람이 숭숭 들어오고 여름에는 비가 샜으며 전등도 없고 달랑 작은 침상 하나밖에 없었다. 그것은 벌로 노동개조를 당하는 사람이 받는 대우였다. 평상시에는 아무도 그곳에 얼씬거리지 않았다. 악취가 싫기도 하고 왕싱메이에게서 불행이 옮을까 두렵기 때문이기도 했다.

쉬성이 잠시 기다렸지만 건성은 나오지 않았다. 이제 그는 건성이 왜 자기는 위성과 어울리지 않는다고 말했는지 알 것 같았다.

어느 날 저녁, 건성이 왕싱메이의 오두막에서 나와 목욕탕 쪽으로 가는데 쉬성이 그를 가로막으며 말했다.

"이러다가 고발당하면 리톄뉴처럼 되고 말 거야."

건성은 말했다.

"쑤샤오둥은 이미 승진했고 더 이상 나를 눈여겨보는 사람은 없어. 너만 고발 안 하면 나는 별일 없을 거야."

"너를 눈여겨보는 사람이 얼마나 많은데. 너는 아마 모를 텐데 쑤샤오둥이 그랬어. 누구든 네가 발로 밸브를 차는 걸 알려주면 조장 임명을 고려해보겠다고 말이야."

"나도 알아. 하지만 그건 왕더파가 제멋대로 한 말이야."

"아니야, 정말이야."

건성이 고개를 숙이고 생각하는데 쉬성이 또 말했다.

"너 이러고도 위성한테 안 미안해? 사부님이 알면 또 뭐라고 하시겠어?"

"위성하고 무슨 관계가 있다고 그래? 그리고 사부님은 모르실 거야. 네가 말하지만 않으면."

"왜 하필 왕싱메이인 거야? 너보다 나이가 열몇 살이나 많잖아."

"그럼 내가 누구랑 만날 수 있는데? 누가 나한테 신붓감을 소개해줬는데 한 여자는 사지가 젓가락처럼 말랐고 또 한 여자는 얼굴과 목에 온통 부스럼이 나 있더라. 몸에는 부스럼이 없는지 차마 못 묻겠더군. 나는 그런 여자들은 원치 않아. 그냥 멀쩡한 여자를 원한다고. 나는 왕싱메이를 통해 이미 여자가 어떤지 맛보았어."

"사부님이 아시면 너를 왕싱메이와 결혼시킬 수도 있잖아."

쉬성의 말에 건성은 고개를 흔들었다.

"그것도 싫어. 왕싱메이는 노동개조를 받는 중이니까 내가 여기로 이사 와야 하잖아. 매일 이 냄새를 맡아야 하다니 그건 정말 끔찍해."

07

사부가 결혼 이야기를 꺼낸 후로 반년도 더 지났지만 아무런 진전이 없었다. 사부가 까먹은 것 같았으나 쉬성은 감히 묻지 못했다. 사부는 무릎 통증이 계속되어 나중에는 밤에 잠을 이루지 못했다. 그래서 병원에 가서 한바탕 검사를 해보니 관절염이 아니라 골육종이었다. 골육종에 걸리면 다리를 절단해야 하므로 이제 사부는 외다리가 되겠다고 다들 생각했다. 그런데 나중에 의사는 말했다.

"다리는 절단할 필요 없어요. 벌써 확산이 됐거든요. 집에 돌아가세요."

사부는 고개를 절레절레 흔들었고 집에 돌아가 죽기만을 기다렸다.

사부는 침대에 누워 쉬성에게 말했다.

"간암에 걸릴 줄 알았는데 골육종에 걸리고 말았어. 우리 페놀 공장이 어디를 가나 뼈 냄새가 나서 그런가. 간은 괜찮고 뼈가 말썽이라니."

쉬성이 말했다.

"사부님, 봄에 말씀하셨던 일 말예요. 지금까지 차마 여쭤보지 못했어요. 혹시 까먹으셨나요?"

"그럴 리가 있나. 너는 내가 곧 죽을 테니까 그 전에 무슨 말이라도 듣고 싶어 애가 타겠지. 봄에 위성한테 얘기했는데 그러겠다고 안 하더라고. 여름에도 얘기했지만 역시 마찬가지였어. 그러고서는 내가 다리가 너무 아파 신경 쓸 겨를이 없었지. 가서 위성을 불러와라. 다시 물어보게."

"급하지는 않아요."

"전에는 안 급했지만 이제는 급해. 얼마 안 있으면 나는 죽으니까. 쉬성아, 나는 죽는 게 전혀 안 무섭다. 죽으면 아프지도 않고 또 죽으면 그렇게 할 말도 많지 않겠지. 가서 위성을 불러와. 네 사모도 들어오라고 해. 지금 다리가 별로 안 아플 때 얘기해야지. 다시 통증이 시작되면 신경 쓸 여유가 없을 거야."

위성과 사모가 들어왔고 쉬성은 밖으로 나가 안에서 들려오는 소리에 귀를 기울였다. 그의 가슴이 쿵쿵 뛰기 시작했다. 잠시 후 위성이 밖으로 나왔다. 눈을 보니 벌써 한바탕 운 듯했다. 쉬성이 다시 들어가자 사부가 말했다.

"위성이 그러겠다고 했어."

쉬성이 다시 절을 하려고 하자 사부가 만류하며 말했다.

"절은 내가 죽고 난 뒤에나 하고 지금은 수레를 빌려서 나를 태우고 공장에 가줘. 다리가 별로 안 아플 때 다 처리해야지."

그날 저물녘에 쉬성은 사부가 탄 수레를 끌고 페놀 공장으로 향했다. 그런데 반도 못 가서 사부가 아프다고 소리를 지르는 바람에 수레를 세워야 했다. 사부는 병원에 가서 진통제 주사를 맞을지 공장에 갈지 고민하다가 결국 공장에 가기로 했다. 쉬성은 사부가 무슨 꿍꿍이속이 있는지 잘 몰랐다.

공장에 도착해서 사부는 쉬성에게 자신을 업고 노동조합에 들어가 결상 위에 앉히게 했다. 그는 통증 때문에 진땀을 뻘뻘 흘리면서도 이를 악문 채 아무 소리도 하지 않았다. 노동조합의 주석인 쑹바이칭이 화들짝 놀라 머리를 긁적이며 말했다.

"어쩐 일로 왔나? 집에 누워 있어야 하지 않나?"

사부가 말했다.

"내 장례비가 얼마인지 물어보러 왔네."

쉬성은 속으로 과연 사부님이라고 감탄했다. 직접 자기 장례비를 물어보러 온 사람이 있다는 소리는 들어본 적이 없었다. 쑹바이칭은 또 한 번 놀랐다. 사부가 또 일을 벌이는 게 아닌가 싶었던 것이다.

"장례비는 직공 일인당 12위안일세."

사부는 고개를 흔들었다.

"틀렸어. 나는 유독물질 작업장 직공이잖아. 16위안이 맞아."

"무슨 소리인가. 유독물질 작업장 사람들한테는 일인당 2위안씩 영양비를 지급하긴 하지. 좀더 오래 살라고 말이야. 하지만 자네는 죽으면 땅속에 묻히잖아. 더 돈 들어갈 게 없잖아."

"다시 찾아봐. 분명히 잘못 알고 있어."

두 사람이 말싸움을 하는데 아무래도 이길 수가 없자 사부가 부들부들 떨며 일어서려 했다. 쑹바이청이 말했다.

"무릎 꿇지 말게. 꿇어도 소용없으니까."

사부는 다시 앉아 숨을 헐떡이며 말했다.

"그럴 생각은 없어. 쑹바이청, 옛날에 어려웠을 때 일을 기억하나? 그때 자네는 노조 주석이 아니었고 아직 페놀 작업장에서 배수로를 파고 있었는데 그만 식량 배급표를 잃어버렸지. 열 근 두 냥짜리를 말이야. 나는 곧 죽겠지만 기억력은 여전히 쓸 만해. 분명히 열 근 두 냥이었어. 자네는 그 달에 먹을 게 없어서 음식물 쓰레기통을 뒤졌지. 그러나 음식물 쓰레기통도 텅 비던 시절이었지. 자네는 보조금을 신청하러 노조로 달려갔지만 노조 입구에는 사람이 득실거렸고 자네에게는 뚫고 들어갈 기력이 없었어. 결국 창고 대들보에 밧줄을 매달고 목을 매려는데 걸상 위에 올라설 기력도 없었지. 자네는 창고 안에서 울었고 마침 내가 그곳을 지나갔어."

쑹바이청이 말했다.

"그만해."

그래도 사부는 계속해서 말했다.

"내가 자네 대신 노조에 가서 신청서를 썼고 5위안의 보조금이 지급되어 자네는 살 수 있었지."

쑹바이청은 묵묵히 눈을 감고 마음을 다잡았다. 사부는 그래도 설득이 안 되자 쉬성을 불러 그의 등에 업혔다. 쉬성이 쑹바이청을 돌아보는데 사부가 말했다.

"사실 장례비를 물어보러 온 건데 꼭 빚 독촉을 하러 온 것 같군. 그때 5위안의 보조금은 내가 아니라 국가가 자네한테 준 거야. 장례비도 자네가 아니라 국가가 내게 주는 것이고."

사부는 그렇게 페놀 공장을 떠났다.

사부는 자기가 겨울까지는 살 수 있을 것이라고 생각했지만 늦가을이 되자 더 버틸 수가 없었다. 며칠 간격으로 쉬성은 자전거를 타고 그를 보러 갔다. 그는 침상에 누워 있었는데 이불이 갈수록 두꺼워졌고 사람은 갈수록 정신이 희미해졌다. 그러던 어느 날, 사부가 깨어나서는 웬일로 멀쩡한 정신으로 옆에 앉아 있던 쉬성에게 말했다.

"쉬성아, 이제는 안 아프구나."

그러고는 또 물었다.

"건성은 왜 안 오냐?"

"벌써 왔다 갔어요. 주무시고 계셨잖아요."

사부는 말했다.

"위성한테 부탁했었지. 너희가 결혼해서 내 액막이를 해주면* 내가 며칠 더 살 수 있을 거라고. 위성이 그러겠다고 했는데 그 사이 결혼했느냐?"

"위성한테 그런 말은 못 들었는데요."

"사회주의 사회가 돼서 그래. 액막이 같은 건 미신이라는 거지. 쉬성아, 사실 위성은 네게 시집가고 싶어했어. 그런데 그러지 않은 건 허 의사의 아버지 때문이었지. 그 허 신의라는 사람이 위성의 맥을 짚어보고 그랬다는 거야. 위성이 아이를 낳지 못할 거라고. 혹시 낳더라도 정상이 아닐 거라고. 허 신의의 말이 정말 맞다면 위성은 시집을 못 가. 그러니까 네가 위성과 결혼해주면 마땅히 내 쪽에서 무릎을 꿇고 네게 절을 해야 해."

"사부님, 그런 말씀 마세요."

"물론 옛날 사회에서도 늙은 장인이 사위에게 절하는 법은 없었지."

사부는 주먹을 꼭 쥐었다.

"위성한테 잘해줘야 한다. 사모한테도 그리고 우리 집안의 다

* 옛날 중국에서는 집안에 중병을 앓는 사람이 있을 때 결혼식 따위의 좋은 일을 거행해 병자의 액막이를 하는 미신이 있었다.

른 사람들한테도. 나는 수레 네 대를 끄는 말이었지만 도중에 이렇게 죽게 되었다. 앞으로는 네가 나 대신 다섯 대, 여섯 대를 끌어야 한다."

사부는 주먹으로 침상 가장자리를 세 번 두드렸다.

"이걸로 네게 세 번 절을 한 걸로 쳐주럼."

쉬성은 벌떡 일어나 무릎을 꿇으며 말했다.

"장인어른, 이러지 마세요."

사부는 말했다.

"직공이 퇴직도 하기 전에 죽다니. 아무 복도 못 누려보고 말이야. 그리고 장례비는 16위안이 확실해."

08

    공장 삼교대제의 퇴근 시간은 오전 근무가 오후 2시, 오후 근무는 밤 10시, 야간 근무는 새벽 6시였다. 건성은 퇴근하면 바로 공장 목욕탕에 가서 몸에 묻은 페놀 냄새를 씻어냈다. 그것은 벌써 십 년도 넘은 습관이었다. 왕더파가 말했다.

    "목욕을 너무 자주 하면 원기가 상한다고. 나는 일주일에 한 번이면 충분해."

    그는 또 말했다.

    "건성, 너는 매일 목욕을 하니 매일 나보다 2자오角* 더 버는 거야."

---

* 화폐 단위로 위안의 10분의 1에 해당된다.

건성이 물었다.

"2자오라니 그건 또 무슨 소리야?"

"공중목욕탕에서 목욕 한 번 하면 2자오씩 들잖아."

왕더파의 말에 건성은 신경질을 냈다.

"왕더파, 이 냄새나는 녀석 같으니."

가을에 오후 근무가 끝나고 왕더파가 목욕탕에 가서 목욕을 마치고 나오며 혼잣말을 했다.

"왜 멍건성이 목욕을 안 하지?"

의문은 계속 이어졌다.

"기숙사에도 없던데. 식당에도 없고. 또 요즘 그 녀석 몸에서 악취가 나는데 바로 원료 창고의 그 썩은 뼈 냄새야."

건성이 맞은편에서 걸어왔다.

"건성, 어디 좋은 데 다녀와?"

왕더파가 물었지만 건성은 그를 밀고서 목욕탕으로 들어갔다. 뒤에서 왕더파가 말했다.

"네 몸의 그 악취가 너를 골탕 먹일 거야."

건성은 본체만체하고 앞으로 몇 걸음 가다가 불현듯 몇 대 갈길까 싶어 고개를 홱 돌렸다. 하지만 왕더파는 이미 자취를 감춘 뒤였다. 시커먼 어둠 속에 등불 하나가 켜져 있고 공기 중에서 증기가 귀신처럼 조용히 떠다녔다.

쉬성이 또 건성에게 다시는 왕싱메이를 찾아가지 말라고 타일렀다. 건성은 손을 내밀어 쉬성의 바짓가랑이를 꽉 붙잡고 바닥에 앉히며 말했다.

"처음에는 그냥 여자 맛이나 보고 싶었을 뿐이야. 기차랑 비슷할 줄 알았어. 혁명 투쟁을 하러 상하이에 갈 때 딱 한 번 기차를 타보고 다시는 안 타봤거든. 맛을 봤으면 된 거잖아. 그런데 왕싱메이는 한번 맛을 보니까 매일 맛을 보고 싶어. 왕싱메이는 가슴이 큰 데다 모양이 정상이어서 직접 자기 젖꼭지를 핥을 수 있지. 왕싱메이가 그랬어. 내가 리톄뉴보다 훨씬 세다고. 내가 삽입하면 그녀는 소리를 지르곤 하는데……."

쉬성은 얼굴이 상기되었다.

"사부님이 그러셨어. 남자, 여자는 서로 요리처럼 먹어야지 밥처럼 먹으면 안 된다고."

"난 오후 근무를 나갈 때마다 밤에 왕싱메이한테 갈 수 있다는 생각에 온몸이 달아올라. 그러니까 제품 완성률이 저조해지더라고. 나중에는 오전 근무를 할 때도 가고 싶고 야간 근무를 할 때도 가고 싶더군. 공휴일에 쉬탕 읍에 돌아가서도 가고 싶더라니까."

"사부님이 그러셨잖아. 너는 몸이 너무 좋고 정력이 왕성하다고. 찬물을 마셔도 뱃속에 들어가면 끓는 물이 될 거라고 하셨지."

"이제 나는 어쩌지?"

"네가 아내를 갖고 싶으면 공장에서도 쉬탕 읍에서도 구할 수 있으니까 다시는 왕싱메이의 집에 가지 마. 왕싱메이가 자기 젖꼭지를 핥을 수 있다고 하는데 그건 다른 여자도 할 수 있어."

"꼭 그렇지는 않지."

"왕더파가 고발하지 못하게 자신을 잘 단속해. 리톄뉴처럼 되면 안 되잖아."

쉬성의 당부에 건성은 말했다.

"사부님이 말씀하셨지. 사상은 단속할 수 있어도 총은 단속할 수 없다고."

이에 쉬성은 말했다.

"그렇게 자꾸 사부님, 사부님 좀 하지 마. 사부님은 이미 돌아가셨다고."

건성은 입으로는 대수롭지 않게 말해도 왕더파가 뭔가를 눈치챈 것을 알고 있었다. 정력이 아무리 왕성해도 이번에는 마음을 다스려야 했다. 그래서 한 달 동안 왕싱메이의 집에 발걸음을 끊었다. 왕싱메이가 생각나면 마음속으로 자신의 따귀를 갈겼다. 하지만 사부의 말이 옳았다. 사상은 단속할 수 있어도 총은 단속할 수 없었다. 사상은 머릿속에 처박아놓고 되도록 안 건드리면 되지만 가랑이의 그 총은 막무가내여서 일단 서면 걷잡을 수가 없다.

어느 날 밤중까지 일을 하던 건성은 자신의 사상이 벌써 까

맑게 탔다고 느끼며 밸브를 발로 차서 닫았다. 그런데 바로 앞에 덩쓰셴과 쑤샤오둥이 있는 것이 아닌가. 덩쓰셴은 출옥한 뒤로 건성과 같은 조에서 일했기 때문에 그럴 수도 있었다. 그러나 쑤샤오둥은 작업장 주임이어서 이 시간에는 집에서 자고 있어야 마땅했다. 건성은 자신이 재수가 옴 붙었음을 깨달았다.

쑤샤오둥이 말했다.

"멍건성, 나는 봤지."

쑤샤오둥은 미간을 만지작거리고 있었다. 성이 난 것처럼 보였는데 갑자기 피식 웃으며 말했다.

"오랜만에 잔업을 하는데 마침 네가 밸브를 차는 걸 봤네."

건성이 말했다.

"실내가 이렇게 어두운데 아마 잘 못 봤겠지."

쑤샤오둥이 덩쓰셴을 꽉 붙잡고 물었다.

"너도 봤지?"

덩쓰셴은 고민스러운 표정으로 쑤샤오둥과 건성을 번갈아 보았다. 건성은 그를 향해 눈을 껌벅거렸다. 덩쓰셴이 용기를 내어 말했다.

"멍건성, 너는 아직 이 일의 심각성을 모르는구나. 이건 생산 파괴죄야. 그런데도 나한테 눈을 껌벅이다니. 쑤 주임님, 저도 멍건성이 밸브를 걷어차는 걸 봤어요."

쑤샤오둥이 말했다.

"잘 들었지? 오늘 공장에 절도 사건이 생겨서 보안과도 아직 근무를 하더군. 내가 도둑놈은 못 잡았지만 생산파괴범을 잡았으니 보고를 해야겠다. 자, 나랑 같이 보안과에 가줘야겠어."

건성이 차갑게 웃으며 작업복을 벗어 던졌다.

"가자면 가야지."

그날 밤, 쉬성은 야간 근무를 나와 사무실을 지나면서 보안과에 형광등이 켜져 있는 것을 보았다. 불투명한 유리창으로 사람 그림자가 어른대고 팍팍, 날카로운 소리가 들렸다. 쉬성은 계속 안쪽으로 자전거를 밀고 갔다. 그런데 문득 덩쓰셴이 화단가에 앉아 울고 있는 것을 보았다. 쉬성이 무슨 일이냐고 묻자 그가 말했다.

"건성이 밸브를 걷어차다가 쑤 주임한테 들켰어. 나도 건성을 고발했고. 건성은 지금 보안과에 있어. 오늘 밤에는 보안과 사람들이 전부 있더라고."

쉬성이 말했다.

"맙소사, 정말 큰일 났군."

귀를 쫑긋 세워보니 아직도 팍팍 소리가 났다. 덩쓰셴이 쉬성에게 말했다.

"허리띠로 건성을 때리고 있어."

"건성은 소리를 안 지르네."

"강단이 있으니까. 몇 년 전 잡혔을 때 나는 심문도 받기 전에

다 불고 일 년형을 받았지. 건성은 용서를 빌 리 없으니까 밤새 저렇게 맞을 것 같아."

쉬성은 핸들을 잡은 두 손이 저절로 떨리는 것을 느꼈다.

왕더파가 사람들을 데리고 작업장에서 나와 큰 소리로 말했다.

"멍건성이 붙잡혔군. 나도 저 녀석을 고발할 일이 있는데."

뒤에서 누가 물었다.

"무슨 일인데?"

"멍건성이 왕싱메이와 잠을 잤지 뭐야. 녀석이 한밤중에 왕싱메이의 집에 들어가는 걸 봤어."

옆에서 쉬성이 말했다.

"왕더파, 건성이 벌써 저렇게 돼서 맞고 있으니까 좀 봐줘."

하지만 왕더파는 말을 듣지 않았다.

"고발하면 공을 인정받는데 내가 왜? 천쉬성, 너희 뒷배는 이미 사라졌어. 리테뉴는 끌려가고 너희 사부는 죽었잖아. 네놈들은 우리 공장에서 파벌을 만들어 남들을 배제하고 보조금을 독차지했지. 너는 그냥 잔챙이야. 네 사형 몇 명이 월척이지. 다들 멍건성과 사이가 좋더군. 한 놈 한 놈 다 고발해버릴 거야."

쉬성이 손을 뻗어 가로막자 왕더파가 으르렁거렸다.

"돌았어? 감히 나를 막아?"

쉬성은 팔을 내리고 고개를 숙이며 말했다.

"너희 마음대로 해."

왕더파는 사람들을 데리고 보안과에 들어갔다. 쉬성은 자전거를 팽개치고 미친 듯이 원료 창고로 달려가서 왕싱메이의 집 문을 걷어차 열었다. 왕싱메이가 몸을 일으켜 침상 위에 앉아 어둠 속에서 눈을 동그랗게 떴다. 그곳의 냄새는 정말 살인적이었다. 건성이 어떻게 그 냄새를 참고 매번 찾아왔는지 쉬성은 이해가 가지 않았다. 문가에 서서 그가 말했다.

"건성이 보안과에 잡혀갔어요. 빨리 달아나요."

왕싱메이가 물었다.

"무슨 일로 잡혀갔는데?"

"밸브를 차서 보안과에서 매를 맞고 있어요. 또 누가 건성과 당신을 고발했고요. 조금 있으면 그들이 찾아올 거예요. 건성은 강해서 아무것도 자백 안 하고 내일 경찰서에 가게 될 거예요. 오늘 밤에 조금 고생하기는 하겠지만. 자, 이제 달아나요."

왕싱메이는 이불을 껴안으며 말했다.

"나보고 어디를 가라는 거야? 나는 노동개조 중이라 도망 못 가. 내일 또 맞고 자백하라는 대로 그냥 자백할 거야."

"부탁이에요. 당신 자백 때문에 리테뉴가 반혁명 현행범이 됐잖아요. 건성은 지금은 죄가 무겁지 않지만 당신 자백이 더해지면 총살을 당할 거예요."

왕싱메이는 그제야 사태를 깨닫고 벌떡 일어나 쉬성을 밀치면서 원료 창고 뒤로 달아났다. 그날 밤, 쉬성은 작업장에서 마음이 뒤숭숭해 중간에 가마 가득 불량품을 만들고 말았다. 그는 어린 견습공을 보안과로 정탐을 보냈다. 하지만 네댓 번을 갔는데 모두 저지당했다. 하늘이 밝아올 즈음, 쉬성은 정말 더 기다릴 수 없어 장갑을 벗고 보안과로 가다가 반대편에서 오는 왕더파와 마주쳤다. 왕더파가 불쌍하다는 듯이 말했다.

"멍건성이 정말 안됐어. 죽도록 두들겨 맞았어."

"지금 어디 있는데?"

쉬성의 물음에 왕더파가 답했다.

"서기가 와서 더 때리면 사람을 잡겠다면서 경찰서로 보냈어."

이틀 뒤, 왕더파가 화단가에 앉아서 사람들에게 말했다.

"멍건성은 진짜 독종이더라고. 맞아서 바닥을 데굴데굴 구르면서도 아무것도 안 말했어. 신음 소리도 안 내더라니까. 나중에 보안과의 그 위안다터우袁大頭*가 철사로 놈을 묶고 쇠막대로 다리뼈를 치니까 결국 오줌을 질질 흘리며 비명을 지르더군. 하지만 그 지경이 됐는데도 밸브를 찬 것도, 왕싱메이랑 잔 것도 인정하지 않더라니까. 또 한밤중에 나랑 위안다터우가 왕싱메이를 잡으러 갔는데 어디 갔는지 없더라고. 이튿날에 폐수 웅덩이 속에서 시체를 찾았지. 이미 죽어 있었어. 나는 조금 미심쩍은데,

---

* '다터우'는 머리가 큰 사람을 일컫는 별칭이다.

아무래도 누가 왕싱메이를 죽여서 입을 막은 것 같아."

이때 위안창袁強 지나가면서 말했다.

"왕더파, 말 좀 지어내지 마. 왕싱메이는 네가 잡으러 갔잖아. 나는 쫓아가서 보기만 했고. 그 여자가 죽은 건 나랑 아무 상관도 없어. 멍건성도 내가 안 때리고 류劉 뚱보가 때렸다고. 그리고 너, 또 한 번 나를 '다터우'라고 불렀다가는 폐수 웅덩이에 처박힐 줄 알아."

이때 류 뚱보가 와서 말했다.

"다들 무서워하지 말라고. 왕싱메이의 일은 조사가 다 끝났어. 실족해서 웅덩이에 빠진 거야. 그리고 멍건성에 대해서는 경찰서에서 그러더군. 이번에 아주 단단히 녀석에게 생산파괴죄를 물려서 앞으로 다시는 우리 공장에 감히 밸브를 차는 사람이 없게 만들겠다고 말이야. 또 멍건성의 무슨 보조금 파벌인지 뭔지는 우리 쑤 주임이 작업장에서 조사하고 있어."

쑤샤오둥이 달려와서 말했다.

"헛소리! 서기가 그러셨어. 그 파벌 얘기는 다 너, 왕더파가 지어낸 거라고. 진짜 보조금 파벌이 있으면 제일 먼저 큰일 날 사람은 서기와 쑤 주석이야. 어쨌든 두 사람이 보조금 승인을 책임지고 있으니까. 왕더파, 듣자 하니 곧 짐꾼으로 일이 바뀐다던데? 너는 적극적으로 고발하긴 했지만 적극성이 너무 지나쳤어. 늙은 호랑이의 엉덩이까지 고발이 미쳤잖아."

왕더파가 벌떡 일어나서 말했다.

"네? 어떻게 이럴 수가 있죠?"

다들 박수를 치며 깔깔거렸다.

"왕더파, 이 류샤오치劉少奇*, 린뱌오林彪** 같은 녀석."

---

* 1959년 마오쩌둥의 뒤를 이어 공산당 주석이 되었지만 문화대혁명 시대에 반마오쩌둥 실권파로 몰려 숙청된 정치가다.
** 군의 실권자로서 류샤오치를 몰아내고 마오쩌둥이 재집권하는 데 공을 세웠지만 후계자 자리를 노리고 마오쩌둥을 암살하려다 발각되어 비행기로 도주 중 사고사했다.

09

건성은 징역 십 년형에 처해졌다.

쉬성은 건성을 만나지 못했다. 그라는 사람이 갑자기 땅속으로 쑥 꺼져 사라진 듯했다. 사실 그는 스양石楊이라는 데에 갔다. 강을 건너고 성省을 벗어나 북쪽으로 50리를 가야 하는 곳이었다. 그곳에는 화강암이 나는 산이 있었는데 시내에서 형을 받은 사람들은 대부분 거기에서 돌을 캤다. 스양은 멀지는 않았지만 산 사람은 거기에 못 들어가고 거기에서 나온 사람은 윤회나 환생을 한 것처럼 여겨졌다. 쉬성은 그래도 건성이 돌을 캐고 있으니 적어도 맞아서 병신이 되지는 않았을 거라는 사실을 위로 삼았다.

건성이 잡혀간 뒤에야 쉬성은 비로소 그가 공장에서 여러 사람에게 미운털이 박혀 있었다는 것을 알았다. 건성은 한 끼에 300그램은 먹어야 했는데 구내식당 밥은 보통 이에 못 미쳐서, 불만스러운 나머지 식당 사람과 한바탕 드잡이를 했다. 또 작업 장갑을 수령할 때 슬쩍 남의 물건을 가져가기도 하고 목욕탕에서 반바지와 속옷을 빨아 나라의 물을 낭비하기도 했다. 그뿐만이 아니었다. 건성은 결혼 상대를 구하면서 가슴이 작은 여자는 거들떠보지도 않았다. 그런데 공장의 여공들은 영양 부족으로 죄다 가슴이 작았다. 아이를 낳아본 여공만 가슴이 컸다. 이것은 쉬성의 추측이긴 했지만 어쨌든 건성은 그 일로 여공들에게도 눈 밖에 났다. 그래서 사람들은 건성의 일을 고소해했다. 그가 보안과에서 두들겨 맞아 오줌을 쌌다는 얘기를 듣고서야 "그렇게까지 때릴 필요가 있나. 그래도 노동자 계급에 극빈자 출신인데"라고 했다. 이 말에 쉬성이 답했다.

"노동자 계급이 무슨 대수라고. 맞을 때 그런 게 다 무슨 소용이야."

조장 주젠화朱建華가 뒤에서 그 말을 수첩에 적어 쑤샤오둥에게 알렸다. 쑤샤오둥은 서기에게 보고했고 서기는 즉시 쉬성을 불렀다.

"천쉬성, 옳지 못한 사상으로 그런 얼토당토않은 말을 하다니 멍건성과 다를 바가 없군. 멍건성이 형을 받았는데도 아무것도 깨달은 게 없나?"

쉬성은 말했다.

"그럴 리가요. 멍건성은 감옥에 가야 했고 맞아야만 했습니다. 저는 따로 할 말이 없습니다."

서기가 말했다.

"사람을 때리는 것이 그래도 좋은 일은 아니지. 돌아가보게. 지난달에 불량품을 낸 건 공장에서 의논해서 10퍼센트의 배상금을 물리기로 했네. 자네 봉급에서 천천히 공제할 거야. 그러니까 걱정 말게. 규칙대로만 하면 갑자기 굶어 죽을 일은 없으니까."

작업장으로 돌아온 쉬성에게 쑤샤오둥이 말했다.

"오늘부터 너는 기계공이 아니야. 왕더파처럼 짐이나 나르고 원료통이나 굴려."

쉬성은 바로 원료통을 굴리러 갔다.

창고부터 작업장까지 원료통을 가져오려면 먼저 두 손으로 통 가장자리를 잡고 "영차!" 소리를 내며 비스듬히 삼십 도로 기울인 뒤, 조금씩 굴려서 움직여야 했다. 균형을 잘 잡으면 힘들 일이 없지만 균형을 잘못 잡고 사흘만 그렇게 일하면 허리가 끊어질 것처럼 아팠다. 원료통 굴리기도 삼교대제였다.

쉬성은 낡은 솜옷을 걸치고 팔 토시와 작업 장갑을 착용했다. 그리고 허리에는 알루미늄 전선을 감고 골판지를 대서 허리띠를 대신했다. 이어서 그가 작업장에 가서 장화를 신청하자 쑤샤오둥이 물었다.

"장화가 왜 필요하지?"

"창고에서 오는 길 중간에 웅덩이가 있고 일 년 내내 물이 차 있어요. 원료통을 굴리려면 그 물속에 발을 담가야 하거든요."

쑤샤오둥은 말했다.

"기계공한테는 장화를 지급하지 않아. 알아서 사서 써."

쉬성은 원료통을 굴린 지 보름 만에 발이 불어터졌다. 왕더파의 발도 불어터졌다. 둘이 창고 안에 앉아 있는데 왕더파가 울음을 터뜨렸다.

"내 발은 동상투성이야. 허리도 망가져서 밥 먹을 때 젓가락도 못 들겠어."

쉬성이 말했다.

"건성을 생각하라고. 지금 돌을 캐고 있잖아. 너는 어쨌든 건성보다는 처지가 나아. 너는 건성의 허리까지 망가뜨렸다고."

왕더파가 받아쳤다.

"멍건성은 반혁명 생산파괴죄잖아."

쉬성은 아무 말도 않고 허리에 감은 전선을 꽉 조인 후 일어나서 다시 원료통을 굴리러 갔다.

어느 날 쉬성이 한창 일하는 중에 위성이 찾아와 말했다.

"아빠도 원료통을 굴리신 적이 있는데 일부러 장화를 안 신으셨어. 기름 찌꺼기가 묻으면 장화가 문드러진다고 하시더라고."

"그랬군."

"하지만 겨울에는 아빠도 장화를 신으셨어. 발이 문드러지니까. 천쉬성, 장화가 문드러졌으면 좋겠어, 발이 문드러졌으면 좋겠어?"

위성의 물음에 쉬성은 말했다.

"둘 다 싫어."

이튿날 위성이 뒷굽을 수선한 장화 한 켤레를 들고 공장에 와서 쉬성을 창고로 끌고 갔다. 쉬성은 작업화를 벗고 주머니에서 양말을 꺼내 신은 뒤 장화 속에 발을 넣었다.

"이건 사부님 장화잖아."

옆에서 위성이 말했다.

"앞으로는 신발도 양말도 아끼지 마."

밤에 쉬성은 꿈속에서 사부를 만나 말했다.

"장화를 주셔서 감사해요, 사부님."

사부는 그에게 알밤을 먹이며 말했다.

"네게 위성을 줬는데 장화를 준 것만 생각하냐?"

아침에 깨어났을 때 쉬성은 머리가 깨질 듯이 아팠다. 그는 귀신이 때리는 것은 정말 다르다는 생각이 들었다. 살아 있을 때도 사부는 제자들에게 알밤을 먹이곤 했지만 이 정도로 아프지는 않았다. 며칠 뒤 또 꿈속에서 사부를 만났을 때 쉬성은 말했다.

"사부님, 일이 이상하게 돌아가요. 위성이 지금은 결혼을 할 수 없대요. 적어도 일 년은 상을 지켜야 한다고 하네요. 그러니까 사부님은 저를 잘못 때리신 거예요."

사부는 꿈속에서 한숨을 쉬며 말했다.

"상은 지켜서 뭐해. 나는 퇴직도 하기 전에 죽었고 장례비도……."

쉬성은 말했다.

"알아요, 알아. 16위안이라는 거."

쉬성은 꿈속에서 줄행랑을 쳤다.

그해 설날에 쉬성은 천 한 폭을 사서 위성의 집에 갔다. 위성은 집에서 혼자 사부의 헌 털옷을 풀고 있었다. 쉬성이 물었다.

"떠난 사람의 옷은 태워야 하는 거 아냐?"

"그런 걸 따져서 뭐해. 털옷이 통틀어 두 벌인데 풀어서 바지를 만들어야 해."

위성은 말하면서 자로 쉬성의 다리 길이를 쟀다. 쉬성은 그녀가 잘 잴 수 있게 자리에서 일어났다. 그녀가 쉬성에게 물었다.

"꺼림칙하지 않지? 꺼림칙하면 관두고."

"괜찮아. 사부님의 장화도 신었는데 뭐."

위성은 계속 털옷을 풀며 담담하게 말했다.

"그 장화, 혹시 문드러지면 나한테 말해."

쉬성은 한참 멍하니 있다가 말했다.

"위성, 나 청혼하러 왔어."

10

　결혼 후, 쉬성은 위성의 집에 들어갔다. 쉬성의 삼촌은 그가 데릴사위가 되는 것을 염려하며 당부했다.

　"쉬성아, 데릴사위로 들어가는 것은 장가가는 게 아니라 시집가는 것이어서 신부 쪽이 납폐納幣*를 줘야 해."

　쉬성은 얼른 말했다.

　"제가 장가가는 게 맞아요. 게다가 저도 납폐를 안 줄 건데요 뭐."

　"그러면 너한테 유리하구나. 그런데 리위성이 간이 안 좋다더구나. 간이 안 좋으면 나중에 간경화가 돼서 끝이 안 좋아."

---

* 혼인 때 신랑집에서 신부집으로 보내는 예물

"삼촌이나 술 좀 줄이세요. 술 많이 마시는 사람이 간경화에 걸린대요."

삼촌은 고개를 절레절레 저었다.

"이 고집불통 같으니."

위성의 집은 작아서 위성은 계속 자신의 일인용 침상에서 자고 쉬성은 그 옆에 널판자를 붙이고 잤다. 그리고 방 한가운데에 커튼을 치고 그 건너편에서 위성의 다른 식구들이 잤다. 쉬성이 야간 근무를 하느라 밤과 새벽에 드나들 때마다 다른 식구들은 잠에서 깨곤 했다. 그럴 때면 그들은 일어나 앉아 멍하니 그를 바라보았다. 쉬성은 신혼이고 얼굴도 두껍지 못했기 때문에 이런 상황에서 부부 생활은 꿈도 꾸지 못했다. 또 결혼한 뒤에야 그는 위성이 늦잠 자는 버릇이 있다는 것을 알았다. 사실 그것이 무슨 결점은 아니었지만 각종 규정과 규칙에는 어긋나는 것이었다. 위성이 일찍 깨지 못해서 쉬성은 아침 근무를 나갈 때면 새벽 네 시 반에 일어나 직접 먹을 것을 챙겨야 했다. 다른 직공들은 다 아내가 아침밥을 챙겨주므로 불만이 없을 수는 없었다. 두 달 후, 지역에서 그들에게 집을 배정해주었다. 터빈 공장에서는 안 멀고 페놀 공장에서는 자전거로 삼십 분 거리인 곳이었다.

"페놀 공장에 가까운 곳을 찾는 게 낫지 않을까. 나는 어쨌든 수시로 병가를 낼 텐데."

위성의 말에 쉬성이 답했다.

"아니야. 차라리 터빈 공장의 경유 냄새를 맡고 말지, 잘 때까지 페놀 냄새를 맡고 싶지는 않아."

그 집은 황량한 들판 뒤에 있었다. 껑충한 여름 수풀 사이로 나 있는, 기와 조각을 깐 흙길을 걸어서 가야 했다. 거친 풀들이 길 쪽으로 기울어지곤 했는데, 햇볕 따가운 오후에는 풀들이 칼끝처럼 번쩍거렸다. 처음에 갈 때, 위성은 길목에서부터 겁을 집어먹었다.

"너무 으스스해."

쉬성은 그녀를 위로했다.

"안쪽은 괜찮을 거야. 사람들이 많이 사니까."

황량한 들판을 지나서 위성은 우물가에서 빨래하는 사람과 불을 피워 밥을 짓는 사람 그리고 버려진 철길 위에서 노는 아이들을 보았다. 낡은 집들이 줄줄이 이어져 있었는데 그중 한 곳이 그들의 집이었다. 전에 살던 집보다 더 좋지도 나쁘지도 않았다. 위성이 "여기구나"라고 말했다.

집을 정리하면서 벽에 곰팡이 자국이 있는 것을 보고 쉬성이 말했다.

"마오 주석 사진을 붙여서 가리는 게 낫겠어."

이에 위성이 말했다.

"어디 가서 그런 소리 하지 마. 잡혀가니까."

두 사람은 중고 시장에 가서 2인용 침대와 식탁을 샀고 서랍

이 다섯 개 달린 옷장도 샀다. 그러니까 돈이 똑 떨어졌다. 밤에 위성이 모기에게 물려 깨어나자 쉬성이 말했다.

"모기장 사는 걸 까먹었구나."

위성이 모기향에 불을 붙였고 두 사람은 침대에 앉아 이야기를 나눴다.

"창밖으로 뭐가 지나가는 걸 봤어."

위성의 말에 쉬성이 물었다.

"뭐였는데?"

위성은 고개를 흔들었다. 쉬성은 신발을 지르신고 창을 밀고서 밖을 내다보았다. 머리 위에 높이 걸린 달은 깜짝 놀랄 만큼 컸고 큼직한 맨드라미가 수풀 속에서 간들거렸으며 도로는 은으로 만들어진 듯 빛났다.

쉬성이 몸서리를 치며 말했다.

"밖에는 아무도 없어."

위성이 한숨을 쉬며 말했다.

"사람이 아니야. 지나가던 유령이었나봐. 오늘이 음력 7월 15일이거든. 창문을 닫아."

"음력 7월 15일이 무슨 상관인데?"

"너는 잘 모르는가보구나. 이날은 귀신의 생일이라 귀신들이 밖에 나와 돌아다녀. 그래서 집집마다 죽은 가족을 위해 지전을 사르지. 죽은 사람도 저승에서 돈이 필요하거든. 술도 마시고 고기도 먹어야 하니까. 지전은 은박지로 만드는 게 제일 좋아. 접어서 원보元寶* 모양으로 만들지. 또 남자가 접는 게 제일 좋대. 은박지가 없으면 노란 종이를 쓰기도 해. 노란 종이가 싸니까. 지전을 사르는 건 저승에 있는 사람에게 보조금을 주는 것이나 다름없어. 지전을 종이봉투에 넣고 봉투에 받는 사람의 이름을 쓰지. 그러면 잘못 가져갈 일이 없거든."

"지금은 미신이라고 지전을 못 사르게 하잖아."

"몰래 사르면 괜찮아. 하지만 나는 오늘이 그날인지 까먹어서 아무 준비도 못 했네. 어쩔 수 없지."

쉬성은 창문을 닫고 침대로 돌아왔다. 문득 오랜 세월, 동생은 말할 것도 없고 부모님을 위해 지전을 살라본 적이 없다는 생각이 들었다. 애가 없는 쉬성의 삼촌은 모든 것을 단념해서 조상에게 지전을 사를 필요도, 자식에게 기대를 걸 필요도 없었다. 때로는 쉬성에게 이런 푸념까지 했다.

"내가 죽으면 강에 내 뼛가루를 뿌려줘."

오랫동안 집에 제사를 지내는 습관이 없었으니 쉬성이 그 안에 담긴 이치를 알 리가 없었다. 쉬성이 그런 얘기를 하자 위성이 웃으며 말했다.

"아빠가 살아 계셨으면 틀림없이 네가 가정교육을 못 받았다

---

* 배舟 모양으로 만든 중국 고대의 은괴

고 하셨을 거야."

"이런 것도 가정교육 축에 들어?"

"아빠가 그러셨어. 가난뱅이는 공부를 못해 교양이 모자라긴 하지만 앉아 있을 때나 서 있을 때나 또 죽었을 때도 나름의 모양을 갖춰야 한다고. 또 이런 말씀도 하셨어. 만약 누가 길거리에 쓰러져 죽어서 시체를 수습해줄 사람도 없으면 그건 가난뱅이가 아니라 아사자, 객사자, 신원 불명 사망자라고 말이야. 가난뱅이도 죽을 때는 체면을 차려야 하고 그 자손도 조상이 저승에서 체면을 유지하도록 해줘야 한다고 가르치는 게 가정교육인 것 같아. 사실 허례허식이기는 하지만."

쉬성은 말했다.

"사부님 말씀이 일리가 있네."

며칠 뒤, 오후 근무를 마치고 밤 11시에 집에 돌아온 쉬성은 아무 말 없이 성냥을 갖고 밖으로 나갔다. 위성이 따라가서 보니 그가 종이봉투 몇 개를 들고 있었다. 그 봉투에는 사람 이름이 적혀 있었다.

"이 안에 뭐가 들었어?"

"은박지."

"어디서 사온 거야?"

위성의 물음에 쉬성은 말했다.

"밖에서는 안 팔아. 우리 작업장의 주젠화가 담배를 피우는데 담뱃갑의 은박지를 안 버리고 다 모아놓았더라고. 모두 24장인데 2자오에 사서 다 원보 모양으로 접어놓았어."

위성은 은색의 작은 원보를 살폈다. 배 모양으로 길고 납작한 그것들이 종이봉투 세 개에 나뉘어 담겨 있었다. 쉬성의 부모와 동생의 이름이 적힌 봉투에 원보 10개, 또 사부의 이름이 적힌 봉투에도 원보 10개가 들어 있었다. 위성이 말했다.

"아빠 것이 너무 많아."

쉬성이 말했다.

"봉급이 많으셨잖아."

위성이 세 번째 봉투를 열어보니 원보가 4개 들어 있었다. 또 봉투에는 '왕싱메이'라고 적혀 있었다. 쉬성이 말했다.

"내가 간접적으로 해친 셈이니 역시 챙겨줘야지."

위성은 건성이 생각나서 한숨을 쉬었다.

"가족 아닌 사람이 있으면 집에서 태우면 안 돼. 밖으로 나가자."

두 사람은 벌판까지 갔다. 위성이 누가 보면 안 된다고 당부했기 때문이다. 두 갈래 흙길이 만나는 지점에서 바람을 피할 만한 곳을 찾아 몰래 종이봉투를 불살랐다. 위성이 뭐라고 중얼거리는데 쉬성은 잠시 귀를 기울이고서야 무슨 말인지 알았다.

"아빠, 아버님, 어머님 그리고 삼촌, 원보가 10개밖에 안 되고 드리는 날짜도 안 맞지만 부디 받아주세요. 쉬성과 나, 앞으로도 지전을 살라드릴 테니 쉬성을 도와주세요. 올해는 원료통을 안 굴리게 해주세요."

불빛이 위성의 얼굴에 비쳤고 쉬성은 그 옆에 경건하게 서 있었다. 위성은 또 말했다.

"왕싱메이, 앙심을 품지 말아요. 그리고 건성을 도와줘요. 건성은 당신을 좋아했으니까 건성이 빨리 풀려나올 수 있게 도와줘요."

불이 꺼지고 두 사람의 발치에 잿더미만 남았다. 위성이 일어나서 쉬성에게 말했다.

"이런 일은 남자가 하는 거야. 내가 가르쳐줬으니까 잘 기억해둬. 공장의 생산 공정처럼 규칙을 잘 따라야 해."

"잘 기억해뒀어."

위성은 쉬성의 뺨을 만지며 말했다.

"불쌍한 쉬성. 엄마 아빠 없이 자라서 이런 것도 모르고."

쉬성은 말했다.

"당신 덕에 이제 알았으니 됐어."

11

쉬성의 삼촌은, 약간의 배고픔은 살림 밑천이라고 말한 적이 있다. 하지만 그의 진정한 살림 밑천은 알코올이었다. 옷도 몇 벌 없고 먹는 것도 부실했지만 술은 매일 고량주 2냥*은 마셔야 했다. 나중에 삼촌은 자기가 마르크스-레닌주의자가 아니고 수정주의자라는 것을 인정했다. 숙모가 술을 안 주면 그는 밖으로 빠져나가 술을 마셨다. 게다가 잠시 손해 본 살림 밑천을 다 만회하려고 한번에 4냥, 6냥, 8냥을 마셨다. 그러다가 어느 날 삼촌은 술을 너무 많이 마시는 바람에 죽었다. 도랑가에 밤새 누워 있는 것을 이튿날 새벽, 청소부가 발견했다. 누구는 그가 뇌내출

---

* 1냥은 50그램 정도다.

혈이었다고 했고 또 누구는 그가 자신의 토사물에 목이 막혀 죽었다고 했다. 쉬성이 영안실에 도착했을 때 삼촌은 손이 얼음장처럼 차고 머리는 서리가 내린 듯 희끗희끗했다.

숙모는 말했다.

"천씨 집안은 많은 사람이 시체도 못 남겼지. 네 삼촌은 그나마 시체가 있으니 잘 죽은 셈이야."

삼촌이 전에 자기 뼛가루를 강에 뿌려달라고 한 것은 사실 마음에도 없는 소리였다. 그의 진짜 소망은 고향에 묻히는 것이었다. 하지만 고향에는 아무것도 없었다. 숙모가 또 말했다.

"네 할아버지, 할머니 그리고 먼 친척까지 전부 스양 부근의 산에 묻혀 있단다."

쉬성은 삼촌의 뼛가루가 담긴 단지를 삼베에 싸서 안은 채 강을 건넜다. 강은 드넓었고 배의 갑판 위에는 수많은 농민이 쪼그려 앉아 있었다. 지식청년들도 일부 섞여 있었다. 농민들은 하늘을 올려다보며 입술을 핥았다. 지식청년들은 난간 위에 엎드려 강 풍경을 보면서 낮은 소리로 이야기를 나눴다. 그 기선에는 범인 몇 명을 압송하는 트럭도 실려 있었다. 칼이 꽂힌 소총을 등에 멘 민병이 한쪽에 서 있었다. 그들은 다 스양에 가는 중이었다. 쉬성은 뱃머리 쪽으로 걸어가 꿈틀대는 파도를 보았다. 마음이 불안하고 착잡했다. 다음에 은박지를 태울 때는 봉투를 네 개 마련해야겠다는 생각이 들었다. 배가 강가에 닿자, 제일 먼저 트럭이 빠져나갔다. 뒷바퀴로 뽀얗게 먼지를 일으키며 천천히 사라졌다.

강가에 차 같은 것은 눈을 씻고 찾아봐도 없었다. 쉬성은 사람들과 함께 한동안 걸어갔고 그들은 차차 흩어지기 시작했다. 지식청년 두 명이 스양에 간다고 해서 쉬성은 그들과 길동무가 되었다. 지식청년이 물었다.

"이불을 넣어주러 가시나봐요. 가족 중에 누가 수감되어 있죠?"

쉬성은 말했다.

"가족이 아니라 동료가 거기 있어요."

"무슨 죄로요?"

"생산파괴죄요."

지식청년이 말했다.

"우리 생산중대에도 생산파괴죄를 지은 사람이 있어요. 휴가를 내 고향에 가려는데 간부가 허락해주지 않자 괭이를 네 토막을 냈지 뭐예요. 한 토막에 1년씩 사 년형을 받았어요."

그들은 한담을 나누면서 정오까지 계속 걸었다. 지식청년들이 멀리 가리키는 곳을 보니 기와를 얹은 집들과 조망탑 하나가 보였다. 스양에 도착한 것이다. 지식청년들이 말했다.

"여기에서 노동개조장까지는 거리가 제법 돼요. 읍내에 도착해서 다시 길을 물어보세요. 우리는 생산중대로 돌아갈게요."

쉬성은 혼자 읍내까지 가서 우물을 찾아 직접 두레박을 끌어 올려 물을 마셨다. 그때 누군가 높은 곳에서 그의 이름을 불렀다. 쉬성이 고개를 들어보니 조망탑 위에서 누가 아래를 향해 소리를 지르고 있었다.

"쉬성, 쉬성!"

알고 보니 육촌형 투건土根이었다. 전에 미리 약속을 해놓은 터였다. 투건이 탑에서 내려와 괭이를 집어 들고 말했다.

"가자. 유골을 묻어야지."

두 사람은 산으로 올라갔다. 투건이 쉬성에게 물었다.

"숙모는 왜 안 오셨어?"

"병이 나셨어."

"숙모가 재가했다는 소문을 들었는데."

"함부로 말하지 마. 그런 일 없어."

"쉬성, 나는 더 못 걷겠다. 아침밥을 못 먹었거든."

"시골 사람이 아침밥은 무슨 아침밥이야."

투건은 바위 하나를 골라 그 위에 앉으며 말했다.

"진짜 더 못 걷겠어."

쉬성은 호주머니에서 1자오를 꺼내 투건에게 주었다. 투건은 말했다.

"이제 걸을 수 있겠는데."

두 사람은 산길을 더 걸었다. 그런데 투건이 다시 말했다.

"또 못 걷겠어."

쉬성은 속으로 고개를 흔들었지만 1자오를 또 주었다. 투건은 다시 일어나 걷기 시작했다. 이런 식으로 투건은 중간에 다섯 번이나 주저앉았고 산 정상에 거의 다다랐을 때 그는 말했다.

"이런, 거의 다 왔네."

쉬성이 말했다.

"나도 더 못 걷겠다. 제발 나 데리고 빙빙 돌지 좀 마, 형. 돈이 필요하면 그냥 달라고 해."

"탓을 하려면 나 말고 돌아가신 아저씨 탓을 해. 왜 굳이 산꼭대기에 묻으라고 한 거야. 산자락에 묻으면 5자오면 충분한데. 아무튼 나는 1위안은 받아야겠어. 방금 전에 도합 5자오를 줬으니까 5자오만 더 주면 돼."

"본래 형한테 2위안을 주려고 했어. 하지만 삼촌을 묻을 때까지 두고 봐야겠어."

이 말을 듣고 투건은 땅바닥에 털썩 주저앉았다.

"2위안 줘."

쉬성은 말했다.

"우리는 친척이잖아. 이렇게 찔끔찔끔 걷고 동생한테 1자오씩 갈취하는 법이 어디 있어?"

"시골 사람들은 가난해. 나는 애가 셋 있는데 둘이 맨발이고 신발 있는 애는 겨우 하나야. 전에 아저씨가 살아 계실 때 내가 채소랑 계란을 갖고 시내로 찾아뵈면 내게 2위안을 주고서 나를 끌고 술을 마시러 가셨지. 어떨 때는 내가 빈손으로 갔는데도 아저씨는 2위안을 주셨어. 이제 아저씨가 돌아가셔서 나한테는 시내에 있는 친척이 너 하나밖에 없다고. 하지만 나는 네가 어디 사는지도 몰라. 네가 채소가 필요한지도, 계란이 필요한지도 모른다고."

투건은 말하면서 눈물을 훔쳤다.

"아저씨가 돌아가시다니."

쉬성은 말했다.

"귀찮아 죽겠네. 이제 그만 좀 해."

두 사람은 정상에 올라갔다. 늦가을이어서 바람이 불 때마다 낙엽이 우수수 날렸다. 사방에 무덤이 이어져 있고 우거진 잡초가 쓸쓸해 보였다. 투건은 쉬성을 데리고 무덤 사이로 깊이 들어갔다. 깊은 구덩이 하나와 키 작은 비석이 눈에 띄었다. 쉬성은 무릎을 꿇고 삼베의 매듭을 푼 뒤, 삼촌의 뼛가루가 담긴 단지와 삼베를 함께 구덩이 속에 놓았다. 투건이 괭이로 주변의 흙을 모아 작은 무덤을 쌓았다. 이어서 쉬성이 보따리에서 향 세 가닥을 꺼내 불을 붙이고 절을 한 뒤에 일어섰다. 투건도 따라서 세 번 절하고 쉬성의 눈치를 봤다. 쉬성은 그에게 1위안 5자오를 주었다.

쉬성이 투건에게 물었다.

"할아버지 할머니 무덤은 어디 있어?"

"너무 오래돼서 찾을 수가 없어."

쉬성은 한 바퀴 휙 둘러보고 다시 말했다.

"비석 없는 무덤이 왜 이렇게 많지?"

"온 가족이 다 죽은 경우가 많아서 그래. 굶어 죽은 사람도 있고 댐을 파다 과로사한 사람도 있지. 자손이 없는데 비석이 무슨 필요야."

"사람이 죽어도 어쨌든 이름은 남잖아. 혁명 열사들을 보라고. 자손이 없어도 다 비석을 세우던데."

쉬성의 의문에 투건이 마지막으로 답했다.

"우리 큰아버지네는 애 셋이 굶어 죽고 어른도 굶어 죽었는데 다들 이름이 뭐였는지도 아는 사람이 없어. 예전의 그 많던 관습을 이제는 아무도 안 따진다고. 아저씨가 돌아가셨으니 본래는 네가 상복을 갖추고 술과 고기를 준비해야 해. 하지만 진짜 그러면 봉건 미신으로 몰려서 민병들이 달려올 거야. 여기에는 열사가 없어. 몽땅 시골 사람들이라고."

쉬성은 묵묵히 산을 내려갔고 투건과 다시 읍내로 가다가 멀리서 쾅 하고 울리는 소리를 들었다. 돌을 캐려고 산을 폭파하는 소리였다. 쉬성이 투건에게 물었다.

"내가 시간이 좀 남는데 혹시 여기서 노동개조 채석장까지 멀어?"

"그건 왜 물어?"

"내 동료가 거기 갇혀 있거든. 가서 만나보고 싶어."

"못 들어가게 할 텐데. 소개 편지를 요구할 거야."

"그러면 됐고."

투건이 말했다.

"사실은 그렇게 삼엄하지도 않아. 혹시 사탕이나 담배 가진 거 있어? 사탕은 한 봉지 다, 담배는 한 보루 다 있어야 해. 그걸 안에 전하면 들여보내줄 거야."

"둘 다 없는데."

"괜찮아. 나한테 2위안만 주면 내가 집에 가서 계란 한 바구니를 갖다 줄게. 계란도 괜찮은 물건이니까."

"그거 괜찮네."

"자, 돈을 줘."

"계란은?"

쉬성의 물음에 투건은 말했다.

"우리 집 계란은 대들보에 걸려 있어. 내가 그걸 그냥 가져오면 마누라가 자기 목을 대신 거기에 걸 거야. 그러니까 먼저 2위안을 줘. 안 그러면 마누라가 죽어."

쉬성은 또 호주머니에서 2위안을 꺼내 투건에게 주었다. 투건은 돈을 꼭 쥐고 밭두둑을 내려가 멀리 달려가다가 돌연 쉬성을 돌아보며 외쳤다.

"해가 져도 내가 안 오면 더 기다리지 마."

쉬성은 다급히 뒤를 쫓았다. 투건은 목을 움츠리고 연못가를 돌아 숲으로 들어갔다. 어디로 갔는지 알 수가 없었다.

쉬성은 어기적어기적 부두로 돌아가 기선을 탔다. 하늘은 점차 어두워지고 강물에서는 찬 기운이 솟아올랐다. 쉬성은 속으로 2위안, 내 2위안, 하고 계속 되뇌었다. 그렇게 시간이 가고 시내에 도착했는데 막 데모를 마치고 흩어지는 사람들이 눈에 띄었다. 그들은 깃발을 들고 각자 돌아가고 있었다. 쉬성은 위성과 마주쳤다.

"오늘 무슨 일로 데모를 한 거지?"

쉬성의 물음에 위성은 하품하며 말했다.

"오늘 사인방四人幇*이 타도됐어."

---

* 중국 문화대혁명 기간에 권력을 휘두르던 네 명의 공산당 지도자. 마오쩌둥의 부인 장칭江青을 비롯해 야오원위안姚文元, 왕훙원王洪文, 장춘차오張春橋를 가리킨다. 1976년 마오쩌둥 사망 이후 이 사인방이 체포되면서 문화대혁명이 막을 내렸다.

12

쉬성은 난간에 앉아 왕더파가 낑낑대며 스물두 번째 원료통을 굴리는 것을 보고 있었다. 그는 이미 원료통 50개를 굴려 그날의 할당량을 다 채운 뒤였다. 이 일을 한 지 벌써 삼 년이 됐는데도 왕더파는 여전히 거북이처럼 둔하다는 생각이 들었다.

왕더파는 거의 울기 직전이었다. 전에는 모두가 하루에 8시간씩 통을 굴리면 됐지만 이제는 규정이 바뀌어 일인당 통 50개를 굴려야 쉴 수 있었다. 숫자를 못 채우면 채울 때까지 쉬지 않고 통을 굴려야 했다. 왕더파는 문득 쉬성이 웃고 있는 것을 보고 큰 소리로 외쳤다.

"나 안 할래!"

쉬성은 엄지손가락을 치켜들고 목소리를 길게 뽑으며 말했다.

"패기가 있군."

왕더파는 잠시 고민하다가 다시 통을 굴리며 말했다.

"천쉬성, 진짜 패기 있는 사람은 너야. 너는 어느새 굉장히 단단해졌어. 전에는 공장에서 찍소리도 못했는데 말이야. 또 무슨 일이든 다 네 사부한테 의지했었고."

"사부님은 이미 돌아가셨잖아. 이제는 나 혼자라고."

쉬성은 왕더파를 내버려둔 채 작업복을 들고 식당 앞으로 가서 담배를 피웠다. 왕더파가 멀리서 독설을 내뱉었다.

"패기만 있으면 뭐하나. 애도 못 낳으면서."

쉬성은 아는 체도 하지 않았다.

그날 페놀 공장에서는 운동회가 열리고 있었다. 야간 근무인 직공들은 모두 나왔다. 누구는 줄넘기를 하고, 누구는 금붕어를 낚고, 또 누구는 누가 더 느리게 자전거를 모나 겨뤘다. 쉬성이 오자 다들 야단이 났다. 빈 원료통을 굴리는 종목도 있었기 때문이다.

"천쉬성은 통 굴리기의 왕이야! 천쉬성이 통을 굴리러 왔다!"

쉬성은 각 부서 여공들이 원료통을 기울이고 핸들을 조정하듯 두 손으로 애써 통을 굴리는 것을 보았다. 통이 더러웠기 때문에 깨끗한 작업복을 입은 여공들은 가슴에 먼지나 기름때가 묻을까봐 조심했다. 쉬성은 담배에 불을 붙이고 옆에서 잠자코 지켜보았다. 여공들이 다 머리가 나쁘다는 생각이 들었다. 사람들은 여전히 소란을 피우고 있었다.

"천쉬성, 통을 굴려봐! 일등상은 보온병이야!"

쉬성은 담배를 문 채 걸어 나가 빈 통 하나를 쓰러뜨리고 냅다 걸어찼다. 그 통은 데굴데굴 굴러 결승선에 닿았다. 쉬성은 피식 웃으며 말했다.

"이제 됐지?"

사람들은 다소 난처해했다. 이때 서기가 다가와 쉬성의 어깨를 두드리며 말했다.

"쉬성, 잘 좀 해보게. 자네가 우승하면 보온병 두 개를 상으로 주지."

쉬성은 오늘 벌써 원료통을 50개나 굴려서 더 안 굴리고 싶다고, 곡마단의 곰이나 통 굴리기를 좋아한다고 말하고 싶었다. 그런데 낮에 위성이 한 말이 생각났다. 그녀의 작업장 주임이 아들을 낳았는데 뭔가 선물을 하고 싶다는 것이었다. 보온병 두 개면 더할 나위가 없었다. 쉬성은 작업복을 입고 허리를 펴면서 서기에게 말했다.

"해보죠 뭐."

당연히 우승은 쉬성의 몫이었다. 사람들 중에는 자기가 날래다고 자부하는 젊은이도 있었지만 감히 그와 겨루기를 원치 않았다. 쉬성은 작업복을 벗어 허리에 매고 보온병 두 개를 한 손에 든 채 조용히 밖으로 걸어갔다. 서기가 공장 문까지 그를 바래다주었다.

집에 돌아와서 쉬성은 식탁 위에 보온병 두 개를 놓고 자세히 살폈다. 판지板紙로 만들어졌고 하나는 빨간색, 하나는 노란색인데 나비와 모란꽃이 새겨져 있었다. 집에 겨우 두 개 있는, 낡고 무거운 대나무 보온병보다 몇 배는 좋아 보였다. 따라서 작업장 주임에게 선물하기에도 알맞고 집에 놓고 써도 무척 만족스러울 듯했다. 상점의 보온병은 계획 공급 대상이라 표를 갖고 사야 하는데 그 표가 어디 있는지는 귀신밖에 몰랐다. 위성도 집에 돌아와서 보온병을 보고 뛸 듯이 기뻐하며 어떻게 생긴 거냐고 물었다. 쉬성이 얘기해주자 그녀는 식탁에 엎드려 보온병을 보면서 중얼거렸다.

"매달 통 굴리기 시합이 열리면 좋겠네."

쉬성은 고개를 흔들었다. 속으로 여자는 어쩔 수 없다고 생각했다. 평소에는 원료통 굴리는 것이 할 만한 일이 아니라고 하더니 막상 예쁜 보온병이 생기자 그런 생각은 싹 사라진 듯했다.

"아까워서 선물 못 하겠어."

위성의 푸념에 쉬성이 말했다.

"선물해. 당신은 툭하면 병가를 내잖아. 작업실 주임이 안 돌봐주면 골치 아프다고."

"나도 알아. 선물할 거야. 그냥 아까워서 한마디 해본 거야."

위성은 또 말했다.

"우리 공장에 쒼바이리筍百里라는 도서 관리원이 있는데 전에 우파였고 나중에 오명을 벗었어. 교양도 있고 글도 잘 쓰는데 지샹가吉祥街의 작은 양옥에서 살아. 거기 한 번 가봤는데 그 집 보온병이 바로 이 디자인이었어. 꽃무늬 유리 찻잔도 있었고. 체코슬로바키아 것이라던데. 그 집에는 전축, 선풍기, 서양식 참나무 의자, 금박 표지 소설까지 예쁘지 않은 게 없더라고."

쉬성이 말했다.

"그건 다 부르주아 물건이잖아. 전에 다 압수했을 텐데."

"일부 돌려줬다고 하더라고. 그것만 보고도 난 눈이 휘둥그레졌어."

"당신이 그런 소리를 하니까 나도 이 보온병을 선물하기 싫어졌어."

위성이 마지막으로 못을 박았다.

"그냥 선물하자."

밤에 잠자리에 들었을 때 쉬성은 비로소 다른 일이 떠올랐다. 낮에 서기가 쉬성을 공장 문까지 바래다주면서 이런 말을 건넸다.

"천쉬성, 며칠만 더 참으면 힘든 날도 끝날 걸세."

쉬성은 그 말이 무슨 뜻인지 이해가 안 갔다. 위성은 아마 쉬성이 직책이 바뀌어서 다시 작업장의 기계공으로 돌아갈 것 같다고 짐작했다. 이에 쉬성은 말했다.

"그런 일은 함부로 넘겨짚으면 안 돼. 그냥 보온병을 어떻게 할지나 생각하자고."

위성은 이제 예전과는 달라져서 직공이 위에 항의를 해도 괜찮다고 말했다. 그녀의 공장에서도 누가 목을 맨다고 격렬히 항의하니까 좋은 직책으로 바뀌었다는 것이다.

"내가 아는 동생의 남동생이 지식청년인데 다들 꽤나 심하게 항의하나봐. 떼를 지어 열차 철로를 막고 도시로 돌아가게 해달라고 한대."

다음 날도, 그다음 날도 쉬성은 계속 공장에서 원료통을 굴렸다. 아무 일도 일어나지 않았다. 그러다가 닷새째 되는 날, 갑자기 위에서 업무팀이 내려와 곧장 공장장 사무실로 들어가서 공장장을 데려가는 한편, 각 부서에서 조사를 진행했다. 그리고 얼마 후 결론이 났다. 공장장은 횡령과 부패, 보복과 공격을 일삼은 것으로 판명이 나 체포되었다. 사람들은 희희낙락해서 뛰어다니며 이 소식을 서로 전했다. 멍건성 이후, 공장에서는 오랫동안 잡혀간 사람이 없었는데 이번에 월척이 걸려든 것이다.

이어서 원료 창고에 운반원이 한 명 늘었는데 그녀의 이름은 바이쿵췌白孔雀였다. 아주 오래전, 그녀는 공장장과 부적절한 관계를 가진 적이 있었다. 당시 그녀는 아직 젊고 품질 검사과에서 일했지만 이제는 거의 사십 세가 되었고 공장장이 잡혀간 지금은 당연히 사무실에 계속 앉아 있을 수가 없었다. 그녀는 여전히 아름다웠다. 파마머리를 하고 굽 높은 구두를 신었는데 꼭 텔레비전에 나오는 국민당 여자 스파이 같았다. 그녀가 그런 모습으로 원료 창고에 나타났을 때 조장은 말했다.

"바이쿵췌, 원료통을 작업장까지 굴려야 해."

바이쿵췌가 고개를 빳빳이 들고 말했다.

"제 본명은 바이잉췬白英群이에요. 바이쿵췌白孔雀(하얀 공작새라는 뜻)라고 부르지 마세요."

"이름이 뭐든 간에 원료통이나 굴리라고."

바이쿵췌는 양손으로 원료통을 부여안고 기울이려 했지만 원료통은 꼼짝도 하지 않았다. 왕더파가 깔깔 웃었다.

"이건 원료통이지 공장장이 아니야."

바이쿵췌는 손을 놓고 걸상에 앉으며 말했다.

"나는 못 해."

이에 왕더파가 말했다.

"이 여자 정말 대단하네. 옛날 왕싱메이처럼 혼나봐야 말을 듣겠군. 그래, 내가 혼내주지."

왕더파는 다가가서 바이쿵췌의 머리칼을 휘어잡았다. 사람들이 그래서는 안 된다고 말렸지만 소용이 없었다. 그런데 바이쿵췌가 눈을 부릅뜨더니 왕더파의 얼굴에 침을 뱉고 홱 할퀴어서 이마부터 뺨까지 다섯 갈래의 붉은 선을 그었다. 왕더파는 비명을 지르며 몸을 뒤로 뺐다. 그녀가 차갑게 웃으며 말했다.

"나를 보안과로 끌고 가서 옛날 방침대로 그 자리에서 쏴죽이거나 때려죽이면 당연히 말을 듣겠지. 어쨌든 난 원료통은 못 날라."

사람들은 혀를 내두르며 오늘 여자 혁명 열사가 하나 나왔다고 떠들었다. 이 일은 공장 상부까지 보고가 올라갔지만 상부에서도 그녀를 어떻게 해야 할지 몰라 결국 공장 부설 어린이집으로 보냈다. 그곳은 아교 작업장과 이웃해 있어서 악취가 진동했다. 그녀는 악취 속에서 직공들의 코흘리개 아이들을 돌봤다.

쉬성이 말했다.

"나는 내가 땅속에 파묻혀 있는 것 같아. 몸으로 밀어 올리면 흙이 조금 헐거워지긴 하지. 남들이 그렇게 흙을 헤집고 빠져나가는 걸 보니까 나도 뭔가 해야겠다는 생각이 들어."

위성이 말했다.

"당신, 누구한테 따지고 따귀라도 날릴 수 있어? 늘 한쪽에 앉아 비웃기만 하면서."

쉬성이 조금 화를 내자 그녀는 또 말했다.

"당신 탓을 하는 건 아니야. 그리고 지난번에 보온병을 타오기는 했지만 앞으로는 그런 시합에 나가지 마."

"왜?"

쉬성의 물음에 그녀는 말했다.

"사람들이 당신을 통 굴리기 대왕이라고 부른단 말이야."

다시 며칠 뒤, 쉬성은 집에 돌아와 궤짝 속에서 뭔가를 찾았다. 위성이 이상하게 여기자 그는 말했다.

"졸업장을 찾고 있어. 공업학교 졸업장."

"그걸로 뭐하려고?"

"갑자기 나보고 작업장 관리 업무를 하라고 하네. 그래서 공업학교 졸업장을 내야 해."

위성이 웃으며 물었다.

"어떻게 흙을 헤집고 나온 거야?"

"나도 몰라. 그런 적 없어. 그런데 내 학력이면 나는 당연히 기술 업무를 해야 해. 처음에는 말단 기술자겠지만 나중에 부기사 그리고 머리가 희끗희끗해지면 기사가 될 거야. 진짜야, 내 말 믿어."

위성은 말했다.

"전에 아빠가 당신이 간부라고 그러셨는데 결혼할 때 보니까 운반원이었지. 그런데 알고 보니 기사였구나. 내가 기사한테 시집온 거였구나. 쉬성, 당신 운이 좋은 쪽으로 바뀌었나봐."

쉬성은 한참을 뒤졌지만 끝내 졸업장을 찾지 못했다. 아마 진즉에 폐품으로 버린 듯했다. 어쩔 수 없이 모교에 가서 새로 발급받는 수밖에 없었다. 쉬성은 침대 가장자리에 앉아 말했다.

"조금 귀찮기는 하지만 그래도 기뻐. 위성, 앞으로 왕더파 혼자 원료통을 나를 걸 생각하니 웃음이 나오네. 내가 기분이 좋다

고 이런 못된 생각까지 하다니. 옛날에 아버지가 해주신 말씀이
떠오르는군."

"뭐라고 그러셨는데?"

위성이 물었지만 쉬성은 말해주지 않았다.

"앞으로 얘기해줄 날이 있을 거야."

13

위성은 결혼 후 쭉 아기가 안 생겼다. 몸이 안 좋은 그녀는 간혹 자기가 아이를 잘 키울 수 있을지 모르므로 역시 포기해야겠다는 생각을 했다. 그런데 페놀 공장에서 어떤 소문이 그녀의 귀에 들려왔다. 누가 쉬성을 가리켜 가문의 대를 끊은 놈이라고 욕을 했다는 것이다. 그해, 위성은 서른 살이었다.

페놀 공장은 기술 혁신을 추진했고 쉬성과 덩쓰셴은 함께 원료 파이프를 개발해 공장에서 보너스 20위안을 타서 반씩 나눴다. 그리고 작업실의 진공펌프 한 대가 충격에 자주 고장이 나자, 쉬성은 펌프 속에 융단을 덧대 충격을 줄이는 방법을 고안했다. 그런데 창고에서 융단을 수령하자마자 그는 한 조각을 잘라 위성에게 신발 깔개를 만들게 했다. 그녀는 추위에 약해서 겨울이면 늘 발이 동상에 걸렸기 때문이다.

페놀 공장은 수익이 괜찮아서 복지가 점점 좋아졌다. 사계절에 작업복 세 벌을 나눠주었고 각종 보호 용품도 정기적으로 지급했다. 예를 들면 천 장갑, 고무장갑, 장화, 우의, 작업화, 안전모, 비누, 용접 보안경, 허리띠 등이었다. 쉬성 같은 기술직원에게는 따로 지우개, 연필, 펜, 잉크, 직선자, T자, 줄자, 연필 깎는 칼, 호치키스, 클립, 풀, 도면, 편지지, 업무 수첩 등을 주었다. 점심시간에 즐기라고 일인당 한 벌씩 장기도 주었지만 카드 게임은 금지였다. 도박을 하게 될 가능성이 크기 때문이었다.

쉬성은 자기 사무실이 생겼다. 페놀 작업장 뒤편, 미처 창틀도 못 단 새 콘크리트 단층 건물에 있었다. 쉬성과 딩쓰셴은 책상을 사이에 두고 마주 앉았고 새로 들여온 철제 캐비닛에는 각종 문구 용품과 도면을 넣었다. 창구멍을 통해 녹나무의 가는 가지에 달린 잎 떨기가 보였다. 새로 갈아엎은 땅에 심은 나무였다. 그런 나무는 뿌리를 잘 내린다는 것을 쉬성은 알고 있었다. 아마 그가 퇴직할 즈음이면 꽤나 무성해져 짙은 그늘을 드리울 것이다. 공장에는 온실도 있어서 직공들에게 분재 식물을 팔았다. 어떤 풀은 잎이 붉은데 밑동은 파래서 얼핏 보면 붉은 꽃이 핀 듯했고 일 년 내내 그런 상태를 유지했다. 쉬성은 5자오에 그 풀이 담긴 화분을 사와 위성에게 보여주었다. 아파서 누워 있던 위성이 그에게 물었다.

"그게 무슨 꽃이야?"

"나도 몰라. 온실 할아범도 잘 모르더라고. 그냥 예쁘다고, 다른 데서는 보기 힘든 거라고 그랬어."

그해, 쉬성은 이렇게 공장에서 상황이 나아져서 기술직원이 되고 사무실도 생겼다. 특히 삼교대제에서 자유로워져 차츰 신수가 훤해졌다. 반면 위성은 툭하면 병가를 내고 집에서 휴식을 취했다. 게다가 선천적인 히스테리 기질이 심해져서 젊을 때는 몰랐는데 서른 살이 되면서부터 돌연 발작을 일으키곤 했다.

그들이 사는 황량한 들판 뒤의 주택가 사람들은 대부분 보통 노동자나 실업자여서 교양이 부족했기 때문에 위성은 줄곧 이웃과 사귀기를 꺼렸다. 그런데 웬일로 메이펑잉梅鳳英이라는 아주머니를 사귀더니 열심히 서로 채소와 간식을 주고받았다. 쉬성은 처음에는 별 문제를 느끼지 못하다가 어느 날 위성이 공장 이야기를 하다가 무심코 "니미럴"이라고 말하는 것을 들었다. 그는 잠깐 멍하니 있다가 물었다.

"위성, 그런 욕은 어디서 배웠어?"

위성은 슬그머니 웃으며 메이펑잉에게서 배웠다고 했다.

며칠 뒤, 이웃의 리李 아주머니가 와서 트집을 잡았다. 쉬성네 석탄 화로를 놓아둔 자리를 자기가 차지해야겠다는 것이었다. 그곳은 그냥 대나무로 짓고 지붕에 석면 기와를 얹은 헛간 안의 자리에 불과했다. 네댓 가구가 그 헛간 안에서 불을 피워 밥을 했는데 줍기도 줍고 누추하기 짝이 없었다. 위성은 그런 곳에서 한 자리를 두고 싸우는 것이 수준 이하라고 생각했다. 하지만 그 자리를 잃으면 한데서 밥을 해야 했으므로 다투지 않으면 안 되었다. 리 아주머니는 석탄재 한 덩이를 위성의 발치에 던지고 연방 "니미럴!"을 외치며 쉬성네 석탄 화로를 치우려 했다. 위성은 온몸으로 석탄 화로 앞을 막은 채 빨개진 얼굴로 용기를 내어 "니미럴!"이라고 맞받아쳤다. 그러자 리 아주머니가 산발을 하고 위성을 때리려 했지만 다행히 메이펑잉이 때맞춰 왔다. 두 여자는 침을 뱉고 따귀를 올려붙이며 한바탕 난투극을 벌였다.

그날 퇴근한 쉬성은 식탁 위에 따끈따끈한 밥과 국과 요리가 놓여 있는 것을 보았다. 위성은 말끔히 머리를 빗고서 자기가 제일 좋아하는 베이지색 외투를 입고 흰 구두를 신은 채 의기양양하게 식탁 옆에 앉아 있었다. 얼굴에 두 갈래 붉은 손톱자국이 난 그녀가 금귀고리 하나를 허공에 던졌다 받았다 했다. 쉬성이 무슨 일이 있었느냐고 묻자 그녀가 말했다.

"오늘 내가 싸워서 이기지 않았으면 이 식사는 없었을 거야. 그러니까 배불리 잘 먹어, 니미럴."

쉬성이 감히 못 먹고 있는데 밖이 잠깐 소란스럽더니 리 아주머니의 남편이 와서 금귀고리를 돌려달라고 했다. 위성이 꼼짝도 않고 앉아서 말했다.

"이 귀고리는 내 전리품이야. 돌려달라고 하는 건 자유지만 당신 마누라가 와서 그래야지. 또 당신이 억지로 가져가는 것도 자유지만 그러려면 내 남편과 싸워 이겨야 해."

쉬성이 급히 화해에 나섰다. 리 아주머니의 남편은 키가 작고 말랐는데 우거지상이 되어 연방 허리를 숙였다. 위성은 화가 풀려서 "잘 받아"라고 하며 금귀고리를 던져주었다. 그리고 쉬성을 돌아보며 말했다.

"밥 먹어!"

문을 닫고서 쉬성은 엄지손가락을 치켜들었다.

"위성, 잘했어. 기세가 대단한데."

위성은 코웃음을 쳤다.

"무슨 물건이든 싸워서 얻지 않는 게 없지. 싸워서 이기면 좋고, 싸워서 박살을 내면 더 좋고. 그리고 당신, 실실 웃으면서 응원을 해주던데 왜 그러는 거야? 나는 결사대고 당신은 위문단이야?"

쉬성은 급히 웃으면서 무마했다.

"내 말 아직 안 끝났어. 요 몇 년 세상이 좀 안정됐잖아. 자꾸 싸우면 교양 없는 사람 취급을 당한다고."

"계급투쟁 때문에 싸운 게 아니라고. 석탄 화로 때문에 싸운 거야. 우리 석탄 화로를 길거리에 내다버리려고 했다면 그건 사람을 잘못 본 거지. 나도 거칠게 자란 사람이거든. 곱게 자란 공주가 아니라고."

"그 여자 귀고리를 잡아 뺐으면 귓불이 째졌겠는걸. 너무 심한 거 아니야?"

"메이펑잉 언니가 그랬어. 나는 주워온 거고. 내 얼굴에 붉은 줄이 갔으니까 비긴 거야."

쉬성은 맞장구를 쳤다.

"그래, 비긴 거야, 비겼어."

두 사람이 웃다가 밥그릇을 들고 막 한 숟가락 먹었을 때, 멀리서 리 아주머니의 앙심에 찬 외침이 들려왔다.

"너희 집은 대가 끊겨서……."

뒤의 말은 잘 안 들렸다. 누가 그녀의 입을 막은 듯했다. 쉬성과 위성은 서로 마주보고 아무 말도 못했다.

대가 끊어진다는 말은 이때부터 위성의 마음속에 새겨져 그녀가 가장 꺼리는 말이 되었다. 하지만 그것은 중국 사람이 맹세하거나 욕을 할 때 밥 먹듯이 쓰는 말이었다. 한번은 메이펑잉이 무심코 "이 말이 거짓말이면 우리 집 대가 끊길 거야"라고 했는데, 위성은 이 말을 듣고 홱 돌아서서 집에 가버렸다. 메이펑잉은 곰살맞은 사람이라 뒤따라가 그녀를 달래며 말했다.

"서른 살이 됐으니까 이제 아기를 낳아야지."

위성은 사부가 옛날에 해준 충고를 따랐다. 자기가 간염에 걸린 적이 있다는 얘기는 안 하고 그냥 몸이 허하고 빈혈이 있어서 어렵다고 핑계를 댔다. 그러자 메이펑잉은 말했다.

"한의원에 내가 아는 의사가 있는데 집안도 좋고 산부인과 질병도 잘 고치더라고."

위성은 그가 누구인지 짐작이 갔지만 그래도 물어보았다.

"그 의사가 누구죠?"

"성이 허씨야."

위성은 한의원을 찾아갔다. 그곳은 사람들로 북적거렸다. 한의원 맞은편에는 절이 있었는데 초하루와 보름 아침마다 시골이나 강 맞은편에서 배를 타고 온 할머니들이 길을 꽉 메웠다. 그녀들은 파란 저고리를 입고 머리에 수건을 쓴 채 목에 황토색 향주머니를 걸고서 조용히 줄지어 향을 사를 차례를 기다렸다. 절에는 스님들이 많았다. 모두 새로 온 그 스님들은 고개를 숙인 채 뭐라고 수군대며 왔다갔다했다. 위성은 1960년대에 그곳이 완전히 폐허가 되어 스님들도 쫓겨나고 보살도 천왕天王도 다 사라져서 빈껍데기뿐이었음을 떠올렸다. 지금 공양을 받는 것은 관음보살일까, 석가여래일까?

위성은 한의원에 들어가 접수했고 이 층에서 허 의사를 보았다. 마흔 살이 다 된 그는 앞이마가 벗겨지고 풍채가 남달랐다. 앉아서 진료하는 그의 뒤편에 젊은 의사 두 명이 서서 열심히 귀를 기울이며 쓱쓱 메모를 하고 있었다.

'허 의사가 주임 의사가 됐구나.'

위성은 속으로 생각했다.

'한의사는 모름지기 저래야 해. 조금 늙어 보여야 있어 보이지.'

위성은 또 생각했다.

'내가 앞에 앉으면 진료를 하든 옛날이야기를 하든 남편 이야기가 나올 텐데 뭐라고 소개하지? 쉬성은 기사니까 괜찮은 편이야. 기사 보조이긴 하지만.'

위성은 대기실에서 한참 허 의사를 기웃거렸다. 줄은 무척 길었다. 한 사람씩 번호가 불려 들어가는데 높은 계단을 하나씩 올라가듯이 무척이나 힘들게 줄이 줄어들었다. 위성은 생각했다.

'사는 건 정말 재미없어. 진짜 아기를 낳고 싶기는 하지만 옛날에 허 신의가 했던 말이 맞았던 거잖아. 허 신의는 대체 의사야, 점쟁이야? 어떻게 척 보자마자 내가 임신이 힘들다는 걸 알아챈 걸까? 정말 그때 물어봐야 했어, 내가 언제 죽을지도.'

실망한 위성은 더 기다리지 않고 한의원을 나와 한숨을 푹 쉬었다. 할머니들은 여전히 줄을 서서 향을 사를 차례를 기다리고 있었다. 위성은 그중 한 명에게 물었다.

"안에 아이를 낳게 해주는 관음보살도 있나요?"

할머니는 있다고 했다. 위성은 진료 카드를 손에 쥔 채 절로 들어갔다. 안은 그리 크지 않았다. 천왕전을 통과해 더 들어가니 옛날의 측백나무 두 그루가 아직도 있었고 그 뒤는 대웅보전이었다. 정면의 석가여래 뒤로 관음보살이 보였다. 금빛의 관음보살은 역시 금빛의 망토를 걸치고 높은 곳에서 나무로 깎은 고대의 남자아이를 안고 있었다. 위성은 방석을 끌어와 그 위에 무릎을 꿇고 절한 뒤, 허리를 펴고 관음보살을 우러러보았다. 관음보살의 눈빛은 세상 모든 사람의 소원을 다 들어줄 듯했다. 위성은 두 번 더 절했다.

'대자대비하신 관음보살님, 부디 제가 아이를 갖게 해주세요.'

관음보살은 여전히 그렇게 그녀를 바라보고 있었다. 이미 그녀의 소원을 다 알고 있다는 듯이.

14

    쉬성은 공장에서 난생처음 우유를 마셨다. 페놀 작업장의 영양 보급품인 그 우유는 하얀색이었고 특제 우유병에 담겼으며 종이 뚜껑을 열면 뚜껑 안쪽에 우유 찌꺼기가 달라붙어 있었다. 직공들은 그 찌꺼기를 핥고 우유를 마시고 나서 곧장 배탈이 났다.

    여러 해가 지난 뒤에야 쉬성은 '유당불내증'이라는 단어를 알게 되었다. 페놀 작업장에서 우유를 마시고 집단 배탈이 나던 그 시절, 그는 그저 다들 너무 배를 주리다가 영양 많은 식품을 섭취하는 바람에 몽땅 설사를 한다고만 생각했다.

    페놀 작업장에서 작은 소동이 일어났다. 직공들이 "우리는 우유보다 홍소육紅燒肉*이 먹고 싶다!"라고 항의한 것이다. 이에 공장장은 고민하며 사람들에게 말했다. 우유는 소독 식품이며 유독 작업장 직공만이 우유를 마실 자격이 있다는 것이었다. 그리고 홍소육은 맛있기는 하지만 영양 보급품 명단에 없고 홍소육뿐만 아니라 닭고기, 오리고기, 돼지고기, 쇠고기, 계란 등은 모두 소독이 불가능해서 오직 우유밖에 없으며 우유여만 한다고 말했다.

"하지만 우리는 우유만 마시면 배탈이 난다고요."

직공들은 한목소리로 아우성을 쳤다. 공장장은 어깨를 으쓱였다.

"나도 자네들한테 우유를 마시게 하고 싶지 않아. 영양 보급품이든 설사약이든 간에 말이야. 하지만 이건 상부에서 정한 거야. 자네들의 복지 혜택이라고. 마시고 싶지 않으면 쏟아버려도 돼."

"하지만 너무 아깝잖아요. 자본주의나 그런 짓을 하죠."

직공들은 계속 아우성을 쳤다. 그래서 공장장이 물었다.

"그러면 어떻게 하고 싶은데?"

"공장에 우유를 팔 테니 돈으로 주세요."

이 말을 듣고 공장장이 따져 물었다.

"누가 이런 나쁜 생각을 했지?"

직공들은 일제히 쉬성을 가리켰다.

---

* 기름과 설탕을 넣어 살짝 볶고 간장을 넣어 익힌 검붉은색 고기

"이 사람이요."

공장장은 쉬성을 사무실로 불러 호되게 꾸짖었다. 이때 이미 부공장장이 된 쑤샤오둥이 찻잔을 들고 옆에서 비웃으며 말했다.

"천쉬성, 무슨 파업 운동이라도 하려는 거야?"

그 죄명은 너무 커서 공장장은 쑤샤오둥을 돌아보며 역시 엄하게 꾸짖고는 밖으로 내보냈다. 쉬성은 공장장이 화를 다 내기를 기다렸다가 입을 열었다.

"우유를 마시면 태반이 배탈이 나서 변소에 들락거리느라 페놀 품질에도 영향을 미칩니다. 그런데 더우장豆漿*도 소독이 되고 우유보다 값도 싸다고 합니다. 그러니까 다들 더우장을 마시게 하고 남는 돈은 보조금으로 지급하는 게 나을 것 같아요. 자기들이 마시고 싶은 걸 직접 살 수 있게 말이죠. 그러면 모두 공장장님이 현명하고 원칙을 안다고 할 거예요."

이 말에 공장장은 기뻐했고 서기도 좋은 방법이라고 생각했다. 그러면서도 서기는 쉬성에게 앞으로는 사람들을 모아 말썽을 일으켜서는 안 된다고, 문제가 있으면 글로 써서 위에 올리라고 당부했다. 이에 쉬성은 서둘러 말했다.

"사람들을 모으다니요, 저는 그런 적 없어요. 그냥 몇 마디 거든 것뿐이라고요."

* 콩을 갈아 설탕과 물을 섞어 끓인 일종의 콩국

서기가 말했다.

"그렇더라도 쓸데없는 참견은 안 하는 게 좋아."

사무실을 나오다가 쉬성은 안에서 공장장이 하는 말을 들었다.

"저 천쉬성은 기술도 좋고 정치 업무도 썩 재간이 있네요."

이튿날부터 페놀 작업장 직공들은 더우장을 마시고 매달 영양 보조금도 받게 되었다. 그러자 아교 작업장과 비료 작업장의 직공들이 일손을 놓고 공장 입구에 모여 목소리를 높였다.

"우리 작업장도 똑같이 악취가 나는데 왜 우유와 더우장을 안 주냐?"

쉬성이 말했다.

"뼈 썩는 냄새는 유독가스가 아니잖아."

수리공 돤싱왕段興旺이 말했다.

"그래도 진짜 냄새가 지독하다고."

쉬성은 어깨를 으쓱였다.

"그래도 그 냄새 맡는다고 암에 걸리지는 않잖아."

"우리 사부님은 암에 걸렸어. 폐암에 걸렸다고."

"네 사부님은 담배를 많이 피웠잖아."

"너, 자꾸 공장장처럼 어깨를 으쓱이면 나한테 맞을 줄 알아!"

돤싱왕의 으름장에 쉬성은 줄행랑을 쳤다. 뒤에서 여공들이 그를 비웃으며 고개를 흔들었다.

"천쉬성은 기술직원이 된 후로 뒤룩뒤룩 살이 찌고 말종이 돼 버렸어."

쉬성은 매를 안 맞으려고 공장 안을 한 바퀴 돌아 사무실로 돌아왔다. 그런데 녹나무 밑에서 딴싱왕이 자기를 기다리고 있는 것을 발견했다. 일 년 내내 기계를 수리하는 딴싱왕은 더럽고, 냄새나고, 기름때가 번들번들했다. 그래서 마치 곧 버려질 걸레 뭉치가 나무 아래 구겨져 있는 듯했다. 그의 작업복은 거의 십 년은 안 빨았는지 손톱으로 살짝만 긁어도 기름 찌꺼기가 수십 그램은 떨어져 나올 것 같았고, 바지도 온통 기운 자국투성이였다. 옛날 같았으면 그는 노력과 검소함의 상징이었을 것이다. 하지만 지금은 이미 1980년대였다. 다들 「80년대의 신세대」라는 노래를 흥얼거렸다. 쉬성은 속으로 생각했다.

'나는 맞는 게 무서운 게 아니야. 저 더러운 녀석이 꽉 끌어안기만 해도 나는 끝장이야.'

딴싱왕이 가까이 다가왔다. 쉬성은 도망도 못 치고 몸을 부르르 떨었다. 그가 잔뜩 애걸하는 표정이었기 때문이다.

"천쉬성, 방금 생각을 좀 해봤는데 나, 페놀 작업장으로 옮기고 싶어. 네가 잘 좀 말해줘."

쉬성은 놀라서 그런 일은 작업실 주임한테 가서 부탁하는 게 좋겠다고 말했다. 그러자 딴싱왕이 말했다.

"수리공은 기술직원이랑 짝지어서 일하잖아. 주임이 그랬어.

어떤 기술직원이든 나를 원하면 옮겨주겠다고 말이야."

쉬성은 망설이며 말했다.

"너는 덩쓰셴에게 가서 물어보는 게 좋겠어. 덩쓰셴은 이제 기사가 됐잖아. 너는 덩쓰셴을 덩 기사라고 불러야 해."

"덩 기사는 너무 바빠서 아예 내 일에는 관심이 없어. 네가 그나마 여유가 있잖아."

"여유는 무슨, 개뿔."

쉬성은 돤싱왕을 내버려두고 사무실로 들어갔다. 그런데 돤싱왕도 따라 들어가서 문을 막고 주저앉아 고개를 숙인 채 거칠게 말했다.

"내가 무식하고 말재주가 없어서 네 심기를 건드렸나보네. 하지만 난 일 하나는 끝내주게 잘한다고. 네 기술 혁신 업무에 나를 써줘. 절대 손해 볼 일은 없을 거야."

"돤싱왕, 너는 계속 나를 싫어했는데 왜 나보고 너를 써달라는 거야?"

"페놀 작업장이 보너스가 더 세니까."

"너는 성실하기는 해. 하지만 페놀은 독성이 강해서 암이 생긴다고. 전에는 이쪽으로 배치되기만 하면 다들 전쟁터에 가는 것처럼 울며불며 야단이었어."

"전에는 너희 영양비가 고작 몇 푼 안 돼서 옮길 필요가 없다고 생각했지. 하지만 지금은 많이 올랐잖아. 보조금도 있고, 더

우장과 우유도 있고."

"그래서 죽는 게 안 무섭다?"

돤싱왕은 말했다.

"집이 너무 가난해서 어쩔 수 없어. 내 마누라는 머리가 이상해서 남이 선풍기를 사면 자기도 산다고 하고 또 누가 라디오를 사면 자기도 산다고 해. 얼마 전에는 12인치 흑백텔레비전까지 산다더라고. 그래서 피라도 팔려고 갔는데 내가 페놀 공장에 다닌다는 걸 알고 그냥 쫓아내더라니까. 내 피는 자격이 안 된다는 거야. 옛날에는 힘들게 살아도 그렇게 물건을 많이 안 사도 됐는데 이제는 세상이 달라졌어. 돈은 쥐꼬리만큼 늘었는데 온갖 것을 다 사야 직성이 풀리니 힘든 건 마찬가지야."

돤싱왕이 15분이나 불평을 늘어놓는 통에 쉬성은 현기증이 나서 어쩔 수 없이 말했다.

"내일 주임한테 말해볼게."

돤싱왕은 기뻐서 벌떡 일어나 쉬성의 어깨를 두드리려 했다. 쉬성은 빽 소리를 질렀다.

"건드리지 마!"

두 사람은 몇 가지를 약속했다. 쉬성이 작업장 이동을 신청해주는 대신, 돤싱왕은 작업복을 잘 빨고 쉬성의 몸을 건드리지 않기로 했다. 또한 만일 암에 걸려도 그건 자기 운수소관이므로 쉬성을 탓하지 않기로 했다. 돤싱왕은 콧노래를 부르며 사무실을 나섰다.

　쉬성이 막 자리에 앉았는데 젊은 직공 두 명이 또 들어왔다. 한 명은 별명이 기린이고 또 한 명은 별명이 비커*인데 둘 다 교육과에서 연수를 받는 중이었다. 둘 다 공장에 들어온 지 보름 만에 벌써 별명이 생겼으니 잘 적응하고 있는 셈이었다. 이때 기린은 쉬성의 책상에 앉아 건들대고 있었고 비커는 의자에 비스듬히 앉아 두 팔로 등받이를 뒤로 껴안은 채 눈을 깜박이고 있었다. 쉬성이 물었다.

　"너희 뭐하는 거야?"

　기린이 말했다.

　"천 사부님, 아니 천 선생님."

　"할 말이 있으면 해봐."

　"공장에서 우리가 말썽을 일으킬까봐 아교 작업장과 비료 작업장으로 보낸다고 하더라고요. 그런데 우린 싫거든요. 그러니까 좀 도와주세요. 페놀 작업장에 들어가게 해주세요."

　쉬성은 말했다.

　"그 일 때문에 왔다면 부탁하는데, 너 빌어먹을 내 책상에서 내려와서 걸상에 앉아. 비커도 좀 똑바로 앉고."

　기린이 책상에서 내려왔다. 그리고 비커는 담배 두 갑을 꺼내

---

*　액체를 넣거나 가열하는 데 쓰는 화학 실험용 기구

책상 위에 올려놓았다. 쉬성이 담배를 손에 쥐자, 기린은 또 책
상 위에 올라앉았다.

비커가 말했다.

"우리를 페놀 작업장에 넣어주시면 담배를 아예 보루째로 드
릴게요."

쉬성은 책상을 쾅 쳤다.

"열 보루를 가져와. 나도 작업장 주임한테 줘야 하니까. 기린,
이 앞뒤 구분 못 하는 녀석 같으니. 어서 내려오지 못해!"

15

페놀 작업장의 조장 주젠화에게는 나쁜 버릇이 하나 있었다. 남의 뒤를 따라다니다가 그가 무슨 말을 하면 수첩을 꺼내 받아 적기를 좋아했다. 그리고 누가 지나친 말을 하면 그 수첩은 서기의 책상 위에 올라가곤 했다. 수첩 속에는 십수 년간 각양각색의 인물들이 사적으로 뱉은 말들이 기록되어 있었다. 사부, 리톄뉴, 건성, 쉬성, 심지어 쑤샤오둥의 말까지 전부 담겨 있었다. 하지만 서기 외에는 아무도 볼 수 없었다.

비커가 말했다.

"니미럴, 공장장은 가짜 양놈이야. 왜 그렇게 어깨를 으쓱이는 거야."

기린이 말했다.

"왜 직업병 체험 프로그램에서 나를 뺀 거지?"

주젠화가 뒤에서 수첩을 꺼내 받아 적었다. 비커가 돌아보며 말했다.

"지금 뭐하는 거예요?"

주젠화가 말했다.

"너는 몰라도 돼."

기린이 말했다.

"조장한테 밀고용 수첩이 있다는 얘기를 들은 적이 있어요."

비커가 말했다.

"우리는 불평을 좀 했을 뿐이라고요. 뭐라고 적었죠? 좀 보여 줘요."

주젠화는 신중하게 수첩을 왼쪽 가슴 주머니에 쑤셔 넣은 뒤, 오른손을 치켜들고 마치 쿵푸를 하는 듯한 자세를 취했다.

"안 돼. 너는 볼 자격이 없어."

비커는 화가 나서 발을 걸어 주젠화를 넘어뜨렸다. 그리고 기린이 깔깔 웃으며 그의 주머니에서 수첩을 꺼내려는데 그가 수첩을 지키려고 기린의 손을 꽉 물었다. 기린은 그의 머리칼을 쥐고 그의 입에 한 방을 먹였다. 비커는 미친 사람처럼 그의 몸 위에 올라가 스무 차례나 펄쩍펄쩍 뛰었다. 주젠화는 갈비뼈가 부러질 것처럼 아파 비명을 질렀다.

드디어 주젠화의 수첩이 페놀 작업장에서 공개되었고 비커와 기린은 일약 청년 영웅이 되었다. 사람들은 자기가 말했던 나쁜 말, 허튼 말, 반동적인 말이 많든 적든 모두 주젠화의 수첩에 담겨 있는 것을 보았다. 어떤 말은 체포를 당할 만했고 또 어떤 말은 아내에게 치도곤을 당할 만했다. 사람들은 처음에는 재미있어했지만 나중에는 저절로 소름이 끼쳤다. 된싱왕이 다친 주젠화를 부축해 일으키며 훈계했다.

"지금은 세상이 달라져서 네 수첩은 쓸모가 없어. 이제 그만 적으라고."

주젠화는 울상을 지었고 된싱왕은 계속 훈계했다.

"주젠화, 역사적으로 밀고한 자들은 다 끝이 안 좋았어."

주젠화는 동감하는지 고개를 끄덕였다. 된싱왕은 또 말했다.

"니미럴, 그런데 너, 내가 바이쿵췌의 엉덩이를 만졌다고 적었더라."

된싱왕은 생각할수록 화가 나서 이미 부상당한 주젠화의 따귀를 냅다 갈겼다.

쉬성은 도면 두루마리를 옆구리에 끼고 작업장에 들어왔다가 직공들이 한곳에 모여 떠드는 것을 보았다. 그들은 계기판 앞은 안 지키고 서로 싸우고 있는 듯했다. 그가 사람들 사이로 보니 주젠화가 주저앉아 울고 있었다. 이때 덩쓰셴이 쉬성을 한쪽으로 끌고 가 수첩을 건넸다. 그는 수첩을 들추며 웃었다.

"이건 벌써 꽤 여러 권 바뀌었어. 전에는 아무도 감히 빼앗아

볼 엄두를 못 냈지. 우리 사부도, 심지어 멍건성도."

덩쓰센이 말했다.

"문제가 커졌어. 다들 주젠화를 때리고 있어."

"작업장 주임한테 알리는 게 좋겠어."

"주임도 수첩에 말이 적혔다니까. 주임이 자기는 상관 안 한
대. 마음대로 하래."

"그러면 서기를 찾아갈 수밖에."

"서기는 회의하러 밖에 나갔어."

주젠화가 울면서 말했다.

"수첩을 돌려줘."

기린이 말했다.

"주지 말아요. 다 함께 불태우기로 했어요."

쉬성의 생각은 달랐다. 수첩을 태우는 것은 별로 의미가 없었
다. 사실 화근덩어리는 주젠화인데 그렇다고 주젠화를 태울 수
는 없지 않은가. 쉬성이 몇 마디 달래는 말을 했지만 사람들은
듣지 않았다. 이때 덩쓰센이 말했다.

"네가 융단으로 신발 깔개를 만든 것도 적혀 있어."

쉬성은 깜짝 놀라 수첩을 들춰 그 부분을 확인하고 주젠화에
게 물었다.

"그걸 어떻게 알았지?"

주젠화가 주저앉은 채 말했다.

"너와 덩쓰셴이 말하는 걸 훔쳐 들었지. 서기한테 보고했는데 봐주고 그냥 넘어가더라고."

서기 얘기가 나오자 주젠화는 또 간이 커진 듯했다.

"서기는 나보고 알아서 하라고 이 일을 맡겼어."

쉬성은 말했다.

"네가 이렇게 당당하니 나도 해줄 말이 없구나."

페놀 작업장의 직공들은 주젠화를 휴게실에 가뒀다. 그 사이 얼마나 많은 주먹이 그의 머리를 쥐어박았는지 모른다. 비커는 사람들의 반대에도 불구하고 수첩을 주젠화의 찻주전자에 넣고 불을 질렀다. 그것은 몹시 위험한 짓이었다. 페놀 작업장에서 불을 피우는 것은 절대 금물이었다. 비커가 주젠화에게 말했다.

"나는 네가 죽는 걸 안 무서워한다는 걸 알아. 나도 그래. 이봐, 내가 작업장에서 불도 붙이는데 죽는 게 무섭겠어?"

주젠화는 고개를 흔들었다.

"아니, 그럴 리가 있나."

그 수첩은 다 타서 재가 되었고 비커가 찻주전자에 물을 조금 붓자 시커먼 죽처럼 변했다. 그는 숟가락으로 그것을 휘휘 저어 주젠화의 얼굴에 갖다 댔다.

"먹어."

주젠화는 말을 듣지 않았다. 기린이 머리를 또 후려치자 그제 야 말을 들었다. 숟가락으로 한 입을 떠먹었다. 사람들은 박수를 쳤다.

비커가 말했다.

"내가 먹여줄 필요는 없겠지. 네가 알아서 먹어."

주젠화는 벌벌 떨며 재를 퍼먹었다. 비커가 말했다.

"네가 서기와 친한 건 알아. 만약 내가 잘리면 너를 찾아가겠어. 그때 네가 먹는 건 이런 재가 아닐 거야. 네 몸의 장기 중 하나겠지."

주젠화는 고개를 끄덕이고 계속 먹었다. 그의 눈에서 눈물이 뚝뚝 떨어졌다.

일을 다 마무리하고 사람들은 모두 안도의 한숨을 쉬었다. 주젠화는 다시는 밀고를 못 하게 되었다. 밀고자 주젠화가 자기가 밀고한 수첩의 재를 먹은 것은 요괴의 몸에 부적을 붙인 것과 같았다. 주젠화가 주저앉아 울던 모습은 꼭 계집아이 같았다. 쉬성은 고개를 내저으며 말했다.

"사실 주젠화는 죽는 게 무서웠을 뿐이야."

그해에 비커 같은 젊은이는 어디를 가든 눈에 띄었다. 그들은 대로에서 쇠 파이프와 송곳 같은 흉기를 들고 미친 듯이 싸움을 벌였다. 때로는 말 한 마디, 눈빛 한 번이 살인의 이유가 되었다. 쉬성이 사무실에 앉아 탄식하자, 앞에서 덩쓰셴이 말했다.

"옛날에 내가 어땠는지 생각해봐. 누구한테 죄지은 적도 없는데 끌려가서 노동개조를 당했잖아. 말도 눈빛도 문제될 게 없었어. 그냥 밸브를 찼을 뿐이라고."

쉬성은 아무 말도 못했다. 며칠 뒤, 서기와 마주쳤을 때 그는 속으로 생각했다.

'일이 그렇게 시끄러웠는데 이 사람은 왜 아무 반응도 없을까?'

쉬성은 서기와 사이가 좋았기 때문에 못 참고 물어보았다. 서기는 탄식하며 말했다.

"나도 주젠화의 수첩을 안 보고 싶었다네. 하지만 정기적으로 가져오게 하고 읽고서 칭찬도 해주었지."

"아니, 그게 적절한 조치였나요?"

쉬성의 물음에 서기는 이렇게 답했다.

"적절한 조치였네. 왜냐하면 내가 칭찬해주지 않았으면 주젠화는 그 수첩을 다른 사람에게 넘기거나 심지어 상부에 가져갔을 거야. 그러면 누가 그걸로 문제를 삼으려 했겠지. 그러느니 차라리 나한테 가져오게 하는 게 나았어."

16

작업장 주임이 쉬성을 사무실로 불러 이것 좀 보라면서 종이 한 장을 건넸다. 쉬성이 살펴보니 그것은 뫈싱왕의 보조금 신청 서였다. 글씨체가 꼭 스패너를 휘둘러 쓴 것처럼 비뚤배뚤했다.

주임이 말했다.

"매일 이런 걸 받으니까 아주 귀찮아 죽겠어."

쉬성은 말했다.

"뫈싱왕은 집이 가난해."

"말도 안 되는 소리. 얼마 전에 텔레비전까지 샀는데?"

"돈을 빌려 산 거야. 나한테 50위안, 덩쓰셴한테 50위안을 빌 렸어. 다른 사람한테도 빌리려 했는데 못 빌렸고."

"그러면 뫈싱왕은 대체 돈이 있는 거야, 없는 거야?"

"텔레비전 볼 돈은 있지만 밥 먹을 돈은 없는 거지."

주임은 천장을 보고 길게 한숨을 쉬고는 돤싱왕의 보조금 신청서를 갈기갈기 찢어버렸다. 쉬성은 그 모습을 보며 잠시 멍하니 있다가 물었다.

"그런데 나는 무슨 일로 부른 거야?"

"하소연하려고 불렀지. 돤싱왕 같은 인간은 예전 같으면 타도 대상이었어. 그런데 지금은 타도도 못 하고 비판도 못 할뿐더러 보조금까지 줘야 하잖아. 보조금은 정원이 정해져 있는 데다 규칙이 바뀌어서 예전에는 작업장마다 3명씩 할당했는데 지금은 공장의 전체 직공을 대상으로 20명을 뽑아. 그러니 작업장 주임이 노조에 신청하러 가면 쑹바이청, 그 개새끼한테 굽실댈 수밖에. 한번 생각해봐. 보조금이 나와도 주임인 내 몫은 단 한 푼도 없는데 내가 왜 쑹바이청 그 개새끼한테 굽실대야 하냐고!"

"나도 들었어. 지난달에 우리 작업장은 한 명도 못 받았는데 아교 작업장은 6명이나 받았다며."

"일인당 보조금 20~30위안이면 한 달 보너스와 맞먹는다고. 너희 사부는 살아 있을 때 보조금은 국가 노동자의 돈이라고 말한 적이 있었지. 그런데 지금은 니미럴, 저 쑹바이청이 주는 상금이 돼버렸어. 그놈이 자기 주고 싶은 사람한테만 준다고."

주임은 고개를 흔들었다.

"시대가 달라졌다는 말밖에 생각이 안 나는군."

쉬성도 따라서 고개를 흔들고 사무실을 나오다가 바닥에 톤
싱왕이 누워 있는 것을 보고 급히 고개를 돌려 아는 척을 했다.
주임도 뛰어나와 그 광경을 보고 눈이 휘둥그레졌다. 톤싱왕은
큰 대 자로 누워 입에 담배 반 토막을 문 채 그들을 노려보며 말
했다.

"방금 문 앞에서 다 봤어. 당신, 내 보조금 신청서를 찢어발기
더군."

주임이 으르렁거렸다.

"그래서 뭐 어떻다고?"

"나는 가난하고 능력이 없어서 텔레비전은 살 수 있었지만 배
는 곯고 있어. 벌써 두 달이나 아침밥을 못 먹었다고. 그래서 보
조금을 신청한 건데 당신이 나한테 이렇게 나온다 이거지?"

"텔레비전을 안 살 수도 있었잖아."

"그럴 수 없었어. 마누라가 원했거든. 안 사줬으면 나랑 부부
관계를 안 해줬을 거야. 나는 상반기에 한 번도 그걸 못했다고.
그건 아침밥 못 먹는 것보다 더 괴로웠어."

"알았어, 알았다고. 더 말 안 해도 돼."

톤싱왕은 옆으로 한 바퀴 구르고서 말했다.

"난 이제 말할 힘도 없으니까 이렇게 누워 있게 놔둬."

쉬성이 더 두고 볼 수가 없어 속히 상황을 수습하려는데 톤싱
왕이 또 말했다.

"이봐, 내가 꼴불견이라고 탓하면 안 돼. 옛날 너희 사부, 그러니까 네 장인이 여기서 무릎을 꿇고 좋은 모범이 됐잖아. 설마 잊지는 않았겠지?"

이 말을 듣고 쉬성은 홱 고개를 돌렸다. 이때 주임이 두 사람을 사무실로 불러들이고 찢어진 종잇조각을 한데 모았다. 모두 열두 장이었다. 주임은 그것을 돤싱왕에게 주며 말했다.

"풀로 잘 붙여서 천쉬성을 시켜 노조에 갖다 줘."

"이건 너무 성의가 없잖아. 내가 새로 한 장 쓸게."

"너는 글씨 쓰는 게 스패너 휘두르는 것보다 힘들잖아. 그래서 다시 쓰고 싶지 않을 거라고 생각했는데."

"아무튼 20위안의 가치가 있는 거잖아. 내 평생 글씨 쓰는 걸로 돈 번 적은 없긴 하지만 좀더 써보지 뭐."

쉬성이 끼어들어 주임에게 물었다.

"왜 나보고 갖다 주라는 건데?"

"더 이상 그런 너절한 일에 관여하고 싶지 않아서 그래. 네가 그렇게 돤싱왕이 좋으면 직접 다녀오라고. 그리고 신청에서 떨어지면 돤싱왕 동지, 부디 천쉬성의 사무실 앞에 누워주세요. 더 이상 나를 찾아오지 말고!"

쉬성은 돤싱왕이 다시 쓴 신청서를 들고 노조 문 앞으로 갔다. 종이의 글씨체는 여전히 스패너를 휘둘러 쓴 것 같았다. 쑹바이청은 책상 뒤에 서 있었다. 끝에 먹 한 방울이 매달린 붓을 손에 쥔 채 미소를 지으며 쉬성을 보고 있었다. 쉬성은 문득 사부가 죽은 뒤로 자기가 노조에 발을 디딘 적도, 쑹바이청과 이야기를 나눈 적도 없음을 깨달았다.

"자네 주임이 전화를 걸어왔어. 보조금 신청 업무를 자네한테 맡겼다더군."

쑹바이청은 말했다.

"천쉬성, 보조금 신청은 두 가지에 달렸지. 그 두 가지가 뭔지 아나?"

쉬성은 쑹바이청의 말투가 무척 거슬렸지만 할 수 없이 맞장구를 쳐줘야 했다.

"아뇨. 그게 뭔데요?"

쑹바이청은 말했다.

"첫째, 신청자가 가난하고 어려운 처지여야 하지. 그리고 둘째, 신청서 제출자가 언변과 수준이 있어야 해."

쉬성은 돤싱왕의 신청서를 내밀며 말했다.

"돤싱왕은 아침밥을 못 먹은 지 벌써 오래됐어요."

"그건 절약하는 거지 가난한 게 아니야."

쑹바이청은 붓을 내려놓았다. 쉬성은 그의 책상 위에 신문지 한 장이 펼쳐져 있는 것을 보았다. 거기에는 손바닥만 한 해서체 글씨가 적혀 있었고 그 앞에는 또 글씨본 한 권이 펼쳐져 있었다.

"돤싱왕의 글씨는 정말 가관이군. 이런 신청서는 곧장 퇴짜를 맞아야 해."

쏭바이청의 말에 쉬성이 물었다.

"방금 전에는 두 가지만 본다면서요?"

"농담도 못 하나."

쏭바이청은 쉬성의 어깨를 두드리고는 다시 신문지에 한 획을 그었다.

"구양순체*를 연습하고 있어. 「구성궁례천명九成宮醴泉銘」**을 베끼면서 말이야."

쉬성은 전혀 못 알아들었다. 단지 노조 사람들이 전부 붓글씨와 전각을 연습한다는 것만 알고 있었다. 그 두 가지만 있으면 그들은 계속 일을 해나갈 수 있었다.

쉬성이 사무실 밖으로 나오자, 아래층에서 기다리던 돤싱왕이 쪼르르 달려와 결과를 물었다. 쉬성은 말했다.

"쏭바이청은 아무 말도 안 해주더라고. 신청서를 책상 위에 놓았으니 처리하겠지."

"너는 한마디도 안 한 거야? 네가 말하지 않을 거면 내가 왜 너한테 부탁을 했겠어?"

"말했어."

* 해서와 행서에 능했던 당나라 초기의 서예가 구양순의 필체
** 위징魏徵이 글을 짓고 구양순이 글씨를 쓴 당나라 초기의 비문

"뭐라고 말했는데?"

"네가 가난해서 좋은 마누라를 못 얻었다고 했지. 네 아내는 텔레비전, 선풍기만 원해서 만약 안 사주면 너랑 부부관계도 안 해준다고도 했고. 또 네 마누라의 그런 욕심은 잘못된 것이지만 그 잘못을 너한테 돌려서는 안 된다고, 적어도 이번 달에는 그래서는 안 된다고 했어. 이번 달에 너는 아침만 못 먹은 게 아니잖아. 점심, 저녁도 많이 건너뛰었잖아. 그렇게 한 남자가 부부관계도 못하고 굶기까지 하면 죽을지도 모른다고 했어."

댠싱왕은 여기까지 듣고 잠깐 생각을 하다가 말했다.

"노조에 가서 내 부부관계 얘기까지 했단 말이야?"

"방금 전에 네가 땅바닥에 누워서 소리 지르며 해준 얘기잖아."

쉬성의 대구에 댠싱왕은 머리를 긁적였다.

"그런 얘기까지 한 건 별로인 것 같은데."

쉬성은 말했다.

"뭐든 하려면 제대로 해야지."

"그래, 제대로 해야지!"

일주일 뒤, 노조는 댠싱왕에게 전화를 걸어 30위안을 타가라고 했다. 댠싱왕은 미칠 듯이 기뻐 스패너로 파이프를 스무 번 넘게 두드렸고 그 바람에 작업장 사람들이 다 몰려와 무슨 일이냐고 물었다. 댠싱왕은 말했다.

"천쉬성은 정말 대단해. 내 보조금을 신청해 따내주었다고. 천쉬성은 인재야, 인재."

모두 놀란 표정이 되어 또 물었다.

"규정이 변한 거야? 부부관계를 안 하는 걸로도 보조금을 탈 수 있어?"

"아마 그런가봐."

작업장의 직공들은 남녀노소 상관없이 자기도 부부관계를 안 한다며 쉬성에게 보조금 신청을 해달라고 했다. 사무실을 에워싼 그들에게 온갖 설명을 다 했지만 씨알도 먹히지 않자, 쉬성은 결국 고함을 질렀다.

"당신들, 콘돔은 한 명도 빠짐없이 다 타가잖아!"

17

   예전에 쉬성이 집에 사가지고 간 화분은 위성이 나중에 물어보니 이름이 일품홍—品紅이라고 했다. 일품홍은 꺾꽂이가 된다는 걸 알았을 때 마침 위성에게는 오래된 원예 관련 책이 한 권 있었다. 그래서 책에 쓰인 대로 해보았는데 의외로 대부분 뿌리를 잘 내렸다. 집을 빙 둘러 심어서 보기가 좋았고 위성의 기분도 좋았다. 때때로 그녀는 자기 병구완을 위해 그 잎을 따서 달여 마시기도 했다. 쉬성은 그때부터 선인장, 아스파라거스, 해바라기 같은 것도 샀지만 위성은 이상하게 일품홍만 좋아했고 또 맨드라미는 지독히 싫어했다. 어느 날 쉬성은 괭이를 들고 나가 집 앞의 맨드라미를 죄다 파헤쳐버렸다.
   쉬성은 위성에게 말했다.

"이제 애 낳는 건 포기하고 입양을 하자고."

위성이 말했다.

"나는 몸이 안 좋아서 본래 아이가 생길 것이라고는 기대하지 않았어. 당신보다 먼저 죽을 것 같다는 생각도 들었고. 혹시 일찍 죽으면 당신은 재혼할 수 있지만 일찍 못 죽으면 내 병구완 때문에 당신에게 폐를 끼치게 되겠지. 어쨌든 내가 당신보다 먼저 죽으면 당신이 늙었을 때 돌봐줄 사람이 없잖아. 내 생각에도 당신 팔자가 이렇게 박복하니 어서 아이를 입양하는 게 낫겠어. 남자애든 여자애든 당신이 늙어 죽을 때까지 돌봐줄 수 있게 말이야."

"그렇긴 해도 애가 다 자라서도 옆에 붙잡아둘 수 있을지는 아무도 몰라. 우리 죽는 얘기는 하지 말자. 살아 있을 때 일만 생각하자고."

"그런데 애는 어디서 데려올 건데?"

"삼 년 전에 투건 형이라고 시골의 육촌형이 왔었잖아. 그 집에 애들이 한가득인데 다 키우기가 힘들어. 내가 한 애 맡아줬으면 하더라고."

"그것도 괜찮겠네. 같은 천씨 집안이니까. 그런데 그 집 애들은 셋 다 너무 크던데. 키우기 어려울 것 같아."

"지금 벌써 애가 다섯이 됐어."

"아이고, 시골 사람들은 애도 척척 잘 낳는다니까."

"그러게 말이야. 가난한 건 둘째 치고라도 애 낳는 건 진짜 힘든 일인데."

"언제 시골에 갈 거야?"

"갈 필요 없어. 투건 형이 벌써 애를 안고 시내에 와 있거든. 내일 아이를 볼 수 있을 거야."

위성은 말했다.

"쉬성, 당신만 괜찮다고 하면 내가 꼭 잘 키워볼게."

이튿날 투건이 쉬성의 집 앞에 나타났다. 그는 꼬질꼬질한 이불로 얼굴을 감싼 아이를 어깨에 메고 있었다. 아이는 곤히 잠든 상태였다. 투건은 잠시 웃다가 금세 울상을 지었다. 쉬성은 그를 데리고 왔지만 감히 집에 못 들어가고 문 앞에서 걸음을 멈췄다. 투건이 말했다.

"쉬성, 나는 가난하지만, 신발도 못 신을 정도로 가난하지만 그래도 지금까지 자식을 판 적은 없어."

쉬성은 신경질적으로 말했다.

"이게 무슨 자식을 파는 거야?"

"어쨌든 내가 이 애를 버리는 거잖아. 어릴 적 기근이 들었을 때, 우리 집에는 먹을 게 얼마 없었어. 그때 아버지는 어머니와 상의했지. 나랑 내 동생 중 하나는 버려야 한다고. 하나가 죽는 게 둘 다 죽는 것보다 낫다고 말이야. 나는 그 말을 훔쳐 듣고 맨날 나를 버려서는 안 된다고 아버지를 졸랐어. 틈만 나면 중얼거렸지. '나를 버리면 안 돼, 아빠'라고 말이야."

"그다음에는 어떻게 됐어?"

"당연히 내 동생이 버려졌지. 안 그랬으면 내가 여기서 너랑 얘기를 하고 있을 수 있겠어? 불쌍한 내 동생은 그때 말도 못하고 걷지도 못했어. 그러니까 자기가 어떻게 될지 알았어도 아버지를 조를 수는 없었지. 아이를 버리는 건 죄업이야."

"투건 형, 동생을 삶아 먹지 않은 것만 해도 다행이야."

"너, 우리 시골 사람을 무시하지 마. 온 가족이 굶어 죽어도 동생을 잡아먹을 수는 없었다고. 기껏해야 버렸을 뿐이지. 물론 버린 것도 죄는 죄지. 지금 내가 이러는 것처럼 죄라고."

"지금 뭐라는 거야? 버리긴 뭘 버려? 우리 집은 형네보다 형편이 훨씬 낫다고. 다만……."

"그것 때문에 방금 웃은 거야. 너는 도시 호적이니까 우리 애도 도시 사람이 되는 거잖아."

쉬성은 말했다.

"입양되면 형 애가 아니라 내 애라고. 투건 형, 이제 그쯤 하고 우선 위성의 허락을 얻자고."

위성이 인기척을 듣고 일어나 문을 열었다. 그녀는 투건과 쉬성이 밖에 서 있는 것을 보고 얼른 안으로 들어와 차를 마시라고 했다.

"뭐하는 거야, 밖에 바람도 많이 부는데. 애가 춥겠다."

쉬성은 눈을 질끈 감고 안으로 들어갔다. 투건은 계속 밖에서 어슬렁거렸다.

쉬성은 위성을 의자에 앉힌 뒤, 침을 꿀꺽 삼키고 말했다.

"일이 어떻게 됐느냐 하면……."

위성이 물었다.

"아주버님 마음이 바뀌었어?"

"그런 건 아냐. 어쨌든 형네 애들은 큰 애부터 셋째까지는 입양하기에는 나이가 너무 많거든."

"그건 알아. 넷째, 다섯째 중 한 명이어야 한다며."

"그런데 첫째부터 넷째까지는 다 딸이고 막 낳은 다섯째만 아들이거든. 투건 형은 가난해도 절대 아들은 못 주겠대. 형네 집안은 윗대에서 이미 아들 하나를 버렸잖아. 그 업보 때문인지 형네 아버지, 어머니 둘 다 비명횡사했고."

위성은 말했다.

"왜 사람을 놀라게 하는 거야. 나는 꼭 아들일 필요는 없어. 딸도 괜찮다고."

"그러면 결국 넷째인데 그 넷째는 말이야, 투건 형이 걔를 안고 시내에 온 건 사실 걔 병 치료 때문인데……."

"무슨 병인데? 감기? 아니면 선천성 질환? 만약 바보면 난 싫어."

투건이 바깥에서 소리쳤다.

"바보는 아니에요!"

위성이 초조해하며 문을 사이에 두고 큰 소리로 물었다.

"그러면 뭔데요?"

쉬성이 말했다.

"나도 방금 알았는데 언청이야. 한 살 반 됐고."

위성은 기분이 언짢아져 시골 여자처럼 땅바닥에 퍼질러 앉아 엉엉 울고 싶었다. 하지만 눈물이 나오지 않아서 있지도 않은 눈물을 쓱 닦는 시늉만 했다. 세 사람은 한동안 멍하니 있었다. 그러다가 투건이 말했다.

"제수씨가 싫다면 됐어. 난 먼저 갈게."

위성이 소리쳤다.

"백 위안을 보탤 테니 다섯째를 줘요."

"천 위안, 만 위안에 소 두 마리까지 줘도 그건 안 돼요. 마누라가 목을 맬 거예요."

쉬성은 위성이 화가 난 것을 알고 급히 등 복판을 두드려주었다. 위성은 물을 한 모금 마시고 조금 마음을 가라앉힌 뒤 말했다.

"먼저 아이나 좀 보여줘요."

투건은 여전히 집에 들어올 생각을 하지 않았다. 위성은 탁자 위에 잔을 쿵 내려놓고 다가가서 문을 열었다. 아이는 여전히 자고 있었다.

투건은 아이를 위성의 품에 안겨주었다. 아이는 위성의 어깨에 머리를 기대고도 잠에서 깨지 않았다. 위성이 목소리를 낮춰 투건에게 물었다.

"애한테 수면제라도 먹였나요?"

"아뇨. 그냥 잠을 잘 자요."

위성은 아이를 안고 살살 흔들면서도 이불을 풀고 보지는 않았다. 투건이 한참을 기다렸지만 그저 반대로 고개를 돌린 채 어떤 작은 소리에 귀를 기울이고 있는 듯했다. 투건은 살며시 이불을 들춰 아이의 얼굴을 드러냈다. 이때 위성의 뒤에 있던 쉬성이 그 얼굴을 보고 훅 숨을 들이마셨다. 위성이 그에게 물었다.

"못 봐줄 정도야?"

"괜찮은 편이야. 수술하면 멀쩡해질 거야."

"눈이랑 눈썹은?"

"다 정상이야."

"예뻐?"

"괜찮은 편이야."

"난 안 볼래. 당신이 알아서 해."

쉬성은 앞으로 가서 위성의 머리를 쓰다듬은 뒤, 또 아이의 머리도 쓰다듬었다. 그러고서 20위안을 세어 투건에게 건넸다.

"갈게요. 어두워지면 배를 못 타니까. 앞으로 애를 만날 수 있나요?"

투건의 물음에 위성은 고개를 숙인 채 말했다.

"안 돼요."

"나도 걔가 수술하고 나은 뒤의 모습을 보고 싶은데요."

"사진으로 보여드릴게요."

"알았어요. 내 죄니까⋯⋯."

위성은 말했다.

"아, 정말 성가시네요. 설에 아이를 보러 오세요. 달걀 좀 챙겨오는 거 잊지 마시고. 이제부터 아주버님은 이 아이 큰아버지예요."

그러고는 또 물었다.

"아내 분이 승낙한 거죠? 그분이 며칠 후에 와서 돌려달라고 해도 나는 안 돌려줄 거예요."

"우리 마누라는 진작부터 이 애를 안 키울 생각이었어요. 그 사람 친정은 아이를 버리기로 마을에서 유명하지요. 그 사람 언니는 태어나자마자 황달이 좀 심하다고 버려졌다니까요."

위성은 "우라질!"이라고 말했다.

투건이 돌아가려 했다. 쉬성은 마음이 안 좋아서 몇 걸음 그를 따라갔다. 투건이 연달아 코를 풀어댔기 때문이다. 쉬성은 말했다.

"20위안이 너무 적다고 탓하지 마."

"20위안은 교통비지. 내가 정말 아이를 팔 생각이었으면 당연히 20위안은 적은 돈이지. 하지만 아이가 언청이다보니 거꾸로 20위안을 보태줘도 너는 원치 않을 수도 있었어. 그러니까 부담 갖지 않아도 돼."

투건은 쉬성의 어깨를 두드린 뒤, 또 여러 번 코를 풀고는 눈이 벌게진 채 돌아서서 맞바람을 헤치며 걸어갔다.

그날 저녁, 위성과 쉬성은 아이를 침대 위에 올려놓았다. 아이가 울었지만 위성이 몇 번 어르고 죽을 조금 먹이자 금세 곯아떨어졌다. 방 안은 조용했으며 식탁 위에 매달린 8와트 전등 아래 어둑어둑했다. 그 모습은 지난 몇 년과 똑같았지만 두 사람은 그 방에 그날부터 아이가 한 명 늘었음을 알고 있었다. 아이는 울고, 뛰고, 말하고, 자랄 것이다. 위성은 탄식을 하고서 쉬성과 아이를 호적에 올리는 일을 의논하고 또 수술을 잘하는 병원이 어디인지 이야기했다. 이어서 쉬성이 말했다.

"이름을 지어줘야지."

위성이 물었다.

"전에는 이름이 뭐였는데?"

"몰라. 안 물어봤어. 시골 사람들 이름은 별로 듣기 안 좋아."

"내 생각인데 당신 이름에도 내 이름에도 '성生' 자가 있잖아. 그러니까 아이 이름에도 '성' 자를 넣자."

"그러면 듣기에 항렬이 이상한 것 같잖아."

"그게 무슨 상관이야."

쉬성이 잠시 생각하다가 말했다.

"'머우성謀生'으로 하자. '머우謀'는 지혜롭다는 뜻이잖아. 나처럼 평생 고지식하게 살면 안 되니까."

"최악이야. 머우성이라니, 풀이하면 살길을 도모한다는 거잖아. 무슨 구걸하는 것도 아니고."

"그러면 당신이 생각해봐."

이번에는 위성이 잠시 생각하다가 말했다.

"'푸성復生'으로 해. 죽었다 살아난다는 뜻이잖아."

"푸성, 그거 좋네. 하지만 당신, 죽는다, 죽지 않는다, 그런 소리는 좀 하지 마."

위성은 가만히 "푸성, 푸성" 하고 되뇌었다.

푸성은 깨지 않고 몸을 돌려 한쪽 손을 위성의 손등에 올려놓았다.

일 년 뒤, 푸성의 입에는 한 줄기 붉은색 흉터만 남았다. 의사는 자라면서 그 흉터가 점점 옅어져 하얀색이 될 것이며 남자는 수염을 기르고 여자는 화장을 하면 감쪽같이 가려진다고 말했다. 푸성은 해진 인형을 안고 문지방 위에 앉아 있는 것을 좋아했다. 거기에서 멀리 석면 기와를 얹은 헛간에서 위성이 밥 짓는 모습을 보는 것도 좋아했다. 그리고 "엄마, 나는 어디서 왔어?"라고 묻는 것도 좋아했다.

"너는 관음보살님이 보내주셨어."

위성이 이렇게 답하면 푸성은 또 말했다.

"엄마, 한 번 더 말해줘."

"너는 관음보살님이 보내주셨단다."

"엄마, 내가 어디서 왔다고?"

"벌써 세 번째란다. 너는 관음보살님이 보내주셨어."

푸성이 말했다.

"나는 정말 기뻐."

그러자 쉬성이 물었다.

"푸성아, 푸성아, 너는 옛날 일이 기억나니?"

"기억나."

"네가 어디서 왔는지도 기억나고?"

"관음보살님이 보내주셨잖아."

푸성의 대답에 쉬성은 말했다.

"네 기억이 맞아."

18

페놀 작업장은 돤싱왕이 보조금을 탄 후로는 별다른 성과가
없었다. 쉬성이 나서주기를 거절했고, 노조로 달려간 사람들은
한 명도 쑹바이청을 설득하지 못하고 어깨가 축 처져 돌아왔기
때문이다. 사람들이 부탁하러 찾아오면 쉬성은 이렇게 말했다.

"내가 하기 싫은 게 아니라 위성이 나보고 다시는 보조금 일
에 관여하지 말라고 했거든."

실제로 위성은 그에게 이런 말을 했다.

"옛날에 리톄뉴는 왕싱메이에게 보조금을 주려고 부패를 저
질렀어. 또 당신 보조금 때문에 아빠와 리톄뉴가 은밀히 결탁해
서 자기 몫을 빼앗기는 바람에 쑤샤오둥이 앙심을 품고 밀고했
지. 건성이 그런 일을 당한 것도 사후에 연루되었기 때문이야.

그뿐이야? 아빠는 병으로 죽기 얼마 전에 쑤샤오둥에게 무릎까지 꿇었잖아. 그 일들이 다 보조금 때문이었다고. 우리 집이 아무리 가난해도 그런 재수 없는 돈은 필요 없어. 그러니까 당신도 남들 보조금 받는 일에 나서지 마."

쉬성은 위성의 말대로 반 년 넘게 보조금 신청에 관여하지 않았다. 그런데 어느 날, 돤싱왕이 쉬성에게 와서 당장 무릎이라도 꿇을 것처럼 애걸했다.

"제발 노조에 가서 내 보조금 좀 신청해줘."

쉬성이 물었다.

"요즘은 누가 신청하러 가는데?"

"주임은 죽어도 안 가려고 해. 요즘은 마팡馬芳이라는 새로 온 대학생 여자애가 노조 출입을 맡고 있어. 걔는 온 지 몇 달 안 돼서 아는 사람도 없는 데다 사람이 너무 뻣뻣해서 노조에 가면 신청서만 던져 놓고 쌩하니 돌아온다고. 다른 작업장도 신청하러 여자들을 보내지만 남들은 엉덩이를 실룩이는데 걔는 콧잔등이나 실룩이니 일이 되겠어?"

"쑹바이청도 여자 엉덩이 보는 걸 좋아한단 말이야? 붓글씨만 좋아하는 줄 알았는데."

"붓글씨나 엉덩이나 다를 게 뭐가 있어? 네가 좀 가서 신청해줘. 나 요즘 또 돈이 떨어졌다고. 너는 말주변이 좋잖아. 네 입이면 여자 세 명 엉덩이와 맞먹어."

"웃기고 있네."

쉬성은 열이 받아 퇀싱왕의 신청서를 들고 노조를 찾아갔다. 쑹바이칭이 그에게 말했다.

"퇀싱왕은 왜 자꾸 보조금을 달라는 거지? 설마 텔레비전 산 돈을 공장에 청구하는 건가?"

"요즘 공장에서 직원 주택 몇 채를 배정했잖아요. 퇀싱왕은 빈곤 가정인데도 대상에서 빠졌고요. 퇀싱왕의 아버지는 그래도 열사 축에 들어요. 1958년 방직공장 화재 때 국가 재산인 면사 이천 근을 지키다가 목숨을 잃었죠. 지금 그 녀석, 집도 없어서 속을 끓이고 있는데 어떻게 좀 해주세요."

"그쯤 하고 신청서나 놓고 가게. 다음 주 회의에서 결정할 테 니."

쉬성이 건물에서 나오자, 퇀싱왕이 따라오며 어떻게 됐는지 물었다. 쉬성은 그에게 말했다.

"너희 아버지가 화재로 희생된 열사인데 네가 집도 못 받은 건 불공평하니까 보조금이라도 좀 줘야 한다고 했지."

퇀싱왕은 맞장구를 쳤다.

"맞아, 내가 집을 못 받은 건 너무 불공평해. 하지만 우리 아 버지는 열사는 아니셨어. 방직공장 화재로 돌아가신 거니까 그 냥 순직이지."

"옛날 일인데 너희 아버지가 열사인지 아닌지 누가 진짜로 알아보겠어?"

쉬성이 안심을 시키는데도 돤싱왕은 계속 중얼거렸다.

"열사 가족을 사칭하면 감옥에 간다고. 혹시 경찰이 찾아오면 네가 책임져야 해. 나는 끌어들이지 마."

이 말을 듣고 쉬성은 가슴이 답답해졌다.

월말에 보조금 수령자 명단이 발표되었을 때, 돤싱왕이 또 명단에 포함된 것을 알고 작업장 사람들은 모두 웅성거렸다. 그중 내막을 아는 사람이 따져 물었다.

"돤싱왕, 네가 어떻게 열사 가족이 됐지? 네 아버지는 그냥 불에 타 죽었잖아. 열사가 아니잖아."

돤싱왕이 말했다.

"대신 우리 어머니는 젊어서 과부가 됐는데도 재혼을 안 했으니까 열녀야. 열녀 가족도 열사 가족 못지않다고."

"어떻게 그런 뻔뻔한 말을 할 수 있지?"

"천쉬성이 가르쳐준 거야."

작업장이 온통 시끄러워졌고 이때 쉬성은 한쪽에 숨어 속으로 생각했다.

'위성의 말이 맞아. 이 녀석들은 다 수준 이하야. 푼돈에 나를 팔아넘길 놈들이라고.'

결국 덩쓰셴이 말했다.

"다들 조용히 해. 일 년 열두 달에 매달 열몇 명씩 보조금을 받잖아. 그러니까 다들 돌아가며 신청하라고. 모두 협력하면 다 될 텐데 왜 싸우고들 난리야!"

사람들은 일제히 고개를 끄덕였다.

"덩 기사의 말도 일리가 있네. 물론 쉬성이 계속 일을 책임져 줘야겠지만."

그때부터 쉬성은 위성을 속여가며 공장 사람들이 신청서를 쓰고 제출하는 것을 도왔다. 그는 사람들에게 말했다.

"위에 올리는 신청서는 너무 많아서도 안 되고 너무 적어서도 안 돼. 너무 많으면 탐욕스러워 보이고 너무 적으면 효율이 떨어지거든. 6부가 딱 좋아. 그리고 노조가 반쯤 떨어뜨리게 하는 거지. 만약 3부가 통과되면 목표 달성인 셈이고 3부보다 많으면 목표 초과인 거지. 혹시 6부가 다 되더라도 그건 좀 별로야. 다른 작업장 사람들이 가만있을 리가 없으니까. 중은 많고 죽은 적다고 해서 다른 중들을 죄다 굶겨 죽어서는 안 되잖아."

사람들은 이 말을 믿고 따랐다. 과연 쉬성은 매달 네 명분의 보조금을 따냈고 어떨 때는 다섯 명분을 따내기도 했다. 그런데 어느 날 쑤샤오둥이 사무동에서 우연히 쉬성과 마주치자마자 냉랭하게 말했다.

"천쉬성, 요즘 위세가 대단하던데."

"부공장장, 나는 사람들을 위해 뛰고 있을 뿐이에요."

"그거 참 훌륭하군. 겸손해할 필요 없어. 너는 직공들의 복지를 도모하고 있는 거니까."

"복지는 나라에서 제공하는 거지 내가 하는 게 아니에요."

"너는 지금 권력이 크니까 잘 이용해야 해. 만일 신청에서 떨어지면 작업장 동료들한테 면목이 없잖아."

말을 마치고 쑤샤오둥은 찻잔을 들고 남은 차를 마시며 가버렸다.

쉬성은 쑤샤오둥의 말에 뼈가 있다는 것을 알고 부쩍 의심이 들었다. 그래서 덩쓰셴과 그 일을 의논하러 작업장으로 돌아가는데 갑자기 기린과 비커가 다가와 그를 붙잡았다.

"이봐요, 아저씨. 우리 두 사람도 보조금 신청을 해줘요."

쉬성은 말했다.

"너희 둘은 젊고 부양가족도 없잖아. 퇴근하면 나팔바지를 입고 평소에 수입 담배를 피는 데다 파마까지 하면서. 아예 신청 자격도 안 돼."

비커가 말했다.

"바로 그 옷 사고 담배 사는 것 때문에 돈이 모자라다니까요. 더구나 젊은 직공들은 월급이 원체 적잖아요. 우리 신청을 도와주면 담배 한 갑 드릴게요."

기린은 늘 생각이 한 박자 늦어서 그제야 입을 열었다.

"나는 더블데크 녹음기가 없어요."

"꺼져."

기린과 비커가 앞뒤로 둘러싸고 한참을 졸라댔지만 쉬성은 결심을 바꾸지 않았다. 두 사람은 어쩔 수 없이 방향을 바꿔 계모임 만드는 방법을 의논했다. 쉬성은 그들에게 경고했다.

"쟤는 운도 좋아야 할뿐더러 신용이 있어야 해. 마지막 제비를 뽑아도 후회해서는 안 돼."

비커가 가운뎃손가락을 치켜들고 "당신이 무슨 상관이야?"라고 말하고는 활개를 치며 가버렸다.

쉬성이 고개를 설레설레 젓고 가려고 하는데 댄싱왕이 달려와 고소하다는 듯이 말했다.

"쉬성, 이번 달 보조금, 우리 작업장에서 한 명도 못 땄어."

"어떻게 된 일이야?"

"네가 너무 불성실했지 뭐야. 이번 달에 너, 신청서를 쑹바이청의 책상 위에 놓고 아무 말 없이 나와버렸잖아. 아교 작업장, 비료 작업장에서는 다 여자들을 보내 엉덩이를 실룩이게 했는데 말이야. 그 여자들은 쑹바이청 앞에서 오후 내내 그랬단 말이야. 네가 졌어. 그리고 보조금 문제가 너무 커져서 이제 쑹바이청은 결정권이 없대. 공장장, 서기, 부공장장장까지 전부 사인해야 통과된다더라고."

쉬성은 "재미있게 됐네"라고 말했다.

그다음 달에 보조금을 신청할 때는 아교 작업장과 비료 작업장의 주임 그리고 쉬성이 한데 모였다. 그들의 맞은편에는 공장

간부들이 나란히 앉아 찻잔을 앞에 두고 사뭇 흥미진진하게 쉬성을 바라보고 있었다. 쉬성은 엉덩이를 실룩일 여자가 사라진 것이 못내 아쉬웠다. 문 바깥에는 백 명 넘는 사람들이 구경을 와 북적이고 있었다.

쉬성이 먼저 입을 열었다.

"저희 작업장의 류칭펀劉慶芬은 아들이 정신병이고 노모도 정신병입니다. 자기는 그나마 괜찮지만 보조금을 못 받으면 역시 정신이 어떻게 될지 저도 모릅니다. 저우창周強은 상반기에 공상을 입어 견갑골이 부러졌습니다. 견갑골은 어깨뼈이고 강도나 귀신을 붙잡을 때 쓰지요. 그런데 거기에 철사를 연결해놨으니 뭘 생각도 말아야 합니다. 남자가 어깨뼈가 부러지면 끝장난 거나 다름없습니다. 가스통도 못 메니까요. 지금 저우창의 어머니는 불만이 많아요. 온 가족을 몰고 공장에 와서 트집을 잡을 태세입니다. 또 장궈화張國華는 젊고 건장하지만 부부가 떨어져 살아서 매달 집에 다녀오느라 교통비가 적잖이 들지요. 게다가 그 사람 마누라는 소아마비로 삼십 년이나 다리를 절어서 일도 못하고 거동도 여의치 않습니다. 이 세 사람이 가장 사정이 딱하고 다른 네 사람도 무척 곤란한데 자세한 사정은 다 신청서에 기재했습니다."

쉬성은 말을 마치고 다른 두 작업장의 주임을 돌아보았다. 아교 작업장 주임이 말했다.

"당신네 페놀 작업장 사람들이 설마 다 그렇게 아픈 건 아니겠지? 정말 비참하기 그지없군그래. 우리는 그 정도는 아니라서 아무래도 보조금을 못 받겠는데?"

쉬성은 말했다.

"어딜 가든 좌파, 우파, 중도파가 있게 마련이고 또 상류, 중류, 하류 계층도 존재해. 사람이 살다보면 누구는 잘 살고 누구는 비참한 게 당연하기도 하고. 당신이 누가 더 비참한지 꼭 견주겠다면 나로서는 할 말이 없군."

비료 작업장 주임이 말할 차례가 되었다. 그는 말더듬이여서 무려 이십 분을 떠드는데도 다들 무슨 말인지 이해가 안 갔다. 꾸벅꾸벅 졸던 공장장은 머리를 책상에 찧을 뻔하는 통에 잠이 깨서 큰 소리로 말했다.

"지금 무슨 소리를 하고 있는 건가? 요점이 뭐야?"

비료 작업장 주임은 혼비백산해서 손가락에 침을 묻혀 서류를 뒤적이며 말했다.

"저희 작업장에서는 스무 명 넘게 신청을 해서 내용이 많습니다."

서기가 말했다.

"자네, 방금 잘못 말했어. 비료 작업장의 왕다녠王大年은 아들이 야간학교에 다니지 않는다고. 왕다퉁王大同의 아들이 다니지. 그 두 사람 사정은 내가 좀 안다고."

공장장이 말했다.

"자네는 읽지 마. 다른 사람이 읽게 해."

비료 작업장 주임이 자리에서 일어나더니 조금 오만하게 쉬성을 힐끗 보고는 말했다.

"저희 작업장의 빈곤 가정에 대해서는 서류에 다 적혀 있습니다. 그런 걸 굳이 다 입으로 떠들어야 하나요? 침만 낭비입니다. 제 생각에 보조금은 어차피 공장에서 지급하는 것이니 두 분 생각대로 정해서 주는 게 낫겠습니다."

서기가 말했다.

"알겠네. 그만 해산하지."

바깥에 있던 백여 명의 직공들은 대부분 아교 작업장과 비료 작업장 사람들이었다. 그들이 못 가게 막자 아교 작업장 주임이 호통을 쳤다.

"다들 왜 이러는 거야?"

한 직공이 낮은 목소리로 말했다.

"앞으로 보조금은 우리가 뽑은 대표자가 신청하게 할 거야. 당신들 두 폐물은 뒤로 빠져."

19

쉬성이 서기에게 말했다.

"사계절 중 겨울에 보조금 신청자가 제일 많습니다. 설도 쇠야 하고 류머티즘, 관절염, 두통, 폐와 위 질환이 겨울에 주로 발생하기 때문이죠. 만약 어떤 직공이 한겨울에 홑바지를 입고 출근하면 그건 그 사람한테 보조금이 필요하다는 것을 뜻하죠."

모든 사람이 다 보조금에 혈안인 것은 아니었고 또 공장에서 가장 가난한 사람은 페놀 작업장 직공도 아교 작업장 직공도 아닌, 서무과 직원 스바오石寶였다. 그는 하루 종일 서무과의 가장 구석진 곳에서 자기가 관리하는 서류 더미처럼 조용히 웅크리고 있었다. 그의 머리칼은 회백색이었고 둥근 테 안경을 썼으며 등이 굽고 늘 느릿느릿 길을 걸었다. 그는 과거에 우파가 아니었으며 출신 성분 문제도 없어서 공장에서 수십 년간 조용히 지냈다. 그런데 1970년대에 아내를 암으로 잃었고 얼마 전에는 아들이 패싸움을 하다가 사람을 다치게 하는 바람에 호된 처벌을 받았다. 아들은 그의 얼마 안 남은 재산을 배상금으로 거덜 내고 자기는 무기징역까지 살게 되었다. 만약 그가 배상금을 안 내줬으면 총살을 당했을 것이다. 최소한 이십 년은 감옥에서 보내야 할 그 아들은 그를 완전히 무너뜨렸다. 멀리 칭하이성에서 복역하는 아들에게 정기적으로 돈과 물품까지 보내야 했다. 하지만 이 지경이 됐는데도 스바오는 보조금 신청을 하려고 하지 않았다.

서기가 물었다.

"사정이 그렇게 엉망인데 왜 보조금 신청을 안 하지?"

"본인 말로는 살고 싶지 않다더군요."

"그 사람 집에 좀 다녀와주게. 벌써 이삼일 결근을 했거든. 정 버티기 어려우면 아무래도 공장에서 보조금을 지급해줘야겠지. 본인이 신청을 안 해도 말이야."

"스바오는 제 소관이 아닌데요. 노조 사람을 보내세요."

"그 사람은 좀 괴팍해서 노조 사람들이 다 싫어하네. 자네가 가는 게 나아."

"서기님은 참 좋은 분이세요."

서기는 탄식했다.

"요 몇 년 사이 공장이 수익이 좋아 돈을 좀 벌었지. 과거에는 수십 년 일한 직공도 얼마나 말도 못하게 고생을 했나. 자네 사부만 해도 아무 복도 못 누리고 세상을 떴지. 나는 퇴직까지 일 년이 남았네. 자네들을 도울 수 있는 것도 겨우 그때까지라는 거지. 아, 그리고 또 직원 주택 배정이 있을 테니 서류를 꾸며 올리게나. 위성과 자네의 집 문제는 내가 해결해줘야지. 자네 사부에게 받은 정을 돌려주는 셈치고 말이야. 이 말은 다른 사람에게 하면 안 되네."

"신임 서기는 누가 되죠?"

"그런 건 묻지 말게."

쉬성은 자전거를 타고 스바오를 찾아갔다. 스바오의 집은 강변에 있었다. 그곳의 집들은 오랫동안 보수가 안 됐는데 쉬성은 어디선가 암모니아 냄새를 맡고 혹시 그곳에도 화학 공장이 있나 의심을 했다. 나중에야 골목의 공중화장실을 발견한 그는 번지수를 헤아리며 다가갔다. 스바오의 집은 공중화장실 바로 옆이었다.

쉬성은 문을 두드리며 이름을 불렀다.

"스바오! 스바오!"

스바오가 발을 끌며 와서 문을 열어주었다.

"아이고, 변소 옆에 살았군요."

쉬성의 말에 스바오는 시큰둥하게 대꾸했다.

"변소 옆에 사는 사람이 어디 한둘인가. 호들갑 떨지 말게."

"어쨌든 냄새가 나잖아요."

"나는 습관이 돼서 말이야. 공장에서도 별의별 냄새를 다 맡는데 뭐가 그리 대수라고."

"내 말은요, 주거 조건이 안 좋다는 거죠."

말을 마치고 쉬성은 재빨리 방 안을 쓱 훑어보았다. 어둠컴컴한 곳에 세 발 달린 네모 탁자 하나와 모서리가 상한 등나무 상자 하나만 남아 있었다. 벽에는 검은 액자에 담긴 초상화가 전자 벽시계와 함께 높이 걸려 있었다.

스바오가 상자 위에 앉아서 말했다.

"나는 자네를 대접할 여유가 없네. 뜨거운 물도 없고. 목이 마르면 바깥에 우물이 있으니까 직접 가서 떠먹게나."

"괜찮아요. 나는 서기의 지시로 당신이 사는 형편을 조사하러 왔어요."

스바오는 손가락으로 방 안을 가리켰다.

"이것들만 남은 건가요?"

쉬성이 묻자 스바오는 둥근 테 안경 뒤에서 그를 곁눈질했다.

"잠은 어디서 자고요?"

쉬성이 또 묻자 스바오는 일어나 방 뒤로 가서 지저분한 천막을 끌어왔다. 쉬성은 그 위에 짚이 깔려 있고 또 골판지 몇 장과 홑이불 한 장이 덮여 있는 것을 보았다. 쉬성은 속으로 혀를 끌끌 찼다.

'사람이 짚 위에서 자는 걸 마지막으로 본 게 아마 1977년이 었을 거야. 투건 형 집에서였지. 하지만 투건 형이 아무리 가난 해도 요 몇 년 사이 침대는 샀는데 말이야.'

스바오가 말했다.

"자네 그런 생각했지? 내가 죽어서 짚 위에 누워 있으면 어떻 게 해야 하는지 말이야."

쉬성이 아무 말도 하지 않자 스바오는 말했다.

"별거 없어. 문짝을 떼서 그 위에 눕히면 돼."

쉬성이 역시 아무 말도 하지 않자 스바오가 또 말했다.

"맘에 안 드나 보지? 너무 궁상맞나? 사실 죽은 사람을 문짝 에 눕히는 건 옛날부터 전해져온 관습이야. 살아서는 짚 위에서 자고 죽어서는 문짝 위에 눕는 게 뭐 그리 이상하다고."

쉬성이 말했다.

"사람이 정말 곧 죽게 되면 따질 게 뭐 그리 많겠어요. 어쨌든 서기께서 나보고 당신이 어떻게 사는지 보고 오라고 했어요. 너 무 힘들면 공장에서 보조금을 줄 수도 있대요."

"나는 싫어."

"왜요?"

스바오는 입을 다물었다.

쉬성은 스바오 앞에 선 채 어둠 속에서 그의 안경알을 뚫어지 게 바라보면서 그가 벌써 미친 게 아닐까 하는 의심이 들었다.

한참 뒤에 스바오가 웃으며 말했다.

"누가 병들어 곧 죽게 됐는데 알약을 주면 그게 무슨 선약仙藥도 아닌 이상 무슨 소용이 있나? 나는 짚도 있고 문짝도 있으니 괜찮네. 다른 건 필요 없어. 각자 주어진 운명일 뿐이라고."

쉬성은 작별을 고할 수밖에 없었다. 하지만 문가에서 고개를 돌려 말했다.

"그래도 죽고 싶지 않으면 공장에 나와요. 서기가 그러셨어요. 이삼일 결근한 건 눈감아줄 수 있다고, 월급도 공제하지 않겠다고 그랬어요. 하지만 더 결근하면 공장에서 당신을 자를 거예요."

스바오는 더 이상 쉬성을 상대하지 않고 짚으로 만든 잠자리로 돌아가 무릎을 안은 채 드러누웠다.

쉬성은 강 언덕을 따라 천천히 자전거를 몰았다. 맞바람이어서 힘이 들었고 왠지 입맛이 썼다. 강 표면에서 또 안개가 일어나는데 멀리서 배가 다가오고 있었다.

공장으로 돌아온 쉬성은 서기에게 보고하러 가다가 사람 그림자 하나가 절뚝이며 공장 문으로 들어오는 것을 보았다. 그는 화단까지 와서 소나무 밑에 앉아 숨을 돌린 뒤 다시 일어나 걸었다. 그의 홑바지는 구멍이 두 개 뚫려 있었고 신발도 닳고 해진 상태였다. 쉬성은 속으로 생각했다.

'스바오도 저 정도로 가난하지는 않을 텐데 도대체 누구지?

혹시 우리 공장 사람이면 틀림없이 보조금이 필요하겠군.'

쉬성은 원래 사무동에 가서 서기를 만나야 했지만 마치 그 자리에 못 박힌 듯 꼼짝도 하지 못했다. 그 사람을 보면 볼수록 두려운 마음이 들었고 그 사람이 거의 앞에 와서야 비로소 입을 열었다.

"건성."

건성이 고개를 들고 말했다.

"쉬성, 나 풀려났어."

"나, 멀리서 너를 알아봤어. 그런데 감히 부르지 못했어."

"너, 기술직원으로 올라갔구나."

건성은 외면하며 다시 말했다.

"이봐, 쉬성. 왜 멍하니 있는 거야?"

쉬성은 눈물을 훔치며 말했다.

"건성, 너 수염이 다 하얘졌어."

20

그해 겨울, 건성이 다시 공장에 돌아왔다. 그해, 공장은 서쪽으로 담장을 크게 넓히고 담을 따라 빽빽이 산호수를 심었다. 그 나무는 무척 빨리 자라고 악취와 향기를 막아준다는 이야기가 있었다. 새로 지은 작업장 두 곳은 바로 그곳에 있었다. 따로 4층짜리 사무용 건물도 세웠는데 문과 창이 모두 금속이고 실내가 밝아 느낌이 무척 좋았다. 낡은 기숙사와 식당 그리고 목욕탕도 전부 철거하고 새로 지었으며 공장 어린이집의 그네까지 쇠축과 쇠사슬로 바뀌었다.

건성은 1977년에 형량이 늘었다. 저수지에서 진흙을 파다가 간수가 한눈파는 틈을 타 도망쳤기 때문이다. 이틀 뒤 그는 스스로 감옥으로 돌아왔고 형량이 삼 년 늘어나 더 먼 감옥으로 보내졌다. 그래서 쉬성은 기술직원이 된 뒤에 스양으로 그를 만나러 갔지만 결국 찾지 못했다.

건성이 말했다.

"세상이 달라졌어. 그때 도망치지 않았으면 아마 1980년에 풀려났을 텐데 말이야. 당시 생산파괴죄로 수감된 사람들은 전부 미리 풀려났거든. 나만 지금까지 갇혀 있었어."

쉬성이 말했다.

"그 삼 년은 변화가 아주 컸어."

"그러게 말이야."

쉬성은 탄식한 뒤, 건성을 끌고서 밥을 먹으러 갔고 술도 조금 마셨다. 건성은 기분이 좋아져 젓가락으로 식탁을 두드리며 말했다.

"도망치던 날에는 비가 많이 왔어. 다리를 절며 강가까지 갔지. 어디로 갈까 생각했는데 역시 집에 돌아가야겠더군. 그때 우리 어머니는 벌써 돌아가셨고 여동생은 저장성으로 시집가서 집에 아무도 없었는데도 말이야. 사부님을 찾아가야겠다는 생각도 들었지만 다시 생각해보니 사부님도 죽었지 뭐야. 네가 편지로 알려줬잖아. 그렇게 아무 데도 못 가고 강변에 앉아 있다가 옷을 벗고 강물로 뛰어들었어. 헤엄쳐 돌아갈 생각이었지. 나는 절름발이가 돼서 걸음이 느리거든. 수영도 안 되지 않을까 생각했는데 그렇지 않더라고. 꽤 잘 돼서 좋아하며 강 한가운데까지 헤엄

167

쳐 갔어."

"맨손으로 강을 건너기는 힘든데. 어렸을 때 그러는 사람을 보긴 했는데 결국 물에 빠져 죽었어."

"그 스님도 그런 말을 했지."

"스님?"

건성이 술 한 잔을 마시고 말했다.

"멀리 헤엄쳐 가서 뒤를 돌아보니 강변이 아득한데 헤엄을 더 못 치겠는 거야. 속으로 이러다가는 고스란히 물고기 밥이 돼서 다시는 사고를 못 치겠구나 생각이 들었지. 그런데 나이가 아주 많은 스님이 나룻배를 저어 다가오는 거야. 나는 보자마자 헤엄쳐서 그 배에 올라탔어. 스님이 어디에 가느냐고 묻더군. 나는 나도 모른다고 했어. 그때 스님이 그랬지. 강을 헤엄쳐 건너려면 통나무를 껴안고 헤엄치는 게 가장 좋다고 말이야. 안 그러면 물에 빠져 죽는다고 했어."

"그 말이 맞아."

"나는 스님한테 그랬어. 나는 통나무는커녕 지푸라기도 없다고 말이야."

"그다음에는?"

"그다음에는 스님과 이런저런 이야기를 잔뜩 나눴지. 그때 나는 스님이 무슨 소리를 하는지 전혀 못 알아듣겠더라고. 어쨌든 스님은 나보고 선택하라고 했어. 돌아갈 건지, 아니면 강을 건널 건지 말이야. 나는 돌아가고 싶다고 했어. 물론 감옥이 아니라 집에. 스님이 그러더군. 돌아보면 피안이니 그곳으로 돌아가야 한다고 말이야. 하지만 우선은 감옥에 돌아가라더군. 그리고 나서야 피안에 갈 수 있다고 했어."

쉬성은 술잔을 쥔 채 한참 고민하다가 말했다.

"스님들이 하는 말은 다 아리송해. 무슨 소리인지 모르겠어."

건성이 말했다.

"나는 이제 무슨 소리인지 알겠는데."

"뭔데?"

"내가 기꺼이 돌아가서 삼 년 징역을 더 산 건 오늘 이곳에 돌아오기 위해서였어. 이곳은 나를 뱉어냈지. 마치 가래처럼 말이야. 그리고 이제는 또 나를 삼켜서 제자리로 돌려보내야 하지."

쉬성은 사실 알고 있었다. 건성에게는 돌아갈 곳이 없다는 것을. 감옥에서 나온 사람은 기껏해야 거리에서 노점을 차려 잡동사니를 파는 것이 최선이었다. 그렇게 생계를 유지하고 운이 좋으면 돈을 벌 수도 있었다. 그러나 노점을 차리려면 밑천이 필요했으며 더불어 좋은 체격도 필요했다. 세금 징수자든 경쟁 상대든 나타나기만 하면 덤비고 행패를 부리기 일쑤였기 때문이다. 그러나 건성은 어느새 빈털터리 철름발이가 돼버렸다.

두 사람은 술을 많이 마셨다. 그리고 밤에 쉬성이 자전거에 건성을 싣고 비뚤배뚤 집으로 돌아왔다. 위성이 문을 열자 건성이 껄껄 웃으며 말했다.

"위성, 나 알아보겠어?"

위성이 훅 숨을 들이쉬더니 말했다.

"건성, 아직도 여전하네."

"변했어. 알거지에 수염도 하얘지고 다리까지 전다고."

"하지만 말하는 모습은 옛날의 당신인데 뭐. 다 괜찮아."

"감옥에 다녀온 사람은 뭐든 다 괜찮지. 나는 원래 괜찮은 데다 또 괜찮은 격이로군."

이때 푸성이 다가와 "아저씨"라고 부르자 건성은 말했다.

"너, 푸성이지? 나는 건성이라고 한다. 우리 네 사람은 이름에다 '성' 자가 들어가네. 너는 나를 큰아빠라고 부르렴."

"큰아빠!"

건성은 푸성이 마음에 들어 무릎 위에 올려놓고 잠시 놀아주었다. 위성이 차를 내오고서 이것저것 근황을 묻자 건성이 조금 이야기하다가 또 쉬성이 대신 답을 해주었다. 위성은 조용히 있다가 일어나서 창을 닫고 말했다.

"페놀 공장에 돌아갈 거야? 쑤샤오둥이 아직 있어. 부공장장이 됐다고."

건성이 말했다.

"나도 생각이 있어."

"아빠가 살아생전에 당신이 사고 칠까봐 얼마나 걱정하셨는데. 당신은 이제 풀려났으니 신붓감을 찾아 결혼하고 안정된 일을 가져야 해. 그러니까 페놀 공장에 가서 사고 치면 안 돼."

"절대 그럴 리 없어."

"쑤샤오둥을 보면 부공장장님이라고 불러줘. 그자가 쑤샤오둥인 걸, 당신 원수인 걸 잊어야 해."

"명심할게."

"당신을 때렸던 사람들을 봐도 마찬가지고."

"알았어."

쉬성도 몇 마디 당부를 했지만 건성은 듣기만 하다가 차를 후루룩 마시고 일어났다.

"술이 깼네. 나, 갈게."

위성과 쉬성은 해져서 너덜너덜한 그의 옷을 보고 급히 어디로 가느냐고 물었다. 건성은 키득거리며 말했다.

"당연히 쉬탕 읍의 우리 집에 가지."

위성이 말했다.

"잠자리 만들어줄 테니까 여기서 하루 자고 가. 쉬탕 읍은 너무 멀어."

건성은 손사래를 치더니 문을 밀고 밖으로 나갔다. 바깥은 별도 달도 없이 온통 깜깜하기만 했다. 쉬성이 서둘러 쫓아나갔지만 건성은 절뚝거리면서도 느리지 않았다. 쉬성은 쓱쓱, 그가 땅바닥에 다리를 끄는 소리를 들었다. 검은 그림자 하나가 흔들대

다가 홀연히 사라졌다.

쉬성은 위성에게 말했다.

"술 마실 때 건성이 공장장과 서기를 만나러 가는 걸 도와주겠다고 했어. 건성은 이제 자유의 몸이니까 공장에서 반드시 받아줘야 해. 하지만 실제로 어떤 직책을 맡느냐가 매우 중요해. 한직이면 제일 좋겠는데 말이야. 그 다리로는 할 수 있는 일이 없으니까. 그리고 방금 당신이 건성한테 사고 치지 말라고 한 건 말이야, 좋은 뜻에서 한 말이긴 하지만 연루될까 두려워서 그러는 걸로 보일 수도 있어."

"건성이 화를 내도 나는 말해야 했어. 건성은 반평생을 날렸다고. 자기 단속을 못해 감옥살이를 하는 바람에 말이야."

"건성은 재수가 없어서 감옥에 간 거야."

건성의 일을 처리하기 위해 쉬성은 담배 세 보루를 준비하고 우선 노무과, 보안과, 행정과의 책임자들을 찾아다녔다. 멍건성의 공장 복귀에 대한 그 세 사람의 입장은 일치했다. 누구도 다시 멍건성을 보고 싶어하지 않았다. 그가 다리를 끌며 공장 안을 돌아다니는 모습을 보면 다들 과거가 떠오를 것이었다.

쉬성이 말했다.

"첫째, 목욕탕을 지키는 완萬 씨가 곧 퇴직합니다. 저는 건성이 그 자리를 물려받았으면 좋겠어요. 행정과에서 동의해주신다면 말이죠. 그리고 둘째, 업무 배정은 노무과의 일이니 노무과장님도 동의해주셔야 합니다. 마지막으로 셋째, 형기가 만료된 전과자가 목욕탕을 관리하는 게 규칙에 맞는지 잘 몰라서 보안과의 동의도 필요합니다."

세 과장은 말했다.

"서기께서 동의만 해주시면 우리는 이견이 없네."

쉬성은 그들에게 담배를 건네며 말했다.

"서기님이야 뭐라고 명확히 말씀하실 리가 없지요. 세 분이 먼저 확언을 해주셔야 제가 서기님을 찾아뵐 수 있답니다."

"우리가 어떻게 그런단 말인가. 멍건성이 무슨 속셈으로 돌아오는지도 모르는데."

"제가 보증을 서죠. 사고는 안 칠 겁니다."

"작은 일이야 보증을 설 수 있지만 큰일은 그러기 어렵지. 멍건성이 공장에 불이라도 질러봐. 그걸 어떻게 보증을 선단 말인가?"

쉬성은 어쩔 수 없이 말했다.

"어쨌든 멍건성한테 자리를 안배해줘야 합니다. 물론 그 사람이 공장 안에 있으면 어떻게든 불을 지를 방법이 있겠죠. 하지만 한가한 일이라도 마련해주면 마음이 좀 안정되지 않겠습니까?"

세 사람은 쉬성을 놔두고 한쪽에 가서 담배를 피우며 몇 마디 이야기를 나눴다. 그러고서 쉬성을 돌아보며 말했다.

"우리 공장에는 몇 년에 한 명씩 여자 목욕탕을 엿보는 변태가 나타나곤 하지. 목욕탕은 안전이 굉장히 중요한 곳이야. 더구나 여공들에게는 목욕이 매우 중요한데 전과자에게 관리를 맡겨서는 안 되지 않나. 한가하기로 따지면 폐품 창고만 한 데가 없으니 멍건성을 폐품 창고로 보내기로 하지."

보안과장이 또 당부했다.

"멍건성한테 말하게. 부공장장을 찾아가 말썽을 피우면 안 된다고. 안 그러면 잘리는 게 문제가 아니라 감옥에 다시 돌아가야 해."

쉬성은 그러겠다고 고개를 끄덕였다. 폐품 창고 일이 건성에게 더 맞겠다는 생각이 들었다.

그 후, 건성은 바로 공장에 돌아왔고 십 년 전처럼 기숙사 방도 한 칸 배정받았다. 폐품 창고는 공장 서쪽 담장에 붙어 있었는데 널찍한 실내에는 폐기 처분된 설비가 가득했다. 그런데 천장에서 바람이 새서 겨울에는 증기관이 지나가는 목욕탕 수위실에 비해 견디기가 어려웠다. 쉬성은 건성에게 말했다.

"창고에서 성실하게 일하고 있으면 내가 또 방법을 생각해서 다들 네가 괜찮아졌다고 생각할 즈음에 식당으로 옮겨줄게."

"그래."

어느 날 쉬성은 건성을 보러 폐품 창고에 갔다가 하늘에서 폭설이 내리는 것을 보았다. 건성은 커다란 솜저고리를 입은 채 폐기된 모터들 사이에 혼자 앉아 뭐라고 알지 못할 소리를 중얼대고 있었다. 눈송이가 천장 틈새로 날아들어와 드문드문 그의 머리 위에 내려앉았다. 건성은 정말로 나이가 들어 보였다.

쉬성이 가까이 왔을 때 건성이 말했다.

"십 년 동안 아무도 내게 얘기해주지 않았어. 왕싱메이가 어떻게 죽었는지."

쉬성은 할 말이 없었다. 건성이 다시 말했다.

"공장에 돌아와 물어보니 모르는 사람은 말을 못하고 아는 사람은 말할 엄두를 못 내더라."

"네가 발광할까봐 그러지."

"그럴 리가 있나."

사실 쉬성도 기억이 흐릿했다. 건성이 잡혀간 그날 밤, 쉬성이 몰래 오두막에 가서 그 소식을 전해주자 왕싱메이는 신발을 지르신고 원료 창고 뒤에 가서 몸을 숨겼다. 곧 왕더파 등이 그녀를 잡으러 왔다가 허탕을 쳤지만 이부자리가 아직 따뜻한 것을 발견했다. 왕더파는 손전등을 흔들며 수색하라고 지시했지만 다른 직공들은 그 머저리가 명령을 내릴 자격이 있나 싶어서 다들 건성이 맞는 것을 보러 급히 돌아갔다. 쉬성도 함께 돌아갔다. 왕싱메이는 아마 실족해 폐수 웅덩이에 빠져 죽었을 것이다.

건성이 쉬성에게 말했다.

"네 이야기는 안 맞아. 쫓아오는 사람이 없었으면 왕싱메이는 날이 밝을 때까지 원료 창고 뒤에 숨어서 별일 없었을 거 아니야. 폐수 웅덩이는 공장 다른 쪽에 있었고."

"그러면 네 생각은 어떤데?"

"왕싱메이는 그때 내게 말한 적이 있었어. 자기는 더 살고 싶지 않다고. 내가 달래니까 나중에 그러더군. 내가 있어서 조금 더 살고 싶어졌다고 말이야."

쉬성은 쪼그려 앉아 땅바닥에서 쇳조각을 주워 고철 더미 위에 던졌다. 건성이 말했다.

"왕싱메이는 자살한 거야."

"그 일은 더 생각하지 마. 벌써 십 년도 넘은 일이라고."

"십 년은 짧아. 너도 알잖아, 십 년이 눈 깜짝할 사이에 지나가버린 걸. 그런데 나는 왜 여기로 돌아온 걸까? 나도 잘 모르겠어."

21

쉬성이 새로 이사 간 직원 주택은 페놀 공장에서 겨우 1킬로미터 거리여서 매우 편리했다. 옥상에서 보면 페놀 공장을 에워싼 담장이 보였고 공장 너머 먼 곳에는 강 언덕이 있었다. 그곳에 사는 사람들은 죄다 부근 공장의 직공이었다. 한마디로 전형적인 새 노동자 주택 단지였다. 처음 건설할 당시에는 1단지와 2단지 건물 스무 동밖에 없었는데 나중에 점점 많아져서 건물은 백 동, 사람은 만 명을 훌쩍 넘어섰다. 주택 단지 안의 도로는 복잡하게 얽혀 있었으며 상인들이 함석으로 간이 상점을 지어 잡화점과 음식점과 이발소를 열었다. 페놀 공장으로 가는 길은 일직선의 비포장도로였는데 양쪽이 다 유채와 벼를 심은 농경지여서 경치가 꽤 좋았다. 몇 년 뒤, 이 비포장도로는 아스팔트 도로로 바뀌고 이어서 도시 순환로로 바뀌었다. 그때는 트럭이 수시로 쌩쌩 지나다니고 도로 양쪽에 갖가지 추레한 가게들이 점점 늘어나 더 이상 전원 풍경을 보기가 어려워졌다.

쉬성의 집은 일층이었다. 방 두 개짜리 집을 배정받았다. 여름에 이사를 들어온 위성은 기분이 너무 좋았다. 방 안에 천장까지 파리들이 빽빽이 붙어 있었는데도 그랬다. 위성은 파리를 혐오해서 예전 같았으면 신경질을 냈을 것이다. 하지만 이사를 온 것이 너무 즐거워 싱글대며 파리채를 휘둘렀다. 무려 일주일을 휘둘렀다. 다섯 살이 된 푸성도 위성을 흉내 내어 이리저리 파리채를 휘둘렀다. 쉬성이 사람을 불러 벽에 석회를 칠할 때 위성이 그에게 말했다.

"이사 들어오기 전에 석회칠이 돼 있어야 했어. 그랬으면 파리도 싹 없어졌을 텐데."

"모르는 소리. 이 집이 얼마나 경쟁이 치열했는지 알아? 급한 사람들이 변기 하나 놓고 겨룬 셈인데 들어온 것만 해도 다행이라고."

"그 비유는 좀 안 좋네. 우리 집이 설마 변소란 말이야?"

위성은 이사 올 때, 아끼는 일품홍 화분들도 가져와 정원에 놓았다. 그 정원이 마음에 들어 매일 청소하고 화초도 가꾸었다. 그런데 며칠 뒤, 위층 어느 집에서 쓰레기를 버렸다. 그것도 베란다에서 쉬성네 작은 정원으로 곧장 쏟아부었다. 위성은 화가 났다.

"어느 니미럴 것이 진짜로 남의 집을 변소 취급하네."

그녀는 정원으로 뛰어나가 냅다 욕을 퍼부었다. 쓰레기를 버린 사람은 페놀 공장 사무직원의 아내였는데 역시 밖으로 목을 빼고 욕을 해댔다. 이에 머리끝까지 화가 난 위성이 부엌칼을 들고 계단을 올라가려 하는 것을 쉬성이 겨우 막았다.

"여자가 부엌칼을 휘두르려고 그래?"

"멍청이, 이게 다 그 빈민굴에 살면서 배운 거라고. 새 집에 들어오긴 했지만 옛날 버릇이 어디 가겠어?"

"아무튼 부엌칼을 휘둘러서는 안 돼. 내가 가서 얘기할게."

그때 직원이 내려와 인사를 하려다가 위성의 모습을 보고 깜짝 놀라 인사를 사과로 바꿨다. 그리고 나중에 이런 말을 했다.

"천쉬성의 아내는 너무 기가 세더군. 어디서 그런 여자가 나왔는지 모르겠어."

사람들은 그에게 이야기해주었다.

"리위성의 아버지는 페놀 공장에서 오래 일했지. 그 여자는 젊을 때 페놀 공장 청년 직공들을 아마 한 트럭은 홀려서 쓰러뜨렸을걸."

이 말을 전해 듣고 위성은 무척 의기양양해했다. 그래도 쉬성은 거듭 당부했다.

"다음부터는 무슨 일이 있어도 흉기를 들면 안 돼. 자꾸 흉기를 들어버릇하면 말로 해결할 생각이 안 든다고."

그해, 서기가 퇴직했다. 서기는 북도 징도 치지 못하게 하고 혼자 사무실을 정리한 뒤 가버렸다.

서기는 쉬성에게 말했다.

"몇 년 전에 자네의 공산당 입당을 추진했어야 했는데 그러지 못한 게 무척 아쉬워."

"저는 의지가 약해요. 당원이 되면 물론 좋겠지만 예비당원 단계에서의 고초를 못 견딜 것 같아요. 공장의 예비당원 몇 명을 봤는데 본래 일도 하면서 따로 하수도도 파더라고요. 일 년을 파다가 다 안 돼서 지금 이 년째 파고 있어요. 저는 허리가 별로여서 그런 일은 못해요. 주택 배정을 받은 것만으로도 만족입니다."

"또 이상한 말을 늘어놓는군."

"서기님은 좋은 분이니 퇴직하셔도 꼭 뵈러 갈게요."

"와서 나하고 장기나 두면 좋겠군. 페놀 공장에서 퇴직한 직공은 대부분 암에 걸리곤 하지. 나는 직공 일은 안 했지만 매일 그 냄새를 맡았으니 잘못하면 암에 걸려 죽을 거야. 하지만 돌아서서 생각하면 그래도 자네 사부보다는 운이 좋았어. 리톄뉴보다도 운이 좋았고. 그렇게 오랫동안 서기 일을 하면서 내가 가장 보고 싶었던 건 다들 차례차례 퇴직하는 거였지. 차례차례 죽고 잡혀가는 게 아니었어."

"서기님이야말로 이상한 말씀을 하시네요."

"나는 퇴직했잖아. 아무것도 무서울 게 없거든."

며칠 후 쑹바이청도 퇴직했다. 그것은 누구도 예상하지 못한 일이었다. 서기는 자기가 곧 떠난다는 사실을 늘 사람들에게 상기시켰지만 쑹바이청 그 개새끼는 그런 얘기를 한 적이 없었다. 항상 즐겁게 출근하고 즐겁게 퇴근했는데 싫증이나 아쉬움은 눈곱만큼도 없어 보였다. 그는 퇴직 전날까지 노조 사무실에서 붓글씨를 쓰고 있었다. 사람들은 쑹바이청이 퇴직하면 보조금 신청은 또 어떤 규칙을 따라야 하나 이러쿵저러쿵 떠들어댔다.

그날 쑹바이청은 쉬성을 사무실로 불러 잘 접은 화선지 한 장을 주며 말했다.

"쉬성, 퇴직에 앞서 자네에게 글씨 한 폭을 선물하지. 내가 직접 쓴 거야."

쉬성이 펼쳐보니 대걸레로 쓱쓱 문지른 듯한 자국이 있는데 무슨 글씨인지 알아볼 수가 없었다. 그래도 낙관은 해서체로 "천쉬성의 일이 잘되고 더욱 발전하기를 축복하며"라고 적혀 있었고 각기 둥글고 네모난 붉은 도장 두 개도 찍어놓았다. 쑹바이청이 설명했다.

"이런 글씨체를 '광초狂草'라고 하지. 계속 나아가라는 뜻의 '계왕개래繼往開來' 네 글자야."

"남한테 글씨를 선물하려면 표구를 해서 줘야죠. 이러면 집에 어떻게 걸라고. 도배할 때나 써야겠네."

쑹바이칭은 조금 무안해져서 불쾌한 듯이 말했다.

"자네와 꽤 오래 알고 지내서 선물하는 거야. 표구는 비싸니까 알아서 하라고."

"쑹바이칭, 솔직히 당신 글씨는 아무도 걸지 않아요. 그렇게 여러 해 당신 글씨를 받아들 갔지만 전부 만련挽聯*이나 화환의 글씨로 썼다고요."

"웃기지 마. 공장에서 붓글씨를 쓸 줄 아는 사람은 오직 나 하나라고. 퇴직한 뒤에도 나보고 와서 글씨를 써달라고 할걸? 노동자 표창, 퇴직, 사망 등 어떤 경우에도 붓글씨가 필요하니까. 특히 만련은 예서隸書로 장중하게 써야 해. 자네도 한번 생각해보라고. 우리 직공들은 대부분 문맹이고 그 자녀들도 반半 문맹이 아닌가. 그런데 죽고 나서 예서로 쓴 만련이 있고 그걸 화환에 걸어 장의사한테 보낸다면 사뭇 의미 있는 일이 아닌가."

"형식주의예요. 죽으면 그냥 죽는 거라고요."

"함부로 말하지 마. 죽음은 큰일이라고."

쑹바이칭은 문득 울적해진 목소리로 말했다.

"공장 전체 직공들 중에서 딱 한 사람의 만련만 내가 안 썼지. 그 사람은 바로 자네 사부, 자네 장인이야."

---

* 죽은 사람을 애도하는 대련

"왜 안 썼는데요?"

"쓸 면목이 없다는 생각이 들었거든. 자네 사부가 와서 장례비 16위안을 달라고 했지 않나. 하지만 정말로 규정은 16위안이 아니었어. 자네 사부가 잘못 알고 있었던 거야. 본래는 자네 사부가 옛날에 나한테 그렇게 잘해줬으니 내 주머니를 털어서라도 보태줄 생각도 있었어. 하지만 그렇게 해서 공장의 죽는 사람들마다 나를 찾아와 돈을 보태달라고 했으면 나는 파산했을 거야."

"문제는 역시 당신이야, 쑹바이청 이 개새끼야."

쉬성에게 욕을 먹고서 쑹바이청이 말했다.

"성가신 녀석 같으니. 그 일을 자네 사부는 죽을 때까지 못 잊었고 나도 죽을 때까지 못 잊을 거야. 자네도 그러라고."

말을 마치고 쑹바이청은 쉬성이 들고 있던 화선지를 빼앗아 사정없이 찢은 뒤 휴지통에 던져 넣었다.

페놀 공장의 신임 서기는 공장장이 겸임하기로 했고 노동조합 주석은 단독 출마한 웨이칭궁魏慶功이라는 뚱보가 직공 대표들에 의해 선출되었다. 웨이칭궁은 원래 행정과의 부과장이자 아부의 명수였다. 하지만 그래도 사람들이 그를 좋아하는 이유는 그가 아부만 할 뿐 남에게 피해를 주지는 않기 때문이었다. 웨이칭궁은 기뻐하며 말했다.

"행정과는 아주 위험해. 최근에 집을 배정했는데 누가 자기는 집을 못 받았다고 과장을 죽이겠노라 공언했거든. 나는 그나마 노조에 와서 안전해졌군."

사람들이 그에게 물었다.

"앞으로 보조금 신청은 어떤 규칙을 따르죠?"

"당연히 예전 규칙이지. 나처럼 나약한 사람이 어떻게 새 규칙을 생각해내겠어? 새 규칙이 생기더라도 역시 그건 공장장님이 정해주셔야지."

옆에서 공장장이 말했다.

"떳떳치도 못한 그런 푼돈은 그만들 신경 쓰라고. 곧 성과급이 생길 거야. 일 잘하는 직공들은 다 받게 되겠지."

성과급은, 작업장의 A급 직공은 100퍼센트, B급 직공은 50퍼센트를 받으며 사무직은 3분의 2를, 중간 간부는 따로 두 사람 몫을 받는 것으로 규정되었다. 그 후로 식당 밥이 맛없어지고 목욕탕 물은 차가워졌다 뜨거워졌다 했으며 화장실은 악취가 진동했다. 왜냐하면 밥하고, 목욕탕을 관리하고, 화장실을 청소하는 사람은 전부 B급 직공이었기 때문이다. 그리고 성과급 제도가 실시되면서 공장에 간부들이 늘었다. 그들은 모두 공공사업조직에서 옮겨왔는데 아마 기업의 수입이 더 짭짤하다고 생각한 듯했다. 그중에는 고등학교 교사들도 있었는데 쉬성은 그것이 이해가 가지 않았다. 교사는 여름방학, 겨울방학도 있어서 무척 한가할 텐데 왜 화학 공장에 와서 유독가스를 맡는단 말인가. 하지만 교사들의 생각은 달랐다.

"유독가스를 맡는 건 돈이 되잖아요. 분필 가루는 먹어도 돈이 안 돼요."

페놀 공장이 가장 잘 나가던 그해에는 성과급뿐만 아니라 각종 복지 혜택까지 있었다. 여름에는 오렌지 가루, 쏸메이탕酸梅湯*, 슬리퍼, 속옷을 지급했고 겨울에는 생선, 닭고기, 오리고기, 솜옷과 솜신발을 지급했다. 가장 통 크게는 전기담요까지 지급했지만 결과가 안 좋았다. 한 직공이 자다가 감전사를 당한 것이다. 유가족이 노조 사무실에 와서 난리를 치며 배상금을 요구했다. 배상금을 안 주면 공장 입구에서 여자 열두 명이 목을 맬 것이라고 했다. 당시 공장 입구에는 열두 장의 오색 깃발이 펄럭이고 있었는데 깃대가 전부 철근이어서 열두 명이 목을 매기에 딱 알맞았다. 노조 주석인 웨이칭궁은 혼비백산해서 지급했던 전기담요를 몽땅 수거했다. 직공들은 불만스러워하며 이 좋은 물건을 왜 거둬가느냐고 말했다. 웨이칭궁은 당연히 손해를 메울 방도가 없었다. 그래서 천여 장의 전기담요를 사무실 바닥에 차례대로 펴면서 전기 코드를 꽂고 누워보았다. 이때 전기담요 밑에는 쑹바이칭의 오래된 글씨를 깔아놓았다. 쉬성이 들어와 그 광경을 보고 말했다.

"웨이 주석, 죽고 싶어? 누전이라도 되면 어쩌려고 그래?"

* 매실을 물에 담그거나 끓인 후 설탕을 넣어 만든 새콤달콤한 음료

웨이칭궁은 전기담요 위에 누운 채 땀을 뻘뻘 흘리며 말했다.

"별수 있나. 공장장이 그러라니 그러는 수밖에. 내가 다 누워 본 뒤에도 죽는 사람이 생기면 나하고는 상관없다고. 자기들이 조작을 잘못한 거지."

쉬성이 고개를 흔드는데 웨이칭궁이 또 말했다.

"천쉬성, 누가 그러는데 당신이 딱 노조 주석감이라더군. 잘 보라고. 이 일도 쉬운 게 아니야."

22

　새 집으로 이사 온 지 얼마 안 돼서 위성이 공장에서 피를 토했다. 의사는 폐동맥이 상했다고 진단하고 성 소재지로 보내 치료를 받게 했다. 그때부터 위성은 출근을 못 하고 일 년 내내 집에서 요양했다. 보너스는 전혀 없었으며 봉급도 60퍼센트만 나왔다.

　위성이 쉬성에게 말했다.

　"쉬성, 당신은 고생해서 돈을 벌어오는데 나 때문에 생긴 구멍을 메우면 남는 게 없네."

　"괜찮아."

　"우리도 반평생을 살았는데 겨우 이 정도 살림이라니 너무 실망스러워."

위성이 요양을 시작하고 얼마 후 푸성이 유치원에 갈 나이가
됐다. 그들이 사는 주택 단지는 지어진 지 얼마 안 돼서 유치원
이 없었다. 어쩔 수 없이 페놀 공장의 어린이집에 보내야 했다.
쉬성은 푸성을 자전거 앞 파이프에 앉히고 비뚤배뚤 핸들을 조
정하며 흙길을 따라 공장으로 갔다. 길 양쪽의 들판에서는 벼가
파도처럼 일렁였고 거센 바람에 구름이 가닥가닥 흩어졌다.

푸성이 어린이집에 들어갔다. 반에는 같은 나이의 아이들이
많지 않았다. 어린이집 아주머니가 아이들에게 걸상을 가져와
둥글게 앉게 했다. 그렇게 오전부터 정오까지 앉아 있은 뒤, 쉬성
이 와서 푸성을 식당으로 데려갔다. 사람들이 쉬성에게 물었다.

"당신 딸이에요?"

"응, 내 딸이야. 푸성, 인사하렴."

푸성은 못 들은 척 고개를 숙이고 밥을 먹었다. 사람들이 말
했다.

"딸이 당신을 빼닮았네요."

건성이 식판을 들고 와서 푸성 앞에 앉았다. 푸성이 그를 아는
체했다.

"큰아빠."

건성은 좋아하며 포크로 고기 경단 하나를 찍어 푸성에게 주
었다.

식사를 마치고 건성은 다리를 끌며 식당을 나갔다. 푸성이 쉬

성에게 물었다.

"큰아빠는 왜 다리를 절어?"

"애들은 그런 건 몰라도 돼."

"나, 어린이집 가기 싫어."

"그러면 안 되는데."

"거기 너무 냄새나."

"옆에 아교 작업장이 있으니 당연히 그렇지."

"그네 타고 싶은데 선생님이 안 된대."

"어떤 선생님이?"

"바이 선생님이."

쉬성은 바이쿵췌를 말하는 것이라고 짐작했다. 그녀는 어린이
집 보모 아주머니가 분명한데 언제 선생님이 되었을까? 그냥 스
스로 선생님이 되고 싶어하는 것 같았다.

오후에 쉬성은 푸성을 어린이집에 데려다주다가 바이쿵췌가
그네에 앉아 바람을 쐬는 것을 보았다. 그녀는 이미 늙었으며 연
노랑의 긴 벨벳 치마를 입고 구불구불한 머리칼을 길게 늘어뜨
린 모습이었다. 이 공장의 여자들은 간부든 여공이든 누구도 그
런 차림으로 출근하는 법이 없었다. 그녀는 꼭 작가처럼 보였다.

어린이집 아이들은 낮잠을 자야 했다. 푸성은 누워서도 밖의
그네가 자꾸 눈에 어른거려, 몰래 침대에서 내려와 그네를 타러
갔다가 바이쿵췌에게 들켰다.

"벌로 벽에 가서 서 있어."

"씨이, 짜증나."

"어디서 신경질이야. 혼 좀 나야겠구나."

바이쿵췌는 푸성에게 허리를 숙이게 한 뒤, 다른 아이를 시켜 담 밑의 모래를 한 줌 주워서 푸성의 뒷목에 뿌리게 했다.

"손으로 털면 안 돼. 허리를 펴도 안 되고. 그렇게 서 있어."

푸성은 몸을 굽힌 채 꼼짝도 않고 서 있어야 했다.

"언제까지 이러고 있어야 해요?"

"내가 그만하라고 할 때까지."

한 시간 뒤에 푸성이 말했다.

"더 못 하겠어요."

"더 못 하겠으면 용서를 빌어."

"왜 선생님은 그네를 타도 되고 나는 안 돼요?"

"네가 신경질이 아주 몸에 뱄구나. 계속 그러고 있어."

"싫어요. 선생님 말도 듣기 싫어요."

푸성은 허리를 폈다. 그러자 뒷목에 묻은 모래가 등으로 들어 갔다. 푸성은 잠시 멍하니 있다가 가려워서 옷깃을 툭툭 털었다. 바이쿵췌가 말했다.

"이제 알겠지? 멋대로 허리를 펴면 어떻게 되는지."

푸성이 울면서 말했다.

"엄마가 오늘 속옷을 갈아입혀줬는데……."

"나는 벌써 너를 많이 봐준 거야. 다른 애들은 어떻게 벌을 받는지 알아? 유아반 애를 데려와 눈앞에서 똥을 싸게 하지. 너는 그걸 보고 냄새를 맡고 있어야 해."

푸성은 그녀가 한눈을 파는 틈을 타 어린이집에서 나와 쉬성을 찾으러 갔다. 페놀 공장은 어디를 가나 기계 소리가 요란하고 파이프와 밸브가 널려 있었다. 푸성은 시멘트 길을 따라 마구 걸었다. 한 직공이 어느 집 아이냐고 물었지만 대답하지 않고 계속 걸었다. 마침내 공장 담벼락에 이르렀고 푸성은 조금 무서운 생각이 들었는데 뒤에서 누가 이름을 불렀다. 돌아보니 건성이었다.

"어떻게 폐품 창고까지 온 거야?"

"나도 몰라요. 목이 말라요."

"따라오렴."

푸성은 폐품 창고에 들어가자 다시 기분이 좋아져서 물었다.

"큰아빠는 여기서 무슨 일을 해요?"

"이 폐품들을 지킨단다. 못 쓰는 것들이긴 하지만 그래도 팔면 돈이 되거든."

푸성은 건성의 찻주전자를 들어 단숨에 다 마셔버리고 말했다.

"내 등 좀 봐주세요."

건성은 푸성의 옷을 들췄다. 등에 모래와 땀이 엉겨 붙어 있었고 옷에도 모래가 묻어 있었다.

"너 장난이 너무 심하구나."

무슨 일이 있었는지 푸성에게 이야기를 듣고서 건성은 잠시 멍하니 있다가 제자리에서 한 바퀴를 돌고는 스패너를 집어 들었다.

"바이쿵췌한테 가자."

푸성은 고개를 끄덕이고 건성을 따라 한참을 걷다가 갑자기 무서운 생각이 들었다.

"아빠가 그랬어요. 흉기를 들면 안 된다고."

"사람은 안 때려."

"어린이집은 안 갈래요. 아교 작업장 냄새가 너무 심해요."

"나도 그 냄새가 싫단다. 하지만 한 번은 다녀와야 해."

두 사람은 앞뒤로 서서 어린이집에 들어섰다. 마침 현관에 서 있던 바이쿵췌가 푸성을 노려보았다. 건성은 그녀를 무시한 채 푸성을 안아 그네 위에 올리고 뒤에서 한 번 밀어주었다. 푸성은 즐거워서 힘껏 그네를 탔다. 그네가 하늘 높이 올라갔다. 바이쿵췌는 과쯔瓜子*를 한 움큼 쥐고 그것을 까먹으며 곁눈질을 했다. 푸성이 깍깍 소리를 지르며 삼십 분쯤 그네를 탔을 때 건성이 물었다.

"실컷 놀았니?"

---

* 수박씨, 해바라기씨, 호박씨 등을 향료와 함께 볶은 간식

"네."

푸성을 내려주고서 건성은 걸상을 가져와 앉은 뒤, 스패너로 철제 그네의 나사를 하나하나 풀었다. 잠시 후 그네가 쿵 하고 땅바닥에 떨어졌다. 건성은 걸상에서 내려와 눈을 치켜뜨고 바이쿵췌를 바라보았다. 그녀는 여전히 과쯔를 까 먹고 있었다.

"그만 가자."

건성의 말에 푸성은 기뻐하며 깡충깡충 그를 따라 뛰어갔다.

건성은 작업복을 풀어헤치고 스패너를 맨 채 걸어가다가 푸성도 외투를 풀어헤치고 어깨를 흔들며 걷는 것을 보았다.

"푸성, 너는 여자애라서 그렇게 걸으면 안 돼. 꼭 깡패 같잖아."

푸성은 어리긴 해도 남이 자기를 훈계하는 것은 잘 알아들었다. 하지만 이번에는 고집스럽게 건성을 흉내 내 다리를 끌며 걸었다. 건성은 웃겨서 푸성의 머리를 두드리며 말했다.

"그렇게 걸으면 신발이 닳는다고."

건성은 푸성을 사무실로 데려가 쉬성에게 넘겼다. 그날 저녁, 위성은 집에 돌아온 푸성을 씻기려다가 옷을 벗기자마자 한 대 쥐어박았다.

"때리지 마. 바이쿵췌가 그런 거니까."

푸성의 말을 듣고 위성이 물었다.

"바이쿵췌가 누군데?"

"큰아빠가 그랬어. 바이쿵췌는 공장장 할아버지의 옛날······."

'정부'라는 단어를 몰라 푸성은 말을 끝맺지 못했다. 위성은 뭔가를 깨닫고 꼼꼼히 캐묻고 나서는 수건을 욕조 안에 집어던졌다.

"바이쿵췌, 이년이 감히 내 딸을 괴롭혀?"

쉬성이 들어와서 말했다.

"흥분하지 마. 건성이 벌써 복수를 했으니까."

"흥, 건성이 무슨 소용이야."

밤에 위성은 침대에서 잠을 못 이루다가 갑자기 몸을 일으켰다. 잠에서 깬 쉬성이 무슨 일이냐고 묻자 그녀는 말했다.

"가슴이 답답해. 잠깐 기대앉아 있어야겠어."

"바이쿵췌 일은 별일 아니야. 자꾸 생각하지 마."

"쉬성, 나는 아마 오래 못 살 거야. 전에는 거슬리는 일이 있어도 한바탕 울면 그만이었는데 지금은 가슴이 콱 막히고 어쩔 줄을 모르겠어. 그러면서 옛날에 억울했던 일들이 죄다 떠오르고. 또 나는 바이쿵췌를 찾아가 난리 칠 힘도 없잖아."

쉬성은 할 말이 없었다. 위성이 또 말했다.

"나는 푸성의 친엄마가 아니잖아. 만일 내가 일찍 죽고 푸성이 나를 추억할 때, 자기가 억울한 일을 당했는데도 내가 나서서 안 도와준 일이 떠오르면 무슨 생각이 들겠어? 역시 친엄마가 낫다고, 나는 양엄마일 뿐이었다고 생각할 거 아냐?"

"그럴 리가 있나. 푸성도 양심이 있는 아이인데."

위성은 말했다.

"만약 그 애가 그런 생각을 하면 내가 관에서 나와 변명할 수도 없잖아. 그때는 당신이 나 대신 얘기해줘. 내가 푸성을 정말 좋아했다고."

이튿날 쉬성은 푸성을 어린이집에 데려다준 뒤, 복도에서 바이쿵췌를 붙잡고 말했다.

"감히 또 내 딸을 괴롭히면 그네뿐만 아니라 당신 뼈까지 박살날 줄 알아!"

23

쑤샤오둥이 공장 안을 돌아다니면 사람들은 다 그에게 목례를 해야 했다. 둬싱왕의 말을 빌리면 그 목례는 방귀와 비슷했다. 사람들은 멍하니 앞을 보며 얼굴 근육을 잠깐 수축시키고 나서야 비로소 존경의 표정을 지을 수 있었다.

쑤샤오둥은 폐품 창고 앞에 이르러 주위를 두리번거렸지만 안으로 들어가지는 않았다. 그러다가 건성이 마침 밖으로 나오자 입을 열었다.

"멍건성, 신고가 들어왔네. 공장에서 기물을 파괴했다며?"

건성은 말없이 고개를 숙이고 지나갔다. 쑤샤오둥이 또 말했다.

"자네한테 어린이집 그네를 해체할 자격이 있나? 자네가 누구인지, 자네가 왜 여기 있는지, 또 여기서 무슨 일을 하는지 잘 생각해두라고."

건성은 계속 말없이 몇 발자국을 걷다가 무슨 생각이 났는지 고개를 돌려 말했다.

"안녕하세요, 부공장장님."

그러고서 그는 다시 가버렸다. 사람들이 쑤샤오둥을 두려워한 까닭은 공장장이 퇴직한 후에는 그가 공장장 직급으로 올라가리라는 것을 모두 알고 있었기 때문이다. 공장장이 된다는 것은 보너스를 박탈하고 모범 직공을 선발하는 권한이 생긴다는 것을 의미했다. 심지어 직공들을 감옥에 보낼 수도 있었다.

언젠가 행정과장이 몇 년마다 한 번씩 페놀 공장에 출현하는, 여자 목욕탕을 엿보는 변태들에 관해 이야기한 적이 있었다. 누구는 망원경을 갖고서 200미터 밖 저장 탱크 위에 숨어 반 여닫이식 환기창 귀퉁이를 통해 안을 훔쳐보았고, 누구는 사다리를 메고 와 한밤중에 올라가서 야간 근무 나온 여공들이 목욕하는 모습을 보았다. 또 누구는 말뚝처럼 아래층에 오래 버티고 서 있었는데 진짜 뭘 보았는지는 알 수 없었다. 가장 심했던 자는 한밤중에 복면을 쓰고 여자 목욕탕에 난입했다가 한바탕 비명소리가 나는 바람에 재빨리 꽁무니를 뺐다. 그런데 이해에는 상황이 더 안 좋았다. 누가 자갈을 던져 여자 목욕탕의 유리창을 깼는데 그때가 밤 열 시였다. 오후 근무를 마친 여공들이 가장 많이 목욕하는 시간이었다.

보안과는 수사를 시작했고 건성도 수사 대상이었다. 그는 공장 기숙사에 살았기 때문이다.

보안과에 불려온 건성은 순순히 걸상에 앉았다. 과장이 그에게 물었다.

"멍건성, 무서워하지 말게. 내부적으로 상황을 좀 파악하는 거니까."

"알겠습니다, 과장님."

"사건이 일어난 날 밤에 한 여공이 자네가 목욕탕 밖을 지나가는 걸 봤다던데."

"보일러실에 뜨거운 물을 받으러 갔습니다. 밤에 차를 마시려고요."

"열 시에 차를 마신다고? 잠이 안 올 텐데?"

"홍차입니다, 과장님. 저는 위가 안 좋아서 녹차는 마시지 않습니다."

"혹시 의심스러운 사람을 보지 못했나?"

"못 봤습니다, 과장님. 깨진 창은 목욕탕 북쪽 창입니다. 보일러실은 목욕탕 남쪽에 있습니다."

과장은 잠시 생각하다가 옆의 직원에게 손짓해 건성을 보내게 했다. 그가 사라지자 한 직원이 말했다.

"그렇게 심문하시면 순순히 자백할 리가 있습니까?"

과장이 말했다.

"그러면 어쩌라는 거야? 또 다리라도 부러뜨릴까? 아니면 네가 때리고 나는 병가를 내고 집에 가든지."

직원들이 말했다.

"알겠습니다, 알겠어. 저 늙다리는 이제 허리띠로 한 대만 맞아도 못 견딜 거예요."

과장은 탄식했다.

"멍건성, 옛날에는 아무리 때려도 끝까지 버티던 사내였는데. 지금 저 지경이 됐으니 사고라도 안 치면 누가 살아 있는 줄이나 알겠어?"

그 일은 위성의 귀에까지 전해졌다. 위성은 쉬성에게 말했다.

"건성한테 여자를 소개시켜줘야겠어. 늙어서 혼자 사니까 이런 일이 생기면 의심을 받는 거잖아."

쉬성도 같은 생각이었다.

"요즘 다시 분위기가 뒤숭숭해졌어. 꼬투리를 잡히면 또 십 년 옥살이를 해야 할 거야."

하지만 어떤 여자가 건성에게 시집을 오려 하겠는가? 그는 가난한 장애인인 데다 전과까지 있었다. 문화대혁명 때 억울하게 누명을 썼을 뿐이라고 해명해도 십 년간 옥살이를 한 것은 사실이었다. 누가 십 년 옥살이를 했다면 남은 세월은 몽땅 그 구멍을 메우는 데 쓰이게 마련이다.

위성이 쉬성에게 말했다.

"상대 여자는 잇속에 밝으면 안 돼. 잇속에 밝은 여자는 밥맛이야. 또 너무 가난해도 안 되고, 너무 늙어도 안 되고, 병이 있어도 안 돼."

"말이 많아도 안 돼. 건성은 말 많은 여자를 싫어해."

"건성도 말이 많은데?"

"지금은 바뀌었어."

위성은 고개를 저으며 말했다.

"좀더 생각해봐야겠어. 건성이 보기에는 바뀐 것 같아도 사실은 옛날 그대로야. 요즘에 또 당신한테 돈을 꿔갔지?"

"어제 50위안을 꿔갔어."

"꽤 여러 번 꾸었잖아."

"모두 200위안이야. 쪼들려서 못 살겠다고 하더라고. 그래서 따로 방법을 찾아야겠대. 어쨌든 보험이 되니까 낮에는 공장에서 일하고 밤에 밖에 나가 조그맣게 노점을 하겠다던데."

"뭘 판대?"

"옷, 신발, 담배, 군것질거리, 다 괜찮대. 단지 밑천이 없다더군. 700, 800위안은 있어야 시작할 수 있다던데."

"맙소사, 남들은 다 몇십 위안 가지고 천천히 시작하는데 700, 800위안이라니!"

"나도 도와주기 벅차."

"보조금이라도 타게 도와줘."

"우리 작업장 사람도 아닌데 내가 어떻게 보조금 신청을 해줘."

"당신은 돤싱왕, 그 머리만 데굴데굴 굴리는 놈은 아무 소리도 않고 도와줬잖아. 당신네 페놀 작업장 직공들, 내가 다 알아봤는데 죄다 철면피야. 돈이 생기면 날강도 같고 돈이 떨어지면 상거지 같다고."

"이제 그만해."

이튿날 쉬성은 혼자 노조를 찾아가서 웨이칭궁을 만나 단도직입적으로 말했다.

"웨이 주석, 나 멍건성의 보조금을 신청하러 왔어. 장기 보조금이야. 일 년짜리면 좋겠어."

"그게 무슨 소리야? 멍건성은 폐품 창고에서 일하잖아. 설비과 소관 사항이라고."

"그래서 내가 일부러 말하러 온 거야."

웨이칭궁이 말했다.

"자네 생각은 알겠어. 멍건성은 감옥에서 나와 무일푼 신세니 당연히 어렵겠지. 하지만 달리 생각해봐. 멍건성은 자기만 먹고 살면 되잖아. 다른 부담은 전혀 없다고. 내가 받은 신청서를 보면 집에 장애인이 있는 게 삼분의 일이고 집에 환자가 있는 게 삼분의 일이야. 나머지 삼분의 일은 더 희한해. 집이 불에 탔다든가, 집에 도둑이 들었다든가, 아이가 인신매매범에게 납치를 당했다든가, 아무튼 다양하기 짝이 없어. 이 사람들은 변변치 못하기는 하지만 다 양민이라고. 그런데 어쨌든 멍건성은 큰집에 다녀온 사람이잖아. 만약 나라에서 그에게 보조금을 준다면 그건 그의 범죄 행위를 인정해주는 것과 마찬가지 아니겠어?"

"그런 얘기는 자네가 국가 정책을 너무 모르고 하는 소리야."

쉬성이 반박하자 웨이칭궁은 웃으면서 말했다.

"알았어. 자네가 말 잘하는 건 나도 알아. 그러니까 다음 주에 공장장한테도 잘 말해줘. 보조금 신청일이 다음 주거든. 나도 자네 말솜씨를 좀 배우고 싶어. 공장장하고 직공들만 찬성하면 나도 찬성할게."

작업장으로 돌아온 쉬성에게 직공 몇 명이 다가와 차례로 신청서를 건넸다. 그러나 쉬성은 받지 않았다.

"이번 보조금 신청서는 우리 주임에게 줘. 나는 이번 한 번만큼은 멍건성을 도와야 해."

"그런 법이 어디 있어요. 멍건성은 우리 작업장 사람도 아닌데."

직공들이 항의했지만 쉬성은 요지부동이었다.

"멍건성은 내 사형이야."

쉬성은 바로 설비과의 과장도 만나러 갔다. 그 과장은 무척 예의 바르게 찻잔을 들고 그를 맞이하러 나왔다.

"웨이칭궁이 그러던데 멍건성을 위해 나섰다고요?"

"나섰다기보다는 사실 구걸하는 거죠."

"그렇군요. 한번 해보세요. 공장장은 비교적 당신을 마음에 들어하니까요. 나는 좀 사람이 모자라서 멍건성을 돕고 싶기는 했는데 그러지 못했어요. 구체적인 이유는 말하지 않아도 잘 아실 겁니다."

쉬성이 집에 돌아가 그날 있었던 일을 이야기하자 위성이 말했다.

"건성은 뭐래?"

"건성도 보조금을 원하지. 그냥 모르는 척하라고 했어. 그 편이 안전하니까."

위성에게도 새로운 소식이 있었다. 공장의 동료 중에 전전珍珍이라고 불리는, 부두에서 크레인을 운전하는 여자가 있다고 했다. 크레인 운전은 매우 무료한 업무인데, 겨우 의자 하나만 한 조종실에서 일하며 크레인에서 내려와야만 사람들과 몇 마디 말이라도 나눌 수 있다. 그런데 부두에는 무식한 사내들뿐이어서 조금이라도 자존심 있는 여공들은 적게 말해도 되면 적게 말하고 또 말하지 않아도 되면 말하지 않았다. 이 점은 오히려 쉬성이 제시한, 말이 많으면 안 된다는 조건에 들어맞았다. 위성은 공장에 가서 전전을 찾아가 이야기를 나눴다. 전전은 조금 망설였지만 결국 건성을 만나보겠다고 했다. 그것으로 위성은 체면이 선 셈이었다. 다른 여자들은 건성의 처지에 관해 듣고 한결같이 고개를 흔들었다. 가난하고 절름발이인 것은 가장 결정적인 결함이 아니었다. 십 년간 감옥살이를 한 것이 정말로 그녀들을 두렵게 했다.

쉬성이 물었다.

"전전은 몇 살이야?"

"당신이랑 동갑이야. 이혼했고."

"이혼한 사람이구나."

"남편한테 맞고 살았거든. 얼마 전에 겨우 이혼했어. 아이는 없고. 전에 애를 가졌다가 남편한테 맞아 유산된 뒤로는 애가 안 생겼대."

"해보자고. 두 가지 일 다 잘되기를 바라야지."

며칠 뒤, 노조 사무실에서 회의가 열려 십여 명의 다양한 직급의 간부가 참석했다. 이때 공장장은 웨이칭궁의 책상 앞에 앉아 있었고 다른 사람들은 모두 서 있었다. 곧 눈이 오려는지 날씨가 흐려 실내의 형광등을 다 켜놓아야 했으며 직공 몇 명이 상자에 담은 설맞이 용품을 안으로 들여오고 있어서 분위기가 다소 혼란했다. 공장장이 입을 열었다.

"직공들은 15분 정도 나가 있게 하지. 곧 천쉬성의 공연이 있을 테니까 말이야."

쉬성이 양복 차림으로 들어오자 공장장은 재미있어했다.

"천쉬성, 자네 무척 멋지군그래. 옛날 원료 창고의 통 굴리기 대왕의 모습은 아예 생각도 안 나는데."

쉬성이 물었다.

"지금 얘기해도 되나요?"

"그러게. 걱정하지는 말고. 자네를 보조금 파벌의 두목으로 몰아 체포할 리는 없을 테니까."

그는 말을 마치고 슬쩍 쑤샤오둥을 곁눈질했다. 곧 쉬성이 말했다.

"멍건성의 처지는 여러분도 다 아실 겁니다. 우리 공장이 그를 감옥에 보냈죠. 당시의 역사적 조건에서는 자업자득인 셈이었지만 요즘 같았으면 구류에도 못 미치고 기껏해야 장려금 박탈에 그쳤을 겁니다. 아마 왕싱메이와 결혼도 하게 해주었을 거고요. 지금 이 자리에 계신 여러분은 비록 과거에 멍건성을 때리고 다리를 부러뜨렸지만 세월이 지나 상황이 변한 지금은 생각이 달라지셨을 겁니다. 만약 그가 공장에 돌아오지 않았다면 여러분은 완전히 잊어버리셨겠지만 지금 그는 돌아와 있습니다. 다리를 끌며 여러분 눈앞에서 서성이고 있지요. 여러분에게 지난 과거를 희미하게 상기시키면서 말입니다."

공장장이 말했다.

"전부 쓸데없는 소리야. 좀 진지하게 말하게."

쉬성은 말을 이어갔다.

"멍건성은 노총각이어서 지난번에 누가 여자 목욕탕의 유리를 깼을 때 보안과에서는 그가 한 짓이 아닌지 의심했습니다. 만약 그가 결혼하지 않는다면 앞으로도 계속 기숙사에 살 테고 또 계속 의심을 사겠죠. 그래서 제 아내는 여자 동료를 소개해 그와 결혼시키려 합니다. 결혼을 하려면 돈이 필요하고 집도 필요합니다. 이런 조건들 없이 불구의 한쪽 다리와 십 년의 감옥살이로 결혼 예물을 삼을 수는 없지 않습니까?"

공장장이 어깨를 으쓱대며 말했다.

"일리 있는 말일세. 자네가 허를 찌르는군그래."

"제가 무슨 큰 원칙에 따라 멍건성을 보조해주자고 주장하는 것은 아닙니다. 그저 공장의 안정과 형기를 마친 사람의 장래를 위해 그래야 한다는 것이죠. 제 생각에 이것은 원칙의 문제가 아닙니다. 저는 멍건성의 사제입니다. 그가 체포되었을 때 저는 그 현장에 있었습니다. 만약 그 당시 책임자들이 관용을 베풀었다면 그가 이렇게 비참해지지는 않았을 겁니다. 제가 그를 대신해 공장에 보조를 요청하는 것은 그가 원한을 삭이고 정상인의 삶을 누리게 해서 앞으로 그가 공장에서 절뚝이며 돌아다녀도 모두가 조금이라도 마음 편히 그를 볼 수 있게 하기 위해서입니다."

공장장이 설비과장을 돌아보며 물었다.

"자네 의견은 어떤가?"

설비과장이 다소 모호하게 말했다.

"공장의 다른 어려운 직공들이 다 혜택을 받고 나서는 그 사람에게도 기회를 줄 수 있다고 생각합니다."

그는 말을 마치고 쑤샤오둥 쪽을 보았다. 이어서 쑤샤오둥이 웃으면서 말했다.

"이 일은 노조의 의견을 따르는 게 좋겠군요."

공장장이 웨이칭궁에게 물었다.

"어떻게 생각하나?"

웨이칭궁은 이마의 땀을 닦고 쑤샤오둥과 공장장을 번갈아 본 뒤, 다시 안전과장 위안다터우를 보며 말했다.

"멍건성의 다리는 위안다터우가 부러뜨렸다던데요. 위안다터우, 자네가 한번 말해보라고."

위안다터우는 담배를 문 채 눈을 희번덕거리며 한참을 생각하다가 말했다.

"니미럴, 악당이 돌아왔군."

쉬성은 차갑게 웃으며 말했다.

"위안다터우, 그건 아닌 것 같은데. 악당은 바로 당신이잖아."

24

　건성은 장기 보조금을 따냈다. 매달 80위안이었다. 위성은 그 돈을 일 년간 모으면 그에게 장사 밑천이 생길 것이라는 생각에 무척 기뻐했다. 그해, 시내에는 수많은 자영업자가 탄생했다. 그들은 보따리를 짊어지고 바퀴 달린 진열대를 밀면서 거리와 골목 곳곳에 나타났고 모두 돈을 벌었다.

　어느 날 건성은 과일바구니를 들고 푸성을 보러 갔다. 하지만 공교롭게도 그날 쉬성이 성 소재지로 연수를 가면서 구경을 시켜주러 푸성을 데려가는 바람에 집에는 위성밖에 없었다. 건성은 잠시 소파에 앉아 위성이 채소를 다듬고 밥을 짓는 것을 보고 있었다.

　"서두를 필요 없어. 나는 밥 안 먹어. 잠깐 앉아 있다가 갈 거야."

위성이 그에게 물었다.

"신붓감 구하는 일, 쉬성이 당신한테 말하지 않았어?"

건성은 고개를 끄덕였다.

"말했어. 하지만 생각해보면 나는 무일푼에 아무 전망도 없잖
아. 결혼을 한다고 하면 처지는 여자는 내가 원치 않고 잘난 여
자는 또 남한테 폐를 끼치는 셈이지."

"남녀 간에는 인연이 중요하지 돈이 다는 아니잖아."

"그건 그냥 남들이 하는 말일 뿐이야. 나조차 어느 정도 기반
이 있는 여자를 바라는데 뭐. 거꾸로 생각하면 다들 내가 가난하
다고 싫어하는 게 지극히 정상인 거야."

"여자는 의지할 수 있는 남자를 원해. 건성, 당신은 오랫동안
허송세월을 했어. 아빠가 살아생전에 뭐라고 그러셨는지 알아?
당신은 다 좋은데 스스로 책임도 못 지면서 아무렇게나 산다고
했어. 앞으로는 무슨 일이든 잘 생각하고 분수를 지켜야 해."

건성은 피식 웃고는 무릎을 두드리며 말했다.

"딴 사람이 이런 말을 하면 안 듣겠지만 당신이 하는 말이니
귀담아 들을게."

위성은 고개를 흔들었다.

"사실 당신은 여자한테 잘해주잖아. 그때 사람들이 당신 다리
를 부러뜨렸을 때도 당신은 왕싱메이 얘기는 입도 뻥긋 안 했잖

아."

건성은 말했다.

"왕싱메이 얘기는 하지 마. 그래도 위성이 나를 알아주니 기분이 좋은걸."

설이 끝나고 쉬성과 위성은 상의해서 건성과 전전을 만나게 해주기로 했다. 위성이 생각하기에 그 두 사람은 이미 삼사십 대이므로 청춘남녀처럼 밖에서 만나게 하는 것보다는 아예 집으로 불러 식사를 하게 하는 것이 좋을 듯했다. 전전은 처음에는 우물쭈물하다가 나중에 그러겠다고 했다. 위성은 준비를 하면서 푸성과 함께 야채를 다듬고 쉬성에게는 밥을 짓게 했다. 건성은 말끔한 옷으로 갈아입고 아침 일찍 왔는데 빈손으로 와서 조금 미안한지 밖에 나가 양념 찜닭 한 마리와 맥주 두 병을 사왔다. 그리고 정오에 전전이 자전거를 타고 왔다.

쉬성은 전전을 보고 깜짝 놀랐다. 그녀의 눈썹이 왕싱메이와 똑같았기 때문이다. 그래서 못 참고 그녀의 가슴도 보았는데 왕싱메이보다는 못했다. 자기도 거의 사십이 되었는데 이렇게 저속한가 싶어 그는 조금 부끄러워하며 서둘러 사람들을 앉히고 차와 과쯔를 대접했다. 건성은 당황하는 기색 없이 일어나서 전전을 소파에 앉히고 자기는 찻잔을 든 채 말없이 걸상에 옮겨 앉았다. 전전은 무심코 건성의 다리를 힐끔 보고서 고개를 흔들었다.

식사를 하다가 건성은 맥주를 조금 마시더니 말이 많아졌다.

"쉬성은 요즘 공장에서 스타가 됐어."

위성이 물었다.

"그게 무슨 소리야?"

"여태껏 다른 작업장 사람이 보조금을 타게 도와준 적이 없었거든. 그건 규칙에 어긋나니까. 그런데 쉬성이 나를 도와줬잖아."

전전이 건성에게 물었다.

"보조금이 필요하세요?"

"미안해요. 나는 좀 가난해요."

위성이 그녀에게 말했다.

"건성은 지금 다른 계획이 있어. 쉬센항水仙港 쪽에서 담배 노점을 차리려고 해. 4시에 퇴근하고 가서 부업으로 하려고. 꽤 전망이 있어."

전전이 건성에게 말했다.

"살림에 보탤 정도만 돼도 충분해요. 그런데 열심히 해야 해요. 하다 말다 하면 안 돼요. 노점도 시간과 신용을 지켜야 하거든요. 누가 담배를 사러 왔는데 마침 당신이 자리에 없어서 허탕을 쳤다고 생각해봐요. 다음에는 절대로 안 올 거예요."

"장사를 잘 아네요, 전전."

"바깥에는 가짜 담배가 많아요. 꼭 제대로 장사를 해야 해요.

가짜 담배를 팔면 남한테 맞을 수도 있어요."

"그건 다 상대를 보고 하는 일이에요. 뜨내기장사는 태반이 가짜 담배를 팔아요."

"시내가 얼마만 하죠? 자전거를 타고 삼십 분이면 시내를 가로지르잖아요. 그런데 뜨내기장사가 어디 있어요? 불만이 있는 사람은 금세 찾아와 시비를 걸 거예요."

건성은 웃기만 했다. 전전이 또 말했다.

"뜨내기장사라는 건요, 그냥 착한 사람들을 업신여기는 짓이에요."

위성이 말했다.

"건성은 잘 듣고 가짜 담배는 팔지 마."

건성은 고개를 끄덕였다. 이때 푸성이 끼어들어 말했다.

"아빠, 그저께 가짜 담배를 샀는데 왜 시비 안 걸었어?"

쉬성이 말했다.

"아빠는 착한 사람이거든."

모두 깔깔 웃고 있는데 갑자기 누가 밖에서 미친 듯이 소리를 지르더니 쨍그랑쨍그랑 창문 깨지는 소리가 들렸다. 전전이 놀라 벌떡 일어섰는데 얼굴이 백지처럼 하얬다. 위성이 부엌으로 뛰어가 바깥을 내다보고 다시 돌아와서 말했다.

"큰일났어. 어떤 정신병자가 우리 복도의 창문을 깨고 있어."

전전이 말했다.

"정신병자가 아니라 제 전남편이에요."

이 말에 모두 깜짝 놀랐다. 전전이 또 말했다.

"하지만 정신병자나 다름없어요."

쉬성은 옷을 고쳐 입고 슬리퍼를 구두로 바꿔 신고 나서야 상황을 살피러 밖으로 나갔다. 마르고 키 큰 남자가 서 있었는데 감정을 조절 못 하고 쇠막대기를 마구 휘두르고 있었다. 건물 주민들이 다 뛰어나와 구경을 했지만 아무도 나서지 못했다. 쉬성이 아직 입을 열기도 전에 전전이 문을 열고 나와 소리쳤다.

"소란 피우지 말아요."

그 남자는 전전을 보더니 돌아서서 다가와 그녀의 코앞에서 쇠막대기를 흔들었다.

"그래, 네가 이 남자 놈의 집에 있었구나."

위성이 끼어들어 따졌다.

"무슨 헛소리야? 전전은 우리 집에 손님으로 왔는데 '이 남자 놈의 집에 있었구나'라니. 거기 가만 있어. 여기 복도 유리 값을 한 장도 빠짐없이 다 물어내야 하니까."

남자는 위성을 무시하고 전전을 잡아당겼다.

"돌아가자."

전전이 말했다.

"나 좀 그만 따라다녀. 우리 이미 이혼했잖아. 나도 때릴 만큼 다 때렸고."

남자가 쇠막대기를 든 채 말했다.

"이제 안 때릴 테니까 재결합하자."

계단에서 구경하던 사람들이 일제히 깔깔 웃었다. 전전은 어두운 낯빛으로 남자의 손을 뿌리치고 가방을 가지러 집 안으로 들어갔다. 그런데 남자는 그녀가 계속 맥주를 마시러 돌아가려는 줄 알고 급히 쫓아 들어가 그녀의 머리칼을 낚아챘다. 전전은 마치 벌써 맞아서 뼈라도 부러진 것처럼 바들바들 떨며 꺅 비명을 질렀다. 위성은 그런 전전의 모습도 정신병자 같다는 생각이 들어 놀란 눈으로 쉬성을 마주본 뒤, 얼른 쫓아가 두 사람을 떼어놓으려 했다. 집 안은 좁은데 몇 사람이 한덩어리가 되어 안간힘을 썼고 겁에 질린 푸성은 울음을 터뜨렸다. 그런데 돌연 그 남자가 비명을 질렀다. 알고 보니 건성이 팔뚝으로 그의 목을 졸라 바닥에 홱 내팽개친 것이었다.

남자가 벌떡 일어나 믿기지 않는다는 표정으로 말했다.

"네가 나를 쳤어?"

건성이 말했다.

"그래, 내가 너를 쳤다."

"너희 여럿이 작당해서 나를 친다 이거지?"

건성이 다리를 두드리며 말했다.

"잘 봐. 나는 절름발이야."

건성은 말을 마치고서 정면으로 한 방을 날렸다. 그 남자는 곧장 문가의 자전거들 한가운데에 처박혔다. 건성은 다리를 절기는 해도 두 팔뚝은 예전보다 훨씬 더 굵고 단단했다. 남자는 자전거들 사이에 끼어 꼼짝도 하지 못했다. 건성이 말했다.

"이 한 방으로 잘 기억해둬. 여자를 때리는 건 나쁜 짓이야."

전전이 가방을 가지고 나와 차갑게 말했다.

"더 할 말 없지? 당신도 돌아가서 술이나 마셔."

전전은 갔고 남자도 갔다. 건성은 문가에서 잠시 멍하니 서 있었다. 구경꾼들은 흩어지면서 쉬성에게 내일 유리를 맞추라고 당부했다. 쉬성과 위성, 건성은 집 안으로 돌아와 아직 다 마시지 않은 맥주와 식탁 가득한 요리를 물끄러미 쳐다보았다. 위성이 말했다.

"건성, 사람을 때리면 안 돼."

건성이 말했다.

"오랜만에 그런 거야."

"한번 때려서 이기면 다음에도 계속 때리게 된다고."

위성은 고개를 흔들며 말했다.

"하지만 됐어. 전전은 주변에 골치 아픈 일이 많네. 나는 당신이 전전과 결혼한 뒤에도 그 전남편이 집 문을 걷어차는 꼴은 보고 싶지 않아."

건성은 한참 조용히 있다가 말했다.

"네 말도 일리가 있네. 정말로 그러면 나는 놈을 건물 아래로 내던져버릴 거야."

그 일이 있은 뒤 꽤 오랜 시간이 흘렀지만 위성은 더 이상 건성의 결혼에 관해 언급하지 않았다. 봄이 되자 건성은 담배 노점을 차렸다. 장소는 쉬셴항이었고 근처에 큰길이 있어서 매일 퇴근 시간이면 지나다니는 사람이 무척 많았다. 건성은 20분 일찍 공장을 빠져나가 오후 4시 전에 담배 좌판을 차려야 했다. 처음에 그는 종이 박스를 가져다가 진열장처럼 길가에 세워놓고서 그 위에 샘플을 깔고 그 안에는 상품을 넣어놓았다. 그러다 나중에는 진짜 진열장을 갖고 싶어서 쉬성이 그를 데리고 중고 시장에 가서 하나를 샀다. 그리고 환성왕을 시켜 진열장 밑에 바퀴 네 개를 달아 밀고 다닐 수 있게 만들었다. 진열장과 담배는 평소에는 아는 사람 집에 맡겨놓았다.

쉬성은 또 건성의 혼사가 생각나 위성에게 물었다.

"언제 다시 건성한테 여자를 소개해주자고. 건성은 요즘 하루에 십 위안 넘게 버니까 앞으로는 더 나아질 거야."

"당신 모르는구나. 얼마 전에 공장에 갔다가 건성이 부두에서 전전과 얘기하고 있는 걸 봤어."

"둘이 사귀고 있는 거야?"

"맞아. 나도 생각도 못 한 일이야."

며칠 뒤, 쉬성은 건성을 만나러 쉬셴항에 갔다가 그가 진열장을 밀고 가고 그 뒤에 전전이 따라가는 것을 보았다. 건성은 전보다 훨씬 젊어 보였다. 누가 담배를 사러 와서 큰 소리로 말했다.

"어이, 절름발이. 다첸먼大前門 한 갑 줘."

건성이 화를 안 내는 것을 보고 쉬성은 속으로 생각했다.

'됐어. 건성은 이제 좋아질 거야.'

25

비커와 기린이 쉬셴항을 지나가다가 건성의 담배 노점을 보고 다가갔다. 비커가 말했다.

"어이, 아저씨. 아저씨가 밖에서 몰래 노점을 차렸다고 돤싱 왕 아저씨가 그러던데 정말이네요. 량유良友(홍콩산 담배) 한 갑 주세요."

"미안해. 량유는 다 팔렸어."

비커가 진열장 밑을 가리키며 물었다.

"말보로는요?"

"그건 말보로 껍데기야. 역시 물건은 없어. 진열장 안의 외국 담배는 그냥 장식용이야. 국산 담배는 싫어? 여기 있는 건 다 진짜야. 가짜 담배는 안 팔거든."

"난 외국 담배만 피워요."

"그러면 다른 데 가서 사야겠네."

기린이 다가와 물었다.

"담배 노점 하는 거, 공장에서 몰라요?"

건성은 그들이 자꾸 귀찮게 하자 담배 한 갑을 꺼내 한 개피씩 나눠주며 말했다.

"조금 알기는 하겠지. 지나다니는 사람들이 어쨌든 얘기를 할 테니."

기린이 말했다.

"위에서는 분명히 모를 거예요. 알면 처벌할 텐데."

"근무 시간 끝나고 푼돈 좀 버는 건데 뭐."

두 사람이 가고 나서 건성은 조금 불안했다. 비커와 기린은 공장에서도 유명한 위험분자로서 작은 일을 큰일로, 또 큰일을 작은 일로 만들곤 했다. 과연 이튿날 그가 폐품 창고를 지키고 있을 때 비커가 외국 담배 두 갑을 들고 와서 그를 구석으로 데려가 말했다.

"외국 담배 들일 생각 없어요? 홍콩에서 바로 온 거예요. 밖에서는 이런 정품은 못 구할걸요."

건성은 그것이 밀수 담배임을 알았다. 비커는 그에게 물건을 보여주고 외국 담배의 도매가를 줄줄이 읊었다. 건성은 이득이 있을 것이라는 생각이 들어 마음이 흔들렸다. 비커가 말했다.

"돈이 준비되면 량유 한 보루를 드리죠."

"도매처를 알면 나를 좀 데리고 가줘."

"거기는 너무 멀고 아저씨는 혼자 노점을 하는 사람이라서 거기를 가도 아마 무시당할 거예요. 한 번에 두세 상자씩 사지 않는다면 말이죠."

건성은 고개를 끄덕이고 비커에게서 담배 한 보루를 받았다. 운이 좋아 첫날 오후, 한 손님이 한 보루를 통째로 사갔다. 조금 이득을 본 건성은 다시 비커를 찾아가 이번에는 두 상자를 들이겠다고 말했다.

비커가 말했다.

"빌어먹을, 몰랐는데 돈 좀 있으시네요, 아저씨."

그날 오후, 비커와 기린은 페놀 작업장에서 계모임을 가졌다. 모두 열두 명의 직공이 모였고 매달 100위안씩 내기로 했다. 액수가 조금 컸지만 비커는 좋아했다.

"이거 흥분되네. 한 번에 1200위안을 가져갈 수 있잖아. 냉장고도 살 수 있다고."

마침 같이 있던 건성이 비커에게 말했다.

"나도 낄게."

"그러면 1300위안일세."

쉬성이 와서 실눈을 뜨고 그들이 법랑 냄비 안에서 제비를 뽑는 광경을 말없이 지켜보았다. 제비를 뽑은 결과, 비커가 일등으로 큰돈을 차지해 의기양양해했다. 기린은 이등이었다. 사람들은 다 멍해져서 말했다.

"어떻게 저 두 양아치가 일등과 이등을 다 휩쓸었지? 세상에 이런 일이 있을 수 있나. 사기야, 사기!"

비커가 말했다.

"계는 도박이나 마찬가지야. 운 좋은 사람한테 하늘이 상금을 주는 거라고. 잠자코 결과를 인정해."

두 사람이 자리를 뜨자 나머지 직공들이 쉬성을 붙잡고 말했다.

"쟤들이 사기친 거 맞죠?"

쉬성은 잠시 생각하다가 말했다.

"나는 도박장에 가본 적이 없어서 잘 모르겠어."

건성이 말했다.

"계는 도박이 아니라서 어쨌든 본전은 찾게 돼 있어. 이기고 지는 것도 고작 이자 몇 푼이 달린 문제일 뿐이야."

그 후 며칠 동안 건성은 비커를 따라다니면서 더 많은 외국 담배를 구하려 했다. 하지만 비커는 바쁘다는 핑계로 물건을 더 내주려 하지 않았다. 건성은 속으로 비커가 중간에서 차액을 떼려 한다고 짐작했다. 하지만 비커가 질이 안 좋은 작자이기는 해도 그의 물건만큼은 정말 괜찮았다.

9월이 되어 페놀 공장의 정기 점검 기간이 끝나고 작업장이 돌아가기 시작했다. 다시 페놀 냄새가 공장 지역을 꽉 채웠다. 그리고 새 부두의 건조가 끝나, 기선이 원료를 들여오고 완성품을 싣고 나갔다. 가을 햇빛 속에서 부두는 반짝반짝 빛났고 강 위에는 크고 작은 배들이 떠다녔다. 직공들은 점심을 먹고 나면 모두 부두에 쪼그리고 앉아 멀리 풍경을 보면서 바람을 쐬었다. 건성도 정오에 그곳에 들렀는데 누가 담배가 떨어져 그에게 말했다.

"한 갑 팔게나."

건성은 주머니에서 담배 한 갑을 꺼내주고 돈을 받고서 고맙다고 했다. 그는 남들이 그렇게 자기 장사를 챙겨준다는 것을 알고 있었다. 하지만 그의 주머니에는 담배가 기껏해야 두 갑 정도밖에 없었다.

그는 부두 가장자리에 앉아 쉬성에게 말했다.

"날씨가 좋으면 나도 몸이 괜찮아. 흐리고 비가 오면 다리가 아프거든."

"많이 아파?"

"돈을 좀 벌면 북쪽 지방으로 갈 거야."

"전전은?"

건성은 고개를 저었다.

그날 건성은 비커와 기린을 따라 지상제吉祥街에 갔다. 어느 집 대문 앞에서 초인종을 누르자 안에서 개 짖는 소리가 들렸다. 소리를 들어보니 토종견이 아니라 셰퍼드였다. 건성은 속으로 생각했다.

'대단하군. 초인종에다 셰퍼드라니. 무슨 집이지?'

대문이 열리고 바람막이 재킷 차림에 선글라스를 낀 남자가 얼굴을 내밀더니 돌아서서 집 쪽으로 걸어갔다. 격자 울타리 밑에 등이 검은 셰퍼드 한 마리가 말뚝에 묶인 채 으르렁대고 있었다. 마치 금방이라도 쇠사슬을 끊고 덤벼들 것만 같았다. 기린은 조금 무서운지 뒤로 멈칫했고 비커는 대문을 닫고서 바람막이 재킷 남자를 따라 거들먹거리며 집으로 들어갔다. 기린이 건성에게 물었다.

"개를 안 무서워해요?"

"나는 개가 익숙해. 이건 쿤밍昆明산이로군."

"맞다. 아저씨는 감옥에 있었지."

"저수지를 팔 때 셰퍼드 한 마리가 죄수 200명을 꼼짝 못하게 만들었지."

"어릴 때 개한테 물린 적이 있거든요. 사람들이 그러더라고요, 개를 보면 도망치면 안 된다고. 도망칠수록 더 쫓아온다던데요."

"훈련받은 셰퍼드는 달라. 주인 말을 듣지. 안 도망쳐도 똑같이 물릴 수 있어."

기린은 부르르 떨었다.

"들어가서 물건이나 봅시다."

바람막이 재킷 남자는 낡은 가죽소파에 앉아 있었고 다탁 위에는 말보로 한 갑과 555 한 갑이 있었다. 그는 선글라스를 벗지 않았다. 집 안은 썰렁했고 안쪽 방문은 닫혀 있었다. 비커가 건성을 가리키며 말했다.

"이 아저씨가 물건을 원해요."

"얼마나?"

바람막이 재킷 남자가 건성에게 물었다.

"두 상자요. 량유 한 상자에 말보로 한 상자. 555도 있으면 반 상자 주시오."

"이봐, 친구. 한두 상자 사면서 굳이 여기까지 온 거요? 그냥 내가 비커에게 갖다 주게 해도 됐을 텐데."

건성이 비커를 돌아보자 비커가 대신 설명했다.

"좀 깎고 싶어하더라고요."

바람막이 재킷 남자가 말했다.

"아, 5퍼센트 정도는 되지. 다섯 상자부터 가능하오."

"지금은 수중에 그렇게 많은 돈이 없소. 먼저 두 상자만 받고 나중에 채우겠소. 그러니까 우선 5퍼센트 깎아주시오."

"그런 법이 어디 있나? 지금 도매가도 벌써 바깥 가격보다 저렴한데."

"아무튼 우리 모두 친구가 아니오. 오늘 현금을 가져왔으니 내가 성의 표시를 하겠소."

바람막이 재킷 남자는 잠시 생각하다가 말했다.

"이렇게 하지. 계약금 조로 돈을 절반만 두고 가시오. 나머지 돈은 사흘 뒤 물건을 가지러 올 때 주고."

"그건 안 되지. 한쪽이 돈을 줄 때 한쪽은 물건을 주는 게 규칙이오."

"요즘 장사가 잘돼서 여기에는 당신한테 줄 물건이 없소. 위쪽에 가서 가져와야 하오. 내가 가져왔을 때 혹시 당신 마음이 바뀌어도 물론 나는 물건을 소화하는 데는 아무 문제가 없소. 하지만 손해는 봐도 체면은 안 깎여야 한다는 게 내 신조거든. 원치 않으면 편한 대로 하시오."

비커가 끼어들어 말했다.

"아저씨, 믿지 못하겠으면 관둬요. 아저씨를 소개해서 여기 데려오려고 힘이 좀 들긴 했지만 처음부터 끝까지 보증인이 돼줄 생각은 없어요. 아저씨 생각대로 하려면 아저씨는 그냥 폐품 창고에서 기다리고 있고 내가 알아서 조금씩 물건을 가져다주는 게 제일 좋아요. 굳이 그렇게 고민할 필요 없다고요."

건성은 조금 생각하다가 말했다.

"30퍼센트를 계약금으로 주겠소. 이게 마지막이오. 한 푼이라도 더 달라고 하면 이대로 돌아서서 나가겠소."

비커는 바람막이 재킷 남자의 귓가에 몇 마디를 속삭였고 그는 고개를 끄덕인 뒤 말했다.

"그렇게 합시다."

그는 계산기를 꺼내 한바탕 두드리고 난 뒤, 아무 말 없이 그 계산기를 건성에게 건넸다. 건성은 숫자를 보고 가방 안에서 지폐 다발을 꺼내 세고는 그에게 주었다. 바람막이 재킷 남자는 다탁 위에 종이를 펼치고 영수증을 쓰면서 고개도 들지 않고 물었다.

"당신도 스양의 감옥에 있었소?"

"그렇소."

"나는 재작년에 거기서 반년간 있었소. 다리도 거기서 그렇게 된 거요?"

"십 년도 더 된 일이오. 다리는 그 전에 부러졌소."

바람막이 재킷 남자는 "아!" 하고 탄성을 내뱉더니 영수증을 건성에게 주고서 또 말했다.

"물건이 도착하면 비커를 통해 알려주지. 함께 오는 게 좋고 그다음에는 당신 혼자 와도 괜찮소."

건성은 공장으로 돌아왔다. 마음이 불안하고 다리가 지끈지끈 쑤셨다. 그는 곧 비가 오리라는 것을 알았다. 밤에 그는 보일러실로 뜨거운 물을 가지러 갔다가 돌연 보온병을 내려놓고 다리를 끌면서 아교 작업장 쪽으로 갔다. 옛날 왕싱메이가 살았던 오두막은 이미 철거되어 사라졌다. 그는 어둠 속을 잠시 응시하다가 다시 공장 지역을 가로질러 폐수 처리장 쪽으로 갔다. 어둡긴 해도 수면 위에 낀, 세탁제를 풀어놓은 듯한 두터운 거품 층이 눈에 들어왔다. 거품은 바람에 날리기도 하고 불규칙적으로 흩어지거나 떠돌기도 했다. 결국 그는 홀로 부둣가에 이르렀다. 강물 위에서 붉은 등과 파란 등이 점점이 흩어져 조용히 깜박이고 있었고 날카로운 스포트라이트 불빛이 사방을 새하얗게 비췄다. 이마가 선득했다. 빗방울이 떨어지기 시작했다.

26

그날 아침, 건성이 상황을 물어보러 비커를 찾아가려는데 폐품 창고 입구로 인사과 간부가 왔다.

"명건성, 전출 명령이다. 부두 보관원으로 간다. 폐품 창고 열쇠를 내놓도록."

"왜죠?"

"네가 부두에서 담배를 팔고 매일 이십 분 일찍 퇴근한다는 얘기를 쑤 공장장이 들으셨더군. 네가 대단하다고, 무슨 국장보다 더 대단하다고 생각하시던데. 자, 부두로 가라. 이미 너한테는 편의를 많이 봐준 셈이야."

"난 부두에서 담배를 팔지 않았어요. 매일 두 갑 정도 가져가긴 했어도. 또 일찍 퇴근한 일은……."

간부가 말을 잘랐다.

"열쇠."

건성은 열쇠를 내놓고 간부의 감독 아래 자기 물건들을 챙겼다. 수건, 장갑, 장화, 다구 등을 망태기에 넣고 밖으로 나왔다. 간부는 그의 어깨를 두드리며 말했다.

"가보라고. 어딜 가든 또 제멋대로 살겠지만 말이야. 사실 너는 애초에 돌아오지 말았어야 했어."

건성은 물건을 들고 비를 맞으며 기숙사로 돌아와서 침상에 앉아 담배를 한 대 피웠다. 그러다가 비커를 찾아가려던 일이 생각나 밖으로 나가서 페놀 작업장에 전화를 걸었는데 누가 비커와 기린이 오늘 결근했다고 알려주었다. 건성은 큰일났다는 생각이 들어 작업복을 갈아입고 지상제로 갔다. 그런데 골목 어귀에 들어서자마자 경찰 두 명이 그 바람막이 재킷 남자를 경찰차에 밀어넣고 쌩하고 가버리는 것을 보았다. 건성은 몇 발자국 쫓아가다가 다시 돌아서서 그 남자의 집 쪽으로 갔다. 대문 앞에 수십 명이 몰려들어 비를 무릅쓰고 구경하고 있었다. 붉은 완장을 찬 두 사내가 흠뻑 젖은 셰퍼드를 마당에서 끌어내는 광경이 보였다. 밧줄로 목이 졸린 그 셰퍼드는 이미 죽어 있었다.

건성은 온몸에 힘이 풀린 채 우비를 입고 시내를 반 바퀴나 돌았다. 그리고 더 갈 데가 없어 고개를 드니 멀리 페놀 공장의 반응탑과 그 옆에 위성이 사는 새 주택 단지가 보였다.

건성이 문을 두드리고 들어갔을 때 집에는 위성 혼자뿐이었다. 곤로로 탕약을 달이고 있었는데 냄새가 퍽 좋았다. 집 안은 조용했다. 바깥의 빗소리만 들렸다. 건성은 우비를 벗고 차를 달라고 한 뒤, 두 팔꿈치를 무릎 위에 기댄 채 아무 말도 하지 않았다. 위성이 물었다.

"사고를 쳤군. 그렇지?"

"어떻게 알았지?"

"열두 살 때부터 봐왔잖아. 사고만 치면 꼭 그런 모습이었어."

"맞아. 물건을 받아야 하는데 도매상이 경찰한테 검거를 당했어. 미리 치른 계약금을 날렸고 거간꾼도 도망쳤나봐."

"계약금이 얼마였는데?"

"천 위안. 밑천을 다 쏟아부었지."

"무슨 물건인데? 뭔데 경찰한테 검거를 당했어?"

"밀수 담배."

"제기랄."

위성은 욕을 했고 건성은 한숨을 쉬었다. 위성이 말했다.

"앞으로 어쩔 건데?"

"지금 보면 그래도 쉬셴항에서 1~2년은 더 있어야 해. 그 물건만 손에 넣었으면 빚을 완전히 청산할 수 있었는데 재수가 없었어."

"노점은 원래 길게 보고 작게 하는 일인데 어떻게 한번에 큰

돈 벌 생각을 했어?”

“세월이 너무 빨라서 눈 깜짝할 사이에 나도 늙었다고. 길게 보는 건 나한테 큰 의미가 없어. 본래 돈을 벌면 북쪽으로 갈 생각이었지. 여기서는 더 살고 싶지 않거든.”

“그러면 전전을 찾아가봐.”

“나와 전전은 아무 관계도 아니야. 결혼할 가능성도 별로 없고. 내가 전전에게 빌린 돈도 이자를 물고 있어. 우선 전전한테 돈을 돌려줘야 하는데, 너 나한테 400위안 빌려줄 수 있어?”

위성은 잠시 멍하니 있다가 고개를 흔들었다.

“나도 돈이 없어.”

그녀는 쓱 바지를 걷고 종아리를 꾹 눌렀다.

“병이 갈수록 심해지거든.”

건성은 얼이 빠져서 그 눌린 자국이 천천히 회복되는 것을 보았다. 위성의 다리는 그렇게 형편없이 부어 있는 상태였다. 건성은 위성에게 말했다.

“잘못했다. 내가 너한테 돈 빌리러 오는 게 아니었는데.”

“성질은 왜 부려. 나는 진짜 빌려줄 돈이 없다고. 당신이 남한테 돈을 빌렸든 신세를 졌든 왜 나만 찾아와서 이래?”

“나는 성질부린 적 없어.”

위성이 화를 냈다.

“아빠가 살아 계실 때 당신한테 얼마나 훈계를 했는데…….”

"사부님 얘기는 그만해."

건성은 일어나서 우비를 들고 천천히 밖으로 향했다. 위성은 그 뒤를 따라갔다. 문을 나설 때, 건성이 뒤를 돌아보며 말했다.

"사람은 살면서 그래도 본전치기는 하고 싶게 마련이야. 나는 이번 생에 액운을 만나 그러지 못했지. 그래도 네가 말한 대로 멀리 보고 그럭저럭 살아야 했었는데, 안타깝게도 사람은 늘 미래에 관해 희망을 품잖아. 늙었어도, 다리를 절어도."

위성은 무슨 말을 해야 할지 몰랐다. 건성은 우비를 걸치고 곧장 가버렸다.

기숙사로 돌아온 건성은 복도에 젖은 발자국이 일렬로 찍혀 있는 것을 보고 뒤를 돌아보았다. 어디에서 나타났는지 기린이 바들바들 떨며 흠뻑 젖은 걸레처럼 그의 눈앞에 서 있었다.

"비커는?"

건성의 물음에 그가 답했다.

"벌써 도망쳤어요."

그날 아침, 기린과 비커 두 사람은 결근하고 지상제로 달려갔다. 그날 물건이 도착한다는 얘기를 들었기 때문이다. 그때 비커가 말했다.

"사람은 신용을 중시해야 해. 먼저 멍건성이 계약금을 치른 물건을 확보한 뒤, 그가 와서 나머지 돈을 치르게 하자."

그들이 대문 안으로 들어서자 종이상자 17~18개가 문가에 쌓여 있었다. 그런데 바람막이 재킷 남자는 그들이 가져갈 물건은 그것들이 아니라고, 하루이틀 더 기다려야 한다고 말했다. 비커는 기분이 상해서 발광한 어린아이처럼 종이 상자를 차서 구멍을 냈다. 바람막이 재킷 남자도 기분이 상했다. 그래서 개의 목줄을 풀어 그들을 담벼락까지 몰아붙였다. 이런 소동 때문에 그들은 바깥의 동정을 전혀 알아채지 못했다. 갑자기 대문이 쾅하고 열리더니 경찰 몇 명이 들어왔다. 원래 큰일이 생길 것은 없었다. 데려갈 사람만 데려가고 기껏해야 물건을 몰수하는 게 다였다. 하지만 개는 이해를 못했다. 먼저 경찰 한 명을 물고 발광하여 그 뒤에도 몇 명을 더 물었는지 모른다. 그때 경찰이 갖고 있던 것은 전기봉뿐이었다. 그것으로 개를 감전시키는 것은 그닥 재미가 없었다. 그래서인지 바람막이 재킷 남자까지 감전시켜 쓰러뜨렸다. 비커와 기린은 그 혼란을 틈타 도망쳤다.

"지금 그 바보는 끝장났어요. 구치소에서 윗선과 아랫선을 다 실토하고 꼼짝없이 몇 년 살다 나와야 할 거예요."

기린의 말을 듣고 건성이 물었다.

"더 자세히 말해봐. 비커는 어디 있어?"

"그 녀석은 아저씨뿐만 아니라 다른 사람 장사에도 관련돼 있어요. 공장에 돌아가는 건 스스로 그물에 걸려드는 것과 같다면서 곧장 남쪽 지방의 친구한테 간다더라고요. 나도 도망쳐야 해요. 다른 지역에 가서 숨어 있어야죠."

"그러면 너는 왜 돌아왔어?"

기린은 갑자기 슬픈 표정을 지으며 말했다.

"물건을 좀 챙기려고요. 공구 상자 안에 장화도 있고. 그게 없으면 빗길을 걷기가 좀 그렇잖아요. 그런데 공장에 들어오니까 아저씨 생각이 나는 거예요. 무슨 일이 생겼는지 알려드려야 될 것 같더라고요. 아저씨, 계약금은 찾을 수 없어요."

"너희 둘 다 곗돈을 탔잖아. 비커가 1300위안, 너도 1300위안."

"내 1300위안도 비커 수중에 있어요. 2600위안을 가져갔죠. 내가 신용을 지키라고, 곗돈은 다 꿀꺽하면 안 된다고 그러니까 내 따귀를 날렸죠. 정신 차리라고 말이에요. 니미럴."

건성은 정신이 아득해져서 벽에 몸을 기대고 말했다.

"너희 둘은 대체 남의 돈을 얼마나 착복한 거야?"

"비커가 그랬어요. 난 아니에요. 돈은 다 비커한테 있다고요."

"난 일 년 동안 헛짓을 했어. 밑천도 다 날렸고."

"마음을 비우세요. 장사하는 사람치고 빈털터리가 안 돼본 사람이 어디 있어요? 아내도 애도 잃은 사람이 허다해요. 감옥에서 돌 캐고 곡괭이질 하던 때를 생각해보세요. 역시 십 년 동안 헛짓을 한 거잖아요."

"지금 내 손에 곡괭이가 있으면 먼저 너부터 죽였을 거야."

기린이 코를 훌쩍이고는 고개를 흔들었다.

"아뇨. 그럴 리가 없어요. 나를 죽인다고 밑천을 찾을 수는 없잖아요. 이만 가봐야 해요. 장화를 가지러 가야죠. 이제 못 볼 거예요. 다시는 여기에 안 돌아올 거니까요. 혹시 그 우비, 나한테 줄 수 있어요?"

건성은 우비를 건넸다. 그리고 기린이 종종걸음으로 기숙사를 나가는 것을 보았다. 그의 구두는 이미 물에 흠뻑 젖어 마치 검은 스펀지 같았다. 그는 철벅철벅 진창을 밟으며 몸을 움츠린 채 빗속으로 뛰어들었다. 건성은 속으로 생각했다.

'나도 참 바보야. 부두에 가서 전입신고를 해야 하는데. 나도 우비가 필요한데.'

하지만 기린은 이미 종적을 감춘 뒤였다.

27

비가 그칠 줄을 몰랐다.

쉬성은 사무실에서 비가 내리는 것을 보고 있었다. 공장에서 직무 평가를 하는데 그가 원하는 부기사 자격증은 외국어를 한 가지 공부해야 딸 수 있었다. 그는 덩쓰셴에게 물었다.

"덩 기사, 일본어를 하는 게 좋아, 영어를 하는 게 좋아?"

"당연히 영어를 하는 게 좋지. 하지만 너는 알파벳도 모르니까 아무래도 일본어를 하는 게 좋겠지."

"왜?"

"일본어는 한자를 많이 쓰니까."

"그래. 덩 기사 말을 믿겠어."

그때 돤싱왕이 비에 젖은 생쥐 꼴로 뛰어들어왔다. 그는 쉬성의 수건으로 머리를 닦으며 큰 소리로 말했다.

"천쉬성, 부두에 좀 가봐. 멍건성이 왕더파를 때려서 다치게 했어. 왕더파의 두 아들이 와서 멍건성의 다리를 부러뜨리겠다고 난리야. 그런데 멍건성이 도망쳐서 안 보여."

덩쓰셴이 말했다.

"천천히 좀 말해봐. 얼마나 다쳤는데?"

"턱을 한 방 맞았는데 혀 반쪽이 대롱대롱 매달렸어."

"혀가 어떻게 매달릴 수 있어?"

"직접 가서 보라고."

그날 아침, 퇴직한 직공 왕더파가 공장에 왔다. 그는 허리가 무척 안 좋아서 비가 와도 아프고 비가 안 와도 아프고 또 잠을 자도 아프고 잠을 안 자도 아팠다. 퇴직하기 전에는 그래도 원료통 몇 개쯤은 나르는 흉내라도 낼 수 있었지만 퇴직 후에는 타구 하나조차 들지 못했다. 그는 우산을 쓰고 공장에 들어와 먼저 보건실에 들러서 욕을 한 바가지 쏟아부었다. 그가 복용한 비방과 약초의 영수증 처리가 전부 불가능했기 때문이다. 젊은 의사는 그에게 욕을 먹고 울음을 터뜨렸다. 이어서 그는 노조에 들러 웨이칭궁에게 또 욕을 퍼부었다. 퇴직 노동자는 보조금을 탈 수 없다는 소리를 들었기 때문이다. 퇴직 노동자는 일도 안 하고 임금을 받기 때문에 사실상 그 임금 자체가 보조금이라는 것이었다. 왕더파는 너무 불합리하다고 생각해 웨이칭궁을 붙잡고 얼굴 한

가득 침을 튀겼다. 웨이칭궁이 그에게 말했다.

"전에 공장에 있을 때는 감히 찍소리도 못하다가 지금 왜 이러는 거야?"

"퇴직을 했는데 무서울 게 뭐 있어? 쑤샤오둥이 감히 나를 자르겠어? 자를 수 있으면 잘라보라고 그래!"

"그래도 당신은 찍소리도 못하는 위인으로 유명했잖아. 지금처럼 계속 이러면 다들 당신을 새롭게 보긴 하겠군. 젊어지겠는데 그래."

왕더파는 사무동을 나와서 우산을 들고 공장의 큰길을 따라 작업 지역으로 들어섰다. 사람들이 박수를 치며 응원했다.

"왕더파, 파이팅!"

왕더파는 정말 자신이 젊어지고 자유로워진 것 같았다.

그는 페놀 작업장 입구에서 소리쳤다.

"내가 감히 찍소리도 못했다고 누가 그래? 이래 봬도 내가 옛날에 사람들을 끌고 가서 멍건성을 체포했다고. 보안과에 가둬놓고 매질을 하기도 했고 말이야. 옛날에는 나도 그렇게 한가락 했다고."

아교 작업장 입구에 가서도 소리쳤다.

"쑤샤오둥, 이 비열한 새끼. 내가 네 얘기를 다 까발려버릴 테다."

그다음에는 비료 작업장 입구로 갔다. 이미 그의 뒤에는 십여 명의 구경꾼이 달라붙어 있었다. 그가 하늘을 향해 외쳤다.

"니미럴, 너희 간부 놈들은 죄다 개새끼야."

구경꾼들이 말했다.

"어린이집에 가서 바이쿵췌한테도 욕을 해야죠. 그 여자는 당신을 안 무서워해요. 옛날처럼 또 당신 얼굴을 할퀼걸요."

"그 화냥년은 나도 건드리기가 좀 그런데."

"그러면 옛날에 어떻게 멍건성을 때렸는지 좀 말해봐요."

"일인당 담배 한 개피씩만 주면 얘기해주지."

그는 부두까지 계속 걸어갔다. 마침 젊은 직공들이 막사 밑에 모여 담배를 피우고 있었다. 빗줄기에 가려 강 풍경이 잘 보이지 않았다. 젊은 직공들이 왕더파를 불렀다.

"아저씨, 이리 오세요. 지금 누구 욕을 하는 거예요?"

"온 세상을 욕하지. 나는 온 세상이 다 불만이야."

젊은 직공들과 그를 따라온 구경꾼들이 한데 모여 담배를 내놓으며 말했다.

"자, 이거 받고 멍건성 때린 얘기나 해줘요."

왕더파가 이야기를 시작했다.

"그때 멍건성을 때린 장면은 너희 세대는 아예 비슷한 것도 본 적이 없을 거야. 철사로 의자에 묶어놓고 한쪽 다리를 앞쪽 걸상에 올려놓았지. 위안다터우가 파이프를 가져왔는데 때릴 용기가 없는지 쑤샤오둥한테 '네가 와서 때려, 이 개새끼야'라고 그랬어."

"와, 위안다터우 대단하네요. 감히 쑤샤오둥을 개새끼라고 부르다니."

"쑤샤오둥은 그때 겨우 작업장 주임이었거든. 위안다터우와 직급이 같았어. 어쨌든 쑤샤오둥이 파이프를 들고 멍건성의 종아리뼈를 때렸어. 멍건성은 식은땀을 흘리면서 말했지. '쑤샤오둥, 언젠가 네 온 가족을 죽여버릴 테다'라고 말이야."

"안 늦었어요. 지금도 그럴 수 있다고요. 그다음은요? 대체 누가 멍건성의 다리를 부러뜨렸죠?"

"그다음에 나는 왕싱메이를 잡으러 가서 못 봤어."

"에이, 재미없네. 아저씨는 아는 줄 알았는데. 멍건성도 말 안 해준다고요."

"멍건성도 모르지. 내가 나갈 때는 멍건성 눈을 가리고 때리더라고."

"새로운 얘기가 전혀 없잖아요."

"없긴 왜 없어. 왕싱메이 얘기를 해줄 테니까 담배 한 개피 더 내놔."

젊은 직공이 담배 한 개피를 주며 말했다.

"자, 재미있는 얘기로 좀 부탁해요."

왕더파는 담배에 불을 붙였다. 그리고 실눈을 뜬 채 담배를 빨며 잠시 희디흰 강 풍경을 바라본 뒤 연기를 토해냈다.

"도대체 왕싱메이가 자살을 한 건지, 뜻밖의 죽음을 당한 건지는 뭐라고 말하기 힘들어. 하지만 그 여자를 해친 사람은 어쨌든 멍건성이야. 멍건성만 아니었으면 별 탈 없이 변소 청소를 하면서 몇 년을 보냈을 테니까. 그날 아침 우리가 폐수 웅덩이에서 왕싱메이의 시체를 발견하고 건져냈을 때 그 여자는 죽은 지 얼마 안 된 상태였어. 시체를 보건실의 신체검사 침상 위에 올려놓았지. 요즘 너희가 신체검사를 받으러 가도 그 침상 위에 눕잖아. 나는 절대로 눕지 않았지."

"와, 빌어먹을."

"우리는 다 피곤하고 졸렸어. 식당에서 국수를 보내줘서 그걸 먹으며 왕싱메이의 시체를 보니까 금세 정신이 들더군. 쑤샤오둥, 위안다터우, 류 뚱보 그리고 또 누구더라. 어쨌든 모두 일곱 명이 있었어. 우리는 국수를 먹으며 지켜봤지. 그 여자는 반팔에 반바지 차림이었어. 나는 속으로 생각했지. 죽는다는 건, 어떻게 죽든 간에 별로 안 좋다고 말이야. 하지만 우리는 모두 산전수전 다 겪은 사람들이었어. 사람 죽는 것도 꽤나 보았지."

"그다음은요?"

"그다음에 쑤샤오둥이 그러더군. 혹시 살해를 당했을지도 모르니 검시를 해야 한다고 말이야. 류 뚱보, 재작년에 암으로 죽은 그놈이 국수를 다 먹고서 젓가락으로 왕싱메이의 옷을 위로 들췄어. 왕싱메이의 몸이 다 드러났지. 그걸 보고 쑤샤오둥이 말했어. 가슴이 정말 크다고 말이야."

"맙소사."

"쑤샤오둥은 웃으면서 말했어. '야, 이 천한 년이 리테뉴와 그렇게 자고 또 아교 작업장 옆에 살면서 온몸에서 냄새가 나는데도 멍건성이 건드린 이유가 있었군그래. 다들 보라고, 젖통이 얼마나 큰지'라고 말이야. 나는 그때 먹었던 국수가 목구멍까지 올라왔어. 너희, 파란 가슴을 본 적이 있어? 나는 봤어. 바로 그때 보았지. 나는 쑤샤오둥이 색맹이 아닐까 의심이 들었어."

왕더파는 이야기를 마치고 담배꽁초를 내던진 뒤 또 한 개피를 집으려 했다. 그때 넋을 잃고 있던 젊은 직공들을 헤치고 건성이 나타났다. 왕더파가 부르르 떨며 뭐라고 말하려는데 건성이 들고 있던 푸대를 땅바닥에 내려놓고 그의 턱을 향해 주먹을 날렸다. 그의 말을 주먹으로 되갚은 것이다. 그의 이가 충격으로 다물리면서 혀 반쪽이 잘려나가 연한 돼지 간처럼 입안에 매달렸다. 또 이 두 개도 덩달아 부러졌다. 건성은 왕더파를 붙잡아 강물에 내던지려 했지만 사람들이 뜯어말렸다. 왕더파는 땅바닥에 주저앉아 비명을 질렀다. 그의 입에서 피가 철철 흘러나왔다. 사정을 아는 나이 든 직공이 박수를 치며 말했다.

"멍건성이 또 발광했군."

건성은 얼굴에 묻은 빗물을 쓱 닦고 자리를 떴다. 뒤에서 한 직공이 말했다.

"오늘은 쑤샤오둥을 못 만나요. 출장 갔어요."

왕더파는 보건실 신체검사 침상에 누워서 입을 벌리고 다친 혀를 밖으로 내밀었다. 공장 소속 의사가 차가운 눈빛으로 살펴보며 말했다.

"상태가 심각해요. 병원 응급실로 가세요."

왕더파가 알아듣기 힘든 목소리로 말했다.

"나쁜 놈은 따로 있는데 왜 나를 때린 거지? 쑤샤오둥을 찾아가 죽였어야지."

의사가 말했다.

"당신 입이 더러웠던 거죠."

그날 오후, 쉬성은 보안과와 인사과 사람을 따라 멍건성을 찾으러 온갖 곳을 뒤지고 다녔다. 그리고 힘센 직공 몇 명을 시켜 왕더파의 두 아들을 노조에 붙잡아두게 했다. 그러다가 문득 위성이 다가오는 것을 보았다.

"건성이 아까 집에 왔다 갔어. 장사할 돈을 사기로 다 날렸대."

쉬성은 그녀에게 말했다.

"건성이 사고를 크게 쳤어."

그들은 폐품 창고 앞까지 갔다. 문이 잠겨 있었다. 쉬성이 들어가보자고 하자 인사과 사람이 말했다.

"나한테 이미 열쇠를 넘겼는데."

위성이 말했다.

"비상용 열쇠도 줬나요?"

인사과 사람이 열쇠를 꺼내 창고의 철문을 열었다. 쉬성은 안으로 들어가자마자 바닥에 물 묻은 발자국이 찍혀 있는 것을 보았다. 이어서 창고 벽 쪽에 물이 흥건히 고여 있고 그 위에 철제 사다리 하나가 쓰러져 있는 것이 보였다. 건성은 대들보에 높이 매달려 있었다. 이미 목을 매고 죽은 뒤였다. 그의 옷자락과 신발코에서 빗물이 뚝뚝 떨어지고 있었다.

28

마흔다섯 살이 되던 해에 위성은 문득 자기가 사진을 안 찍은 지 꽤 여러 해가 되었음을 깨달았다.

"가족사진을 찍고 싶어. 내 흑백사진도 한 장 찍고 싶고."

쉬성은 그녀가 왜 이런 말을 하는지 짐작하고 말했다.

"흑백사진 말고 컬러사진으로 찍자고."

"마흔 살 전에는 매년 한 번씩 찍었잖아. 지금은 몸이 안 좋아져서 얼굴까지 부었어. 그나마 흑백사진을 찍으면 좀 예뻐 보인다던데."

푸성이 말했다.

"엄마, 나도 흑백으로 찍을래."

열다섯 살이 된 푸성은 같은 나이의 여자애들보다 키가 한 치

수는 더 컸고 체격도 좋았으며 주먹이 남자아이 같았다. 학교 성적도 좋고 책 읽기를 좋아해서 장차 대학도 거뜬히 붙을 듯했다. 학교에서는 그녀에게 투포환을 시켰는데 중학교부터 고등학교까지 시 대회에서 3등 안에만 들면 특기생으로 체육대학에 들어갈 수도 있었다. 하지만 위성은 반대했다. 투포환을 던지는 여자는 시집가기가 어렵다는 것이었다.

그들이 사진관에 가서 사진을 찍고 나오는데 갑자기 봉고차 한 대가 뒤가 들릴 정도로 급정거를 했다. 운전기사가 차창으로 살찐 얼굴을 반쯤 내밀고 소리쳤다.

"쉬성. 나야 나."

쉬성이 보니 투건이었다. 그는 고개를 돌려 위성과 푸성의 눈치를 보았다.

봉고차의 차창이 연달아 열렸다. 투건의 아내와 네 아이도 차안에 있었다. 그들은 어두운 안색으로 쉬성 일가를 곁눈질했다. 투건만 싱글벙글이었다.

"쉬성, 나 요즘 돈 좀 벌었어. 새로 봉고차도 뽑았다고!"

위성이 그에게 말했다.

"수십 년간 가난했는데 이제 기 좀 펴고 사시나봐요. 일부러 차를 몰고 강을 건너오셨으니."

"아니에요. 물건 배달하러 왔어요. 금속 공장을 차렸거든요. 각종 알루미늄 합금 보온병을 만들어요."

투건은 푸성을 보고는 조금 떨리는 목소리로 말했다.

"네가 푸성이로구나. 꽤 오랫동안 못 봤네."

푸성은 흥, 하고 코웃음을 쳤다.

투건이 자기 가족을 소개하기 시작했다. 그의 아내 다팡大芳과 세 딸인 다펑大鳳, 얼펑二鳳, 싼펑三鳳 그리고 막내아들이었다.

"막내는 창성强生이야. 푸성의 이름을 전해 듣고 그 애 남동생도 이름에 '성生'자를 넣고 싶었지. 그래서 창성이라고 이름을 지었어."

푸성이 투덜거렸다.

"누가 저 애 누나라는 거예요. 사람 잘못 보셨어요."

투건이 말했다.

"그래그래. 너는 쉬성의 딸이지. 내가 방금 말실수를 했네. 그런데 너 참 키가 크구나."

푸성이 거만하게 말했다.

"맞아요. 아저씨 가족은 전부 원숭이처럼 말랐는데."

투건은 전혀 화난 기색 없이 껄껄 웃더니 차에 있는 가족들에게 말했다.

"얘가 우리보고 원숭이를 닮았다는군."

다펑이 발끈해서 말했다.

"우리는 어릴 때 너무 못 먹었다고."

푸성이 말했다.

"그러면 이제라도 많이 먹어서 보충하면 되겠네. 돈도 벌었으니."

쉬성은 푸성이 더 함부로 지껄이지 못하게 했다. 투건은 자동차에 시동을 걸고 출발했다. 달려가는 자동차에서 그의 목소리가 전해졌다.

"내 딸이 나보고 원숭이를 닮았다네."

쉬성은 자전거를 타고 집에 돌아갔다. 위성과 푸성은 버스를 타고 중심가에 쇼핑하러 갔다. 위성이 조금 울컥해서 푸성에게 말했다.

"작년에 네게 비밀을 얘기해준 게 다행이로구나. 안 그랬으면 오늘 어리둥절했을 거야."

"난 진작부터 알고 있었다고. 아빠 공장의 직공들하고 이웃들까지 전부 떠들어대는데 내가 설마 못 들었겠어? 또 엄마처럼 사진 찍기 좋아하는 사람한테 내 돌 사진이 없는 것도 이상하잖아. 작년에 엄마가 나한테 얘기해줄 때 나는 전혀 안 놀랐어."

위성은 푸성의 손을 어루만지며 말했다.

"너는 엄마 딸이야. 다른 사람 딸이 아니야."

"그 투건이라는 아저씨는 시골 사람이 맞더라고. 내가 원숭이를 닮았다고 했는데도 웃기만 하니. 내가 그 아저씨 딸이면 이름이 쓰펑四鳳이었겠지."

"아무리 그래도 네 친엄마, 친아빠를 원숭이라고 그러면 안 되지."

"나는 전혀 모르는 사람들인데?"

"여자애가 친척을 모른 척하면 못써. 어쨌든 그 사람들도 친척이긴 하잖니."

버스가 정류장에 서자 한 모녀가 차에 올랐다. 엄마는 얼굴이 비뚤어졌고 원숭이보다 비쩍 말랐으며 위성과 나이가 비슷해 보이는 딸은 고도근시 안경을 썼고 다리를 절었다. 위성은 푸성을 잡아당겨 모녀에게 자리를 양보했다. 그 모녀는 나란히 앉았지만 지능에 문제가 있는지 고맙다는 말도 하지 않았다. 위성은 옆에 서서 묵묵히 두 사람을 바라보았다. 잠시 후 엄마가 딸의 뺨을 어루만지자 딸은 기형적인 치아를 드러내며 웃고는 엄마의 어깨에 머리를 기댔다. 두 사람은 자리에 앉은 채 흔들거리며 서로를 껴안고 있었다. 위성은 괴로워하며 속으로 생각했다.

'이 세상 사람들은 정말……'

며칠 뒤, 위성은 자기 사진을 받았는데 영 마음에 들지 않았다. 눈이 전보다 작아졌고 표정도 수심에 잠긴 듯했다.

"푸성아, 내가 죽으면 영정 사진으로 네가 예쁜 사진을 골라주렴."

"엄마, 툭하면 그 죽는다는 얘기! 아빠랑 나는 들으면 너무 심란해."

"알았어. 그런 얘기 안 할게."

위성은 잠깐 생각하다가 또 말했다.

"푸성아, 얼마 있다가 스양에 가고 싶어. 너 데리고 투건 아저씨 집에 가보려고."

"왜?"

"또 죽는 얘기를 하게 되네. 네 아빠는 시내에 친척이 없잖아. 나도 외동딸이고. 우리가 세상에 없으면 너는 혼자 너무 외로울 거야. 사실 너는 형제자매가 있는 거잖아. 나중에 나이 들면 너도 알 거야. 형제자매가 얼마나 중요한지 말이야. 하긴 이런 얘기를 하기에는 너무 이르네. 너는 고작 열다섯 살이니까. 네가 서른 살일 때 다시 얘기해야 하는데……."

"난 안 가고 싶어."

"그럼 됐어. 내 말만 기억하고 있으면 돼. 사람이 서른 살이 되면 쓸쓸해지거든."

얼마 안 돼서 위성이 또 입원했다. 병원에서 위독 통지를 하고 몇 차례 복수를 빼고서야 그녀는 조금 기운을 차렸다. 쉬성은 장기 휴가를 내고서 위성과 푸성을 양쪽으로 돌봤는데 자기도 지쳐서 곧 쓰러질 것만 같았다. 어느 날 그는 병원 안을 걷다가 전임 서기가 환자복을 입고 베란다에 앉아 있는 것을 보았다. 그 반대편에는 전임 공장장이 앉아 있었고 두 사람은 장기를 두는 중이었다. 쉬성이 다가가서 인사를 하자 서기는 심장이 안 좋아 입원 관찰 중이라고 하면서 그에게 물었다.

"자네, 공장에 안 가본 지 오래됐지?"

"곧 두 달이 다 되죠."

공장장이 끼어들어 말했다.

"난 한 번 가봤어. 아주 발칵 뒤집혔더군."

"무슨 일로요?"

쉬성의 물음에 서기가 말했다.

"페놀 공장이 주식회사가 됐잖아. 쑤샤오둥 공장장은 이제 대주주이고 다른 간부들은 소주주지. 직공들도 출자해 주식을 사서 주주가 돼야 한다던데."

공장장이 말했다.

"일인당 1만 위안이지."

"위성의 병이 중해서 1만 위안은 못 내요. 아무래도 난 프롤레타리아일 수밖에 없겠군요."

공장장이 말했다.

"지금 그 공장은 갑자기 쑤샤오둥 것이 돼버렸어."

"몇 년만 늦게 퇴직하셨으면 공장장님 것이 됐겠죠."

"그게 사람이 할 말이야? 나는 나라에서 임명하고 직원대표회의에서 통과된 공장장이었다고. 내가 그렇게 만들어놓은 공장을 자기 호주머니에 넣고 그 고철 더미들을 직공들한테 돈을 받고 팔아먹다니. 내가 아무리 못났어도 그렇게 하지는 않았을 거야."

서기가 말했다.

"그만하고 장기나 두세. 쉬성, 자네는 공장에 들러보는 게 좋을 거야."

그해, 시내의 공장들은 전부 통폐합되었으며 직공들은 출자해 주식을 사야 했을뿐더러 이미 배정받은 지 십수 년이 된 집까지 돈을 내고 사들여야 했다. 몇몇 공장들은 소리 없이 사라져서 작업장이 각양각색의 잡동사니 시장이 돼버렸고 직공들은 집으로 돌아가야 했다. 그리고 그해, 사람들을 가장 두려움에 떨게 한 단어는 '공장장'이었다. 공장장이 갑자기 요괴가 돼버렸다. 위성의 공장에서 첫 번째 공장장은 부지 절반을 팔아먹고 온 가족을 데리고서 도망쳤으며 두 번째 공장장은 자금 절반을 횡령하고 온 가족이 잡혀갔다. 또 세 번째 공장장은 아예 집에서 살해를 당했는데 범인은 의료비를 정산받지 못한 직공이었다. 위성도 입원을 하고도 의료비를 청구하지 못했다. 그녀는 통장의 숫자를 물끄러미 바라보았다. 십 년 넘게 줄곧 플러스였는데 처음으로 마이너스가 되었다.

위성은 쉬성에게 말했다.

"우리 세월이 다 끝나가나봐."

29

페놀 공장의 직공들은 일 년 내내 악취를 풍기던 아교 작업장이 이제는 썰렁해진 것을 넘어 냄새조차 점점 사라지고 있음을 깨달았다. 왜냐하면 아교가 돈이 안 돼서 이미 여러 해 손해를 보았으며 설비도 관리가 안 되고 직공들도 보너스를 못 받기 때문이었다. 이제 그곳은 늙고 병들어 오줌도 못 가리는 거대한 괴물처럼 조용히 죽어가고 있었다.

직공들은 벌써 오랫동안 쑤샤오둥 회장을 보지 못했다. 그는 자그마한 자동차를 타고 공장에 드나들었다. 과거에 그가 공장장이었을 때도 산타나 자동차를 타긴 했지만 그때는 차창으로 그를 볼 수 있었다. 차 커튼을 달긴 했어도 직공들이 검지를 구부려 차창을 두드리면 커튼이 걷히고 그의 귀찮아하는 얼굴이 나타나서 몇 마디를 하곤 했다. 하지만 쑤샤오둥이 회장이 된 후로는 그의 자동차 유리창은 거울이나 다름없었다. 밖에서는 안이 전혀 안 보였다. 또 운전기사가 누구인지는 아무도 몰랐는데 매우 냉혹해서 공장에서 차 앞을 막는 사람은 모두 그에게 맞을 각오를 해야 했다.

그날, 쉬성과 덩쓰셴이 사무실에 멍하니 앉아 있는데 돤싱왕이 달려와 말했다.

"행정과에서 모두 직위 해제래."

덩쓰셴이 말했다.

"돤싱왕, 자세히 좀 말해봐. 모두 직위 해제라고? 나는 막 공장 주식을 샀는데 설마 공장이 문을 닫는 거야?"

"공장 주식을 안 산 사람은 다 직위 해제라고."

쉬성이 말했다.

"그렇군. 내가 직위 해제로군."

덩쓰셴은 사실을 확인하러 쉬성을 끌고 나갔다. 가는 길에 쉬성은 점점 걸음이 느려지다가 결국 두 다리에 힘이 다 풀렸다. 그가 덩쓰셴에게 물었다.

"덩 기사, 말이 직위 해제지 사실은 해고잖아. 그렇지?"

"무서워하지 마. 이런 상황에 관해서 국가 정책이 있으니까. 공장이 문을 닫지만 않으면 넌 직위 해제 될 리 없어."

"나도 정책을 본 적이 있어. 조항이 너무 많아서 잘 모르겠더라고. 결국에는 위에서 정하면 그만이잖아."

두 사람이 반쯤 갔을 때 행정과장이 담배를 물고 걸어오는 것이 보였다. 그들은 얼른 그를 붙잡고 상황을 물었다. 행정과장이 어깨를 으쓱이고 말했다.

"니미럴, 나 전출 신청서 냈어. 계속 이 일을 하다가는 사람들한테 갈기갈기 찢겨 죽을 것 같아서."

덩쓰셴이 물었다.

"지금은 누가 주관하는데요?"

"회장이 적임자를 찾았어. 서무과의 스바오야."

"스바오라면 아주 성실한 사람이죠."

"자네는 아들도 아니면서 그 사람이 성실한지 아닌지 어떻게 알아? 사실 누구보다 수단 방법을 가리지 않는 작자라고."

사무동 앞까지 갔을 때 쉬성은 얼마나 혼란스러운 장면이 연출되고 있을지 걱정이 됐다. 그는 방직 공장의 직위 해제 현장을 본 적이 있었는데 여공들의 울음소리가 온 시내를 뒤덮었다. 하지만 사무동 앞은 조용하기만 했다. 직공들이 삼삼오오 서 있거나 쪼그리고 있을 뿐이었다. 넋이 나간 사람도 있었고 담배를 피우는 사람도 있었다. 그리고 이보다 많은 사람이 원기가 다 빠진 듯 묵묵히 바깥으로 걸어갔다. 쉬성과 덩쓰셴은 행정과로 들어갔다.

쉬성은 옛날에 스바오가 텅 빈 집에서 짚을 깔고 자며 출근조

차 거부했던 일이 생각났다. 당시 그는 거의 죽은 것이나 다름없었다. 그런데 전임 서기가 그에게 살길을 열어주었다. 매달 백 위안씩 특별 보조금을 지급했고 두 달 병가를 내주면서 결근 기록까지 지워주었다. 그는 다시 서무과로 돌아와 구석에 처박혔다. 식당에서 밥을 먹을 때도 말이 없어서 사람들은 그가 무슨 생각을 하는지 짐작도 못 했고 짐작하기도 싫어했다. 단지 그가 쓸모없는 사람이고 텅 빈 집에서 짚을 깔고 잤던 것만 기억했다.

쉬성은 의문이 많았다.

'그런 사람이 어떻게 행정과장의 직무를 맡을 수 있었을까? 또 어떻게 직공들을 깨끗이 물러나게 했을까?'

스바오는 그들이 들어오는 것을 봤지만 꼼짝도 하지 않고 책상 위의 양식을 살피며 말했다.

"앉을 필요는 없네. 그래도 오기는 잘했어. 내가 안 갔다 와도 되니까. 덩쓰셴, 자네는 본래 직위를 유지하고 천쉬성, 자네는 사무실에서 나와야 하네. 페놀 작업장에 기계공이 모자라니 가서 한동안 맡아줘야겠어."

쉬성이 말했다.

"나는 늙었어요. 기계공 일은 못해요."

"그러면 여기 와서 서명을 하게."

"내가 왜 서명을 해야 하죠?"

"자네는 정말 모르는 건가, 아니면 소란을 피우려는 건가? 서

명을 하면 자네는 집에 돌아가도 돼. 공장에서는 매달 120위안씩 생활비를 줄 테고."

스바오는 들고 있던 볼펜을 쉬성에게 건넸다. 쉬성이 그것을 받아야 할지 말아야 할지 어쩔 줄 모르고 있는데 덩쓰셴이 잘라 말했다.

"서명을 하면 안 돼. 서명을 하면 너는 끝장이야. 우선 돌아가자고."

쉬성은 머리가 마비된 채 덩쓰셴을 따라 밖으로 걸어갔다. 이때 스바오가 말했다.

"사실 난 서명을 권하고 싶은데. 자네 나이에 사무실에서 편하게 있다가 다시 기계공 일을 시작하는 건 죽는 길이나 다름없어. 일찍 집으로 돌아가 작은 노점이나 차리고 잡동사니를 팔면서 퇴직 때까지 버티면 또 퇴직 임금이 생기잖아."

쉬성은 돌연 머릿속이 맑아져 돌아서서 스바오에게 물었다.

"스바오, 생각나요? 옛날에 짚 위에서 자던 거? 당신은 공장의 보조금을 받아 겨우 살아갔죠. 그 보조금은 쑤샤오둥이 준 게 아니라 공장의 직공들이 준 거예요. 일인당 얼마씩 미리 거둔 돈을 당신한테 준 거라고요. 그걸 잊었어요?"

"나는 기억력이 좋아. 그때 자네한테 한 말도 기억해. 사람에게는 각자 주어진 운명이 있다고 했지. 내게는 내 운명이, 자네에게는 자네 운명이 말이야."

"당신은 마음이 편한가요?"

"편해. 여기 앉아서 선물도 안 받고, 아부도 안 받고, 눈물도 내게는 소용없지. 누구는 졸리고 배가 고플 때까지 무릎을 꿇고 있더군. 내 목적은 하나뿐이야. 모두 말끔히 물러가게 하는 거지."

쉬성은 터덜터덜 병원으로 돌아갔다. 병실에서 위성이 베개 밑에서 편지봉투를 꺼내며 말했다.

"방금 전에 서기님이 퇴원하는 길에 들렀다 가셨어. 나한테 500위안을 주시더라고."

쉬성은 자기가 직위 해제 당했다는 말은 차마 못 하고 "이 돈, 받아도 되나?"라고만 했다.

"괜찮다고 하셨어."

"그러면 넣어둬."

"당신 공장은 아직 보조금을 줘? 당신은 십 년 동안 남들 보조금 신청만 도와주고 자기는 신청 안 하는 거야?"

쉬성은 침대 가에 앉아 칼로 배 껍질을 깎으면서 고개를 숙이고 말했다.

"이제 보조금 같은 건 없어."

그날 정오에 쉬성은 병원 걸상에 앉아 벽에 등을 기댄 채 넋을 놓고 있었다. 위성은 자고 있었다. 쉬성은 그녀의 얼굴과 희끗희끗한 머리칼을 어루만졌다. 위성은 사부처럼 마흔 살 남짓부터 머리가 하얘졌다. 전에 그녀는 늘 미용실에 가서 까맣게 머리 염색을 했지만 지금은 쉬성에게 머리를 짧게 잘라달라고만 했다. 쉬성은 눈물을 훔치고 벽에 기댄 채 잠이 들었다. 그는 잠깐 꿈을 꾸었다. 꿈속에서 위성은 이상한 죽음을 거쳐 소녀로 변했으며 사부가 그녀를 업고 교차로에서 쉬성에게 작별을 고했다. 마치 옛날에 쉬성의 아빠가 남동생을 업고 가버린 것처럼. 쉬성이 놀라 깨어보니 위성은 아직도 침대에서 곤히 자고 있었다.

쉬성은 자전거를 타고 공장으로 돌아갔다. 그런데 사무실로 가지 않고 곧장 행정과로 갔다. 막 점심을 다 먹은 스바오가 쉬성을 보고 말했다.

"서명을 하러 왔나?"

"아뇨. 페놀 작업장에 배치해달라고 말하려고 왔어요."

"자네 잘 생각해야 해. 공장에 남으려면 임시 계약을 맺으라는 게 회장의 요구 조건이야. 만일 계약 기간에 공장을 떠나면 배상금도 물어야 해. 자네는 기본임금, 생산 장려금, 야근 수당은 받을 수 있지만 다른 영양 보조금 같은 건 다 취소되었어."

쉬성이 말했다.

"그런 건 알려줄 필요 없어, 이 후레자식아."

30

페놀 작업장이 다시 가동되었다. 기사 보조 천쉬성은 젊었을 때처럼 다시 밸브와 반응로 앞에 섰다. 그는 작업장 안을 돌아보았다. 이미 젊은이는 몇 명 없고 전부 그와 마찬가지로 주름투성이에 머리가 반백인 늙은 직공들뿐이었다. 그는 한바탕 긴 꿈을 꾼 것 같았다.

어느 날 톈싱왕이 쉬성에게 말했다.

"나 암에 걸렸어."

그런 소식은 매년 여러 차례 접하는 터라 다들 대수롭지 않게 여겼다. 하지만 실제로 누가 암에 걸렸는지 알면 탄식이 나오게 마련이었다. 쉬성은 톈싱왕과 잘 아는 사이였다. 그를 위해 몇 번이나 보조금 신청을 해주었는지 그들 자신도 헤아리기 힘들

정도였다. 쉬성이 마음 아파하며 물었다.

"무슨 암이래?"

"비강암."

"괜찮아. 폐암이면 반드시 죽지만 비강암은 치료할 수 있어."

"돈이 없어서 치료 못 해."

"너는 겨우 쉰 살이야. 수십 년 더 살 수 있다고. 돈을 꿔서라도 치료해야 해. 하지만 나한테 꿔달라고는 하지 마. 우리 집은 쌀독도 텅 비었으니까."

"돈은 안 빌려. 집에 돌아가 누워 있을 거야. 그런데 일부러 널 찾아온 건 그동안 나를 도와줘서 고맙다는 말을 하고 싶어서야."

"네가 갑자기 예의를 차리니까 적응이 안 되는군. 처음에 네가 페놀 작업장에 오겠다고 했을 때 내가 그랬지? 암에 걸릴 거라고."

"각자 운명이 있는 건데 어쩌겠어."

"아내한테 맛있는 것 좀 사달라고 해. 이제 사치는 그만 부리라고 하고. 또 고칠 병은 어떻게든 고쳐야 해."

"내 아내도 직위 해제를 당해서 길거리에서 아침밥을 팔고 있어. 벌써 사치는 관뒀고."

돤싱왕은 손을 흔들고 떠났다. 그리고 반년도 안 돼서 그의 아내가 수속을 밟으러 공장에 와서 돤싱왕이 죽었다고 말했다. 치료를 거부하는 바람에 암이 확산되어 병원으로 실려가서 기절했다 깨어났다 했다. 그런데 한번은 깨어났을 때 옆에 사람이 없는 틈을 타서 젖 먹던 힘까지 다해 자기 몸에 연결된 관을 하나씩 떼어냈다. 수리공일 때 너트를 풀던 것처럼 그렇게 몽땅 떼어내고 죽었다. 그것은 병사인지 자살인지 애매모호했다.

어느 날 쉬성은 미열이 나는 것을 느끼고 끝장이라는 생각이 들었다. 암에 걸린 사람은 태반이 처음에 미열로 증상이 시작된다. 미열이 나면 바로 암 말기로 바뀌고 곧장 형장에 끌려가는 것이다. 쉬성은 몰래 병원에 가서 검사를 받았다. 다행히 암은 아니어서 그는 재난을 면한 것처럼 기뻐했다.

그는 오래 생각한 끝에 위성과 상의하고서 일요일에 푸성을 데리고 스양에 가서 투건을 만나기로 했다.

푸성이 쉬성에게 말했다.

"스양은 가본 적도 없는데."

"그러니까 한번 가보자. 사실 네 말은 틀렸어. 너는 어렸을 때 스양에서 왔으니까."

"어렸을 때 엄마가 그랬는데. 관음보살이 나를 보내줬다고."

쉬성은 웃고 나서 말했다.

"스양은 경치가 아름다워. 전에 노동개조를 하는 채석장이 있었는데 지금은 옮겨갔어. 내 삼촌은 거기 묻혔지. 나랑 한번 다녀오자. 나중에 나랑 네 엄마도 거기 묻히고 싶단다."

투건의 공장은 읍내에 있어서 두 사람은 배를 타고 강을 건넌 뒤, 마을버스를 타고 네거리에 이르러 다시 안쪽으로 들어갔다. 옛날 읍 입구에 있던 조망탑은 온데간데없고 그 자리에 굴뚝이 우뚝 솟아 시커먼 연기를 뿜어내고 있었다. 그리고 강물은 검고 탁하며 이상한 기름 빛을 띠고 있었으며 공기 중에서 썩은 달걀 냄새가 풍겼다. 푸성이 옆에서 투덜거렸다.

"여기가 뭐가 경치가 아름다워?"

쉬성도 어리둥절해 있다가 읍 입구에 가서야 알았다. 그곳에 작은 화학 공장이 새로 문을 연 것이다. 길가에는 원료통이 이리저리 흩어져 있고 농민 출신으로 보이는 직공 몇 명이 담배를 문 채 안으로 들어가고 있었다. 쉬성은 멀리서 그들을 향해 소리쳤다.

"이봐요, 화학 공장에서는 금연이에요."

그들은 들은 척도 않고 해진 신발을 지르신은 채 술 취한 듯한 걸음으로 공장에 들어갔다. 쉬성이 말했다.

"아무래도 교육시켜주는 사람이 없나 보군."

두 사람은 투건을 찾아갔다. 투건의 공장은 사실 작은 작업장에 불과해서 선반 몇 대와 직공 세 명이 전부였다. 앞마당에서 셰퍼드 두 마리를 길렀는데 모두 온순하고 쇠사슬도 묶지 않았다. 투건은 창문가에 앉아서 밖으로 사료를 던져 개들을 먹었다. 쉬성과 푸성이 다가오자 개들이 맞으러 나갔다. 개를 무서워하는 푸성이 꺅 소리를 질렀다.

푸성이 투건을 가리키며 말했다.

"아저씨는 바보예요? 개를 키우면서 왜 줄을 안 매요?"

투건이 머리를 만지면서 말했다.

"아이고, 이제는 이 세상에서 감히 나를 욕하는 사람이 없는 줄 알았는데. 마누라가 날 욕하면 따귀를 한 대 날려주고 마을 사람들이 날 욕하면 따귀를 두 대 날려주거든. 세 딸과 아들도 전에는 날 욕했는데 지금은 고분고분 와서 돈을 달라고 하지. 이제 푸성만 나를 욕하는데 나는 전혀 화가 안 나네."

쉬성은 주위를 둘러보고는 그 작은 작업장이 그래도 꽤 모양새가 있다는 생각이 들었다. 금속 가공을 하는 데 비용을 잘 조절하면 일 년에 수십만 위안은 벌 것 같았다. 쉬성은 투건을 방으로 데려가서 단도직입적으로 말했다.

"돈을 빌리러 왔어."

투건은 그를 머리부터 발끝까지 훑어보다가 갑자기 슬픈 듯이 말했다.

"원래 너를 비웃어주려고 했는데. 옛날에 네가 나를 시골 사람이라고 무시했잖아. 그런데 차마 못 그러겠네. 사는 게 무척 힘들어 보여."

"위성이 많이 아파. 죽을둥살둥 일해도 병원에 돈을 다 갖다 바쳐야 해. 푸성의 학비도 못 내겠어."

투건이 자기 가슴을 두드리며 말했다.

"푸성의 학비는 내가 내지."

세 사람은 함께 밥을 먹으러 갔다. 투건은 다짜고짜 쉬성에게 술을 먹이려 했다. 쉬성은 예전 같았으면 그냥 무시했겠지만 돈을 빌린 터라 어쩔 수 없이 그와 몇 잔 술을 나누었다. 술에 약한 쉬성은 조금 취해서 푸성의 눈치도 안 보고 이야기를 늘어놓았다.

"위성은 상태가 갈수록 안 좋아져. 나는 작업장에 돌아가서 밤낮으로 일하고 있고. 형은 그 페놀이라는 걸 몰라. 암이 생기게 하지. 만약 암에 걸리면 죽기만 기다려야 해. 그때가 되면 푸성은 다른 친척도 없는데 얼마나 외롭고 고단하겠어. 형이 푸성을 잘 보살펴줘. 형도 천 씨고 푸성도 천 씨니까 이름은 다시 옛날 이름으로 고칠 필요 없어."

푸성이 말했다.

"아빠, 그만 좀 해."

투건이 말했다.

"나는 시골 사람이지만 뭐가 옳은지는 알아. 조상께서 우리에게 알려주셨지. 푸성은 너희 집에 입양됐으니 네 딸이야. 이치상 내가 다시 돌이킬 수는 없어. 네가 아무리 가난해도 푸성은 네 딸이야. 네가 죽으면 푸성이 너를 위해 지전을 사르게 해야 해. 딸이 지전을 사르는 건 소용이 없다고들 하지만 지금 사회는 이미 남녀가 평등해졌잖아. 시골 사람들은 구닥다리라서……."

"두 사람 다 그만 좀 해요."

투건이 또 말했다.

"푸성은 네 딸이기도 하고 내 딸이기도 해. 내가 있는 한 푸성이 어려워질 일은 없을 거야."

그날 밥을 다 먹고서 쉬성은 산 위에 가보고 싶다고 했다. 여러 해 삼촌의 묘를 찾아가지 못했기 때문이다. 투건이 따라나섰고 셋이 함께 산에 올랐다. 푸성은 영 기분이 풀리지 않아 쉬성을 잡아당기며 말했다.

"아빠는 왜 그렇게 마음이 약해?"

"아빠가 너무 살기 힘들어서 그래. 그래서 돈을 빌리러 온 거고."

"돈 빌리는 거 갖고 이러는 게 아냐. 나를 돌려보내려고 했잖아."

"나는 너를 돌려보내지 않아. 너는 그래도 내 딸인걸. 노동자의 자녀이고 도시 호적이라고. 내 집, 내 통장도 비록 얼마 되지는 않지만 장차 네 것이 될 거야."

그 일대는 경치가 아름다웠다. 산 밑의 스양 읍이 점점 작아지고 멀어졌으며 화학 공장의 굴뚝도 발밑에 놓였다. 모퉁이를 한 번 더 돌자 드문드문 무덤들이 보였다. 투건은 뚱뚱해서 점점 걸음이 느려졌다. 쉬성도 몸이 약해졌다고 느꼈다. 푸성만 걸음이 나는 듯이 빨랐다. 투건이 쉬성에게 말했다.

"우리 네 아이는 전부 원숭이를 닮았어. 작년에 시집간 다핑이 아들을 낳았는데 역시 원숭이를 닮았더라고. 푸성만 아니야. 나는 푸성만 보면 기분이 좋으니 왜 그런지 모르겠어. 혹시 이 애가 밥을 많이 먹나?"

"많이 먹지."

"먹게 해. 구박하지 말고."

산 정상에 도착한 쉬성은 어리둥절했다. 으리으리한 묘지 몇 개가 눈에 들어왔기 때문이다. 화강암으로 만든 비석, 앞쪽의 커다란 제사상 그리고 묘지를 에워싼 돌난간과 돌 말뚝에 새겨진 개 모양의 사자까지 호화롭기 그지없었다. 투건이 자랑스러워하며 말했다.

"아마 생각도 못 했을걸. 작년에 아버지 어머니 묘지를 세우면서 삼촌 생각이 나서 같이 묘지를 세웠지. 삼촌은 옛날에 나한테 잘해주셨거든. 이 투건이 돈을 벌었는데 삼촌을 잊을 리 없지."

"돈이 많이 들었겠는데."

"괜찮았어. 인건비랑 돌 값이 조금 들었지. 땅값은 안 들었고. 또 스양에서 화강암은 현지 조달이 가능해서 저렴하거든."

"앞으로 묘비에는 예서체로 글씨를 새겨야 한다는 걸 잊지 마."

쉬성은 돌난간에 앉아 삼촌의 묘비를 보다가 조금 슬퍼져서 자기도 모르게 말했다.

"나중에 내가 죽어도 여기 와서 묻히면 좋겠어."

"그렇게 해. 네가 여기 묻히고 싶다면 이 투건이 몸소 괭이를 메고 네 유골함을 안고서 여기 와 구덩이를 파주지. 화강암으로 만든 제사상과 난간도 놓아줄게. 그리고 너한테 세 번, 제수씨한 테 세 번, 무릎 꿇고 절도 할게. 내가 왜 그러려고 하는지는 너도 알 거야."

푸성이 끼어들어 말했다.

"재수 없는 소리 그만해요."

투건이 말했다.

"푸성아, 사람은 다 죽는단다."

투건은 갑자기 울적해져서 푸성에게 다가가 가만히 등을 두드 려주었다.

"나중에 내가 죽으면 너무 원망 말고 절은 한 번 해다오."

31

위성이 헤아려보니 최근 삼 년 동안 그녀는 네 번 입원했고 두 번 위독 통지를 받았다. 그녀는 자기의 삶이 거의 끝났다는 생각이 들었다. 그런데 우연히 허 의사를 만났다.

허 의사는 벌써 나이가 오십여 세였고 사람들에게 허 선생이라 불렸다. 그는 한의원에서 매주 한 번씩만 진찰했기 때문에 그날은 환자가 미어터졌다. 위성은 병이 위중해진 뒤로 매달 초하루와 보름에 몸만 좀 괜찮으면 병원 맞은편 절에 향을 사르러 갔다. 그녀는 관음보살의 얼굴을 보고 있으면 마음이 편안해졌다. 어느 날 그녀가 한의원 입구에 닿았을 때 정면에서 허 의사가 나오고 있었다. 위성은 그를 불렀고 그는 바로 그녀를 알아보았다.

허 의사는 열성적이었다. 한의원 입구에 서서 그녀의 맥을 짚고 병력을 묻다가 깜짝 놀랐다.

"이 정도면 역시 병원에 입원해야 해요."

허 의사가 권유했지만 위성은 고개를 흔들었다.

"그럴 형편이 안 돼요."

"그러면 한약을 지어 먹읍시다. 나를 따라와요."

"못 고칠 게 분명해요."

"멋대로 생각하지 말아요. 나는 고칠 수 있어요."

허 의사는 처방전을 써주었다. 비싼 약은 전혀 안 써서 계산해보니 하루 약값이 10위안 정도였다. 허 의사가 말했다.

"세상의 초목 중에서 당연히 인삼, 영지가 좋기는 하지요. 하지만 희귀합니다. 또한 잘 자라고 흔히 보이는 것들, 예를 들어 복령, 지황, 태자삼, 어성초 등은 싸지만 그렇다고 가치가 없지는 않아요. 초목은 다 자기만의 영혼이 있지요."

허 의사는 따로 식이요법 처방도 적어주면서 위성에게 가물치를 많이 먹고 단백질을 보충하라고 했다. 평상시에 귤과 바나나를 섭취해 칼륨을 보충하라고도 했다. 또 약방도 한 군데 소개해주었다.

"내 친구가 하는 곳이니 내가 써준 처방전을 가져가면 좋은 가격에 좋은 약재로 약을 지어줄 거예요."

위성이 너무나 고마워하는데 허 의사가 또 말했다.

"병자가 죽음을 생각하는 건 금기예요. 늘 죽는 것만 생각하면 사람이 소극적으로 변하고 약을 먹어도 효과가 삼 할은 준답니다."

"하지만 사람이 어떻게 죽음을 생각하지 않을 수 있나요? 여러 차례 입원하면서 같은 병실에 있던 사람들이 겨우 서른 살이 넘었는데 죽곤 했어요. 그런 사람들을 보면 자신의 죽음이 떠오르게 마련이죠. 유일하게 위로가 되는 건 사람은 누구나 죽는다는 생각뿐이라고요."

"틀린 얘기예요. 사람은 누구나 더 살려고 발버둥 친답니다."

그렇게 반년이 지나자 위성의 병 상태가 점점 안정되었다. 허 의사는 이제 만성병이 되었으니 몸조리만 잘하면 앞으로 더 나아질 것이라고 했다.

쉬성은 위성에게 말했다.

"허 의사는 과연 소문 그대로야. 그렇게 많은 사람을 고쳤다면서."

"내 생각에는 이렇게 몇 년 더 버티다가 쉰 살까지는 살 수 있을 것 같아."

"당신은 오래 살 수 있어."

"남들한테 오래 못 살았다는 얘기만 안 들으면 돼. 퇴직 연령도 못 돼서 죽었다고들 할 테니까. 아빠가 바로 그랬잖아. 너무 슬펐다고."

사실 위성의 상태는 낙관적이지 않았다. 어느 날 허 의사가 왕진을 왔는데 그 정도 직급의 한의사가 왕진을 하는 것은 보기 드문 일이었다. 쉬성이 병세를 묻자 허 의사는 어두운 표정으로 말했다.

"아내분의 병세는 잠시 안정됐을 뿐입니다. 간경화는 돌이킬 수 없는 병이어서 양의들도 간 이식 외에는 속수무책이죠."

쉬성은 고개를 저었다. 그도 알고 있는 사실이었다. 공장에서도 숱한 직공들이 간암에 걸렸는데 다들 외계인 얘기라도 하는 것처럼 간 이식만이 그들을 구할 수 있다고 했다.

하지만 좋은 소식도 있었다. 그해, 위성의 공장이 완전히 도산해서 터빈 공장이었던 건물이 임시 창고로 변했고 결국에는 다 밀고 새 건물을 짓는다고 했다. 위성은 퇴직 처리를 해서 병가를 내고 있을 때보다 임금이 조금 많아졌다. 또 의료비도 전에 공장에 있을 때는 한 푼도 지원받지 못했는데 이제 사회보험으로 넘어와서는 전에 쓴 것까지 돌려받았다. 이때도 직위 해제 된 노동자가 여전히 많았다. 그들은 마치 끓인 물처럼 점점 식어가다가 그래도 점차 자신들이 가야 할 곳을 찾아갔다. 쉬성은 그나마 가장 힘든 시절은 넘긴 듯했다.

쉬성은 삼교대제로 일했고 야간 근무를 할 때마다 30위안의 수당을 받았다. 야간 근무가 끝나고 나면 그는 시장에 가서 작은 가물치 한 마리를 사느라 장부상의 그 30위안을 다 써버렸다. 그리고 집에 와서 탕을 끓이고 식용 칼리암염을 뿌렸다. 가물치는 사납고 원기 왕성한 물고기여서 위성이 어탕을 떠먹는 것을 보고 있으면 그 원기가 그녀의 몸속으로 들어가는 것 같았다.

허 의사가 또 어렵게 왕진을 온다고 해서 위성은 털실 한 근을 사다가 조끼를 떠서 그에게 선물했다. 허 의사가 한사코 사양하자 위성은 말했다.

"저는 선생님께 보답할 게 아무것도 없어요. 이 조끼를 기념으로 남겨주세요."

허 의사가 슬픈 표정으로 말했다.

"옛날 일은, 오해가 많았어요."

"옛날 일은 얘기하지 마세요. 이제 저는 기억력도 안 좋답니다. 옛날 일은 거의 다 잊었고 지금 일만 기억나도 다행인걸요."

확실히 위성의 기억력은 하루하루 나빠졌다. 잠깐잠깐 넋을 놓고 있기 일쑤였다. 궁금해하는 쉬성에게 허 의사가 왜 그런지 말해주었다.

"간의 독이 뇌에 들어가서 그래요. 이건 간이 해독 능력을 잃었음을 뜻하죠. 이 독이 뇌 안에 계속 쌓이면 조만간 치매 상태가 됩니다."

쉬성은 위성이 바보가 되는 것을 상상할 수 없었다. 그녀는 마당의 화초가 시드는 것을 보고만 있었고 방 한구석에는 반만 뜬 스웨터가 오랫동안 걸려 있었다. 말수가 줄어든 그녀는 늘 망연히 그를 바라보고 있었다. 마치 잘 모르는 사람을 보고 있는 것처럼.

푸성은 고등학교 3학년 때 성장이 멈췄지만 이미 키가 176센티미터여서 쉬성보다 조금 더 컸고 몸매는 호리호리했다. 매일 푸성이 운동화를 신고 등교하는 것을 보고 위성이 말했다.

"푸성아, 너는 아가씨가 왜 만날 운동화만 신니. 그러다가 발 모양이 미워져."

"괜찮아."

대수롭지 않게 말하고서 푸성은 계속 운동화만 신고 다녔다. 어느 날 쉬성이 학교에 갔다가 푸성이 투포환을 던지고 있는 것을 보았다. 그는 놀라서 그녀를 구석으로 데리고 가 물었다.

"왜 아직 투포환을 하는 거야?"

"투포환만 하는 게 아니라 육상 동아리에도 들었어. 등수에 들면 대학시험 볼 때 가산점을 받아서 체육 전공을 할 수 있거든. 아마 4년제 대학에 들어갈 수 있을 거야."

"진짜 등수에 들어갈 수 있어? 가산점을 받을 수 있으면 왜 다들 투포환을 안 하는데?"

"아빠는 잘 몰라. 투포환 던지는 애들이 꼭 대학에 가고 싶어 하는 것도 아니고 대학 가려는 애들이 꼭 투포환을 던질 줄 아는 것도 아니거든. 나 같은 여학생은 보기 드물다고. 아빠는 이게 무슨 애들 놀이인 줄 알아?"

"이럴 줄 알았으면 처음부터 너를 기업 육상팀에 넣는 거였는데."

"싫어. 재미없어. 나는 대학에 갈 거야."

쉬성은 큰일났다는 생각이 들었다. 투포환을 던지는 여자는
시집도 못 간다고 위성이 말했었기 때문이다. 푸성은 그를 뇌두
고 운동장으로 돌아가 질풍처럼 백 미터 달리기를 했다. 쉬성은
속으로 자신을 위로했다.

'달리는 모습을 보니 꽤 튼튼해 보이네. 여자애가 남자보다 더
잘 달리고 성질까지 있으니 어쨌든 좀 다르게 살겠지.'

그해, 위성의 유일한 소망은 푸성이 대학에 들어가는 것을 보
는 것이었다. 그러려면 여름까지 기다려야 했다. 위성은 또 말
했다.

"대학에 못 들어가도 괜찮아. 푸성은 나한테 미안해할 필요
없어."

어느 날 위성은 솜옷을 덮고 등나무 의자에 기댄 채 잠이 들었
다. 꽤 오래 자는 것 같았는데 그녀가 깨어나 소리쳤다.

"쉬성, 쉬성."

그녀의 목소리는 구슬펐다. 쉬성이 달려와 무슨 일이냐고 묻
자 그녀는 멍하니 그를 보다가 말했다.

"당신, 오랫동안 출근 안 했지?"

"지금은 설 연휴잖아."

"당신은 출근할 때는 몸에서 페놀 냄새가 나는데 출근을 안

하면 냄새가 사라져."

쉬성은 그녀 앞에 서서 무슨 말을 해야 할지 몰랐다. 위성이
또 말했다.

"어릴 때 아빠 몸에서 페놀 냄새를 맡았지. 아빠는 나를 사랑
해서 나는 마음이 편안했어. 결혼해서는 당신 몸에서 페놀 냄새
를 맡았고 나는 역시 마음이 편안했어. 나중에 당신이 기술직원
이 돼서는 페놀 냄새가 옅어졌는데 최근 몇 년 동안 다시 페놀
냄새가 나서 나는 어린 시절로 돌아간 것 같았어."

"약 다 달였어, 위성."

"이번 생에 정말 당신을 너무 괴롭혔어."

"그런 소리 하지 마."

위성은 고개를 젓고는 더 말하지 않았다.

그해, 봄소식이 전해질 때 위성의 일생은 끝이 났다.

32

위성의 출관일에는 쉬성과 푸성밖에 없었다.

푸성이 쉬성에게 말했다.

"아빠, 지난달에 학교에 가는데 할머니 한 분이 버스에서 쓰러져 돌아가셨어. 버스가 그 자리에 서서 길을 막는 바람에 많은 사람이 지나가지 못했고. 그런데 어떤 사람이 그러는 거야. '저 할머니는 복도 많지. 이렇게 많은 사람이 저승길을 전송해주니' 라고. 지금 엄마가 죽었는데 장례식에 우리 둘밖에 없는 건 너무 썰렁한 거 아냐?"

"악단을 부를 수도 있었지만 너무 시끄러울 것 같더라고. 너희 엄마는 젊었을 때 도도한 사람이었어. 아마 그런 장면을 싫어했을 거야. 본래는 장례식도 안 할까 했는데 그건 조금 미안하더라고."

두 사람은 화환 하나를 들고 장의사 건물 쪽으로 걸어가다가 길가에 낡은 책상 하나가 놓여 있는 것을 보았다. 한 노인이 그 위에 엎드려 직사각형 모양의 흰 종이에 붓으로 만련을 쓰고 있었다. 마침 장의사에 큰 만련이 없어서 쉬성은 값을 물어보러 다가갔다. 그런데 그 노인은 바로 쏭바이청이었다.

쏭바이청이 먼저 쉬성에게 말했다.

"천쉬성이 아닌가. 맙소사, 자네 지금 누구를 보내는 길인가?"

"위성이 떠났어요."

"이런."

"여기서 뭐하시는 거예요?"

"뭐하긴 뭐해. 만련을 써주고 있지. 우리같이 은퇴한 말단 간부는 원래 국물도 없거든. 게다가 지금 공장장은 쑤샤오둥이니 더욱 우리를 우대할 리 없지. 나는 사는 게 넉넉지 않아. 붓글씨를 쓰고 싶어도 내가 유명한 사람이 아니라서 봐줄 사람도 없고 말이야. 자네는 모르겠지만 서예 쪽도 부와 권세가 중요하거든."

"괜찮네요. 지금 그렇게 쓰는 걸로 충분하지요 뭐. 돈도 벌 수 있고."

"공덕을 좀 쌓는 게지."

"돈도 받으면서 공덕은 무슨 공덕이에요?"

"누구는 그 돈을 아끼려 하고 또 누구는 그 돈을 벌려고 하지 않겠나? 위성의 만련은 내가 써주지. 자네한테는 한 푼도 안 받겠네."

"나도 위성을 위해 그 돈을 아낄 생각은 없거든요."

쑹바이청이 글씨가 잔뜩 인쇄된 종이 한 장을 꺼내 쉬성에게 주었다.

"한번 보게. 쓸 말이 거기 다 있으니까. 자네한테는 예서로 써주지. 자네도 알아둬야 하는데, 나는 여기서 글씨 쓰는 일이 너무 바빠서 다 행서行書로 써준다네. 행서는 잘 안 쳐주긴 하지만 그래도 빨리 써지니까. 위성의 만련은 내가 꼭 예서로 써주지. 「조전비曹全碑」*를 수백 번은 베껴 쓰며 연습했거든."

쉬성은 머릿속이 아득하고 짜증이 나서 종이를 내려놓았다.

"안 써줘도 돼요."

그는 푸성을 끌고 자리를 떴다.

두 사람은 장의사 안의 분장실에 들어갔다. 직원이 곧 수레를 끌고 나왔는데 그 위에 위성이 수의를 입고 누워 있었다. 그녀는 편안한 표정이었다. 생전의 부종도 깨끗이 사라져 매우 아름다워 보였다. 병에 걸리지만 않았으면 위성은 쉰 살인데도 무척 단아한 용모였다. 한 가닥 페놀 냄새가 실내에 감돌았다. 예사롭지

---

* 185년에 제작되고 명나라 말에 출토된 한나라의 석비. 한나라 예서체의 대표작으로서 역대 서예가들에게 존중을 받았다.

않은 향기였다. 쉬성과 푸성은 둘 다 울음이 터져 나왔다.

두 사람은 이어서 영결식장에 들어갔다. 거기에는 위성의 영정이 높이 걸려 있었다. 그것은 그녀가 마흔 살에 찍은 사진이었는데 시선을 그들의 머리 너머로 향한 채 담담하게 웃고 있었다. 마치 문밖에 그녀를 웃게 만드는 일이라도 있는 듯했지만 그들은 웃을 수가 없었다.

쉬성이 말했다.

"푸성아, 곧 우리가 엄마랑 이별하면 슬픈 음악이 나올 거야. 그러면 함께 허리를 숙이는 거야."

"알았어."

이때 쑹바이청이 밖에서 들어왔다. 그는 들고 있던 두루마리 종이 하나를 쉬성에게 펴 보였다. 거기에는 예서로 "한평생 검소하여 모범을 남기고 반평생 힘들게 일해 아름다운 기풍을 전했네一生儉朴留典範, 半世辛勞傳嘉風"라고 적혀 있었다. 이를 보고 쉬성이 말했다.

"내가 가난뱅이라고 이렇게 쓴 건가요? 돈 얘기는 좀 안 할 수 없어요?"

쑹바이청은 다른 두루마리를 폈다. 거기에는 "향기로운 이름 백대에 전해지고 남긴 사랑은 천년을 가네流芳百世, 遺愛千秋"라고 적혀 있었다. 쉬성이 또 말했다.

"향기로운 이름이 백대에 전해진다니요. 위성이 무슨 유명인도 아닌데.”

쑹바이청이 세 번째 종이를 폈는데 이번에는 행서였고 “부부의 은혜, 이생에서 다 못해 내생을 기약하고 자녀의 책임, 두 사람이 함께 지다 한 사람이 마쳤네夫妻恩, 今世未完來生再, 兒女債, 兩人共負一人完”라고 적혀 있었다. 이번에는 푸성이 말했다.

“웃기는 소리 작작 해요.”

쑹바이청이 자기 이마를 두드리며 말했다.

“그러면 어쩐담?”

이때 장의사 직원이 유해를 밀고 나왔고 바로 슬픈 음악이 울렸다. 세 사람은 경건히 서서 깊이 허리를 숙였다. 이렇게 간단한 이별 의식이 끝난 뒤, 유해는 화장터로 옮겨졌다. 쑹바이청은 잠시 멍하니 서 있다가 갑자기 쉬성에게 말했다.

“옛날 자네 사부의 출관일에는 감히 화장터에 못 갔는데 이렇게 위성의 장례식에 오게 될 줄은 생각도 못 했어.”

쑹바이청은 콘크리트 바닥에 무릎을 꿇고서 위성의 영정을 보며 말했다.

“내가 위성에게 세 번 절을 해야겠네.”

푸성이 물었다.

“할아버지가 왜 절을 해요?”

“네 아빠는 안단다.”

쉬성도 높이 걸린 위성의 영정을 보며 생각했다.

'위성, 재미있지 않아? 당신 출관일에 저 쑹바이청 개새끼와 마주쳤어. 정말 신기하게도 말이야.'

위성은 여전히 미소를 지은 채 먼 곳을 바라보고 있었다. 더 이상 세상일에는 개의치 않는 듯했다.

장의사 직원이 꼭 목욕탕 캐비닛 같은 철제 상자에 유골함을 넣고 뚜껑을 텅 닫았다. 쉬성은 푸성에게 무릎을 꿇고 상자를 향해 절을 하라고 했다. 다음번에 그 상자가 열리면 틀림없이 자기도 죽었을 것이라는 생각이 들었다.

위성이 없으니 집이 텅 빈 것 같았다. 쉬성은 등나무 의자에 앉아 밖에 봄비가 추적추적 내리는 것을 보고 있었다. 집 벽에 옮겨 단 위성의 영정 사진도 창문을 마주한 채 그와 함께 밖을 보고 있었다. 어느 날 그가 갑자기 울음을 터뜨리는 것을 보고 푸성이 왜 그러느냐고 물었다. 그는 말했다.

"네 엄마가 살아 있을 때는 집에서 늘 한약 냄새가 났잖아. 몇 년 동안 맡으면서 습관이 됐지. 그런데 이제 한약 냄새가 없어지니까 진짜 네 엄마가 없다는 게 실감이 나."

그 뒤로 푸성은 대학 시험 준비를 하느라 바빠졌다. 쉬성은 자기가 더 출근하는 것은 무리임을 알았지만 그래도 출근해야 했다. 푸성이 대학에 합격하면 학비와 생활비 부담이 커지기 때문이었다. 그것을 다 투건에게 미룰 수는 없었다.

이제 페놀 공장의 이름은 '전진화학공장'이 아니라 '둥순東順

화학공업유한공사'였다. '둥순'은 쑤샤오둥의 일이 순조롭기를 기원하는 이름이었다. 사람들은 모두 투덜거렸다.

"니미럴, '둥순'이 아니라 '둥라이순東來順*이고 우리는 다 양고기 샤브샤브야."

어느 날 밤, 작업장에서 일하던 쉬성은 그림자 하나가 작업장 자료실에 들어가는 것을 보았다. 거기에 있는 자료는 모두 설계 도면이었다. 쉬성은 이 야밤에 어느 기술직원이 도면을 찾으러 왔는지 궁금했다. 그 사람은 불도 안 켜고 손전등으로 여기저기를 비추더니 옆구리에 도면 두루마리를 낀 채 살금살금 자료실을 나왔다. 쉬성은 그가 좀도둑인 것을 알고 거기 서라고 소리쳤다. 그 사람은 얼른 도망쳤고 쉬성은 그 뒤를 쫓아갔다.

좀도둑은 작업장을 벗어나 폐수 웅덩이를 향해 미친 듯이 뛰어갔다. 쉬성은 뒤를 바짝 쫓으면서 그 사람이 공장 직원임을 확신했다. 심야에 어둠 속을 달리는데도 공장 지리를 잘 알았기 때문이다. 폐수 웅덩이 부근은 설비가 복잡하게 배치되어 있어서 도망치기가 수월했다.

쉬성은 숨이 턱에 차서 더는 달릴 수가 없었다. 그런데 앞의 그 사람도 지칠 대로 지친 듯했다. 쉬성은 상대가 자기보다 나이든 사람이라고 짐작했다. 그래서 누구인지 더욱더 궁금해졌다.

---

* 양고기 샤브샤브로 유명한 베이징의 프랜차이즈 음식점

두 사람은 파이프 더미와 반응로 사이에서 숨바꼭질을 하다가 결국 정면으로 마주쳤다. 쉬성은 좀도둑의 옷깃을 움켜쥐고 물었다.

"도면은 왜 훔쳐 가는 거야?"

좀도둑이 조그맣게 말했다.

"쉬성, 나를 놓아줘."

쉬성은 확실히 보고 또 들었다. 그 사람은 덩쓰셴이었다.

쉬성은 덩쓰셴을 붙잡고 함께 폐수 웅덩이 옆에 앉았다. 덩쓰셴이 그에게 말했다.

"최근에 어느 사장이 페놀 공장을 열고 싶다고 나를 찾아왔어. 나한테 설계를 해달라고 해서 그러겠다고 했지."

"이 작업장의 설계안은 너도 나도 잘 알고 있잖아. 아니, 네가 나보다 더 훤하지. 눈 감고도 그릴 수 있을 텐데 왜 도면을 훔치려는 거야?"

"냉각탑 하나는 네가 전에 개조했잖아. 나는 그 설계안은 몰라."

"그러면 그걸 훔쳤어?"

"아니. 도면이 없던데. 그냥 아무거나 몇 장 가지고 나오다가 너와 마주친 거야."

쉬성은 싸늘하게 웃었다.

"그 냉각탑 도면은 내가 진즉에 폐기했지. 공장에서는 원래 구조대로 점검할 수밖에 없어. 최초 도면도 찾을 수 없겠지만."

"너도 참 나빠."

"너도 마찬가지잖아. 전에 네가 설계한 파이프 도면을 찾은 적이 있는데 역시 없더군."

"맞아. 나도 폐기했어."

"전기회로 도면도 절반은 사라졌어. 역시 나이 든 전기공들이 그랬을 거야."

덩쓰셴이 말했다.

"쑤샤오둥이 외지 노동자들을 무더기로 데려와 배치했잖아. 그들은 임금이 싸니까. 또 갓 졸업한 대학생들도 데려와 기술직원을 시켰는데 그들은 말도 잘 듣고 우리보다 기술 수준도 높은데다 컴퓨터까지 다루잖아. 만약 도면을 폐기하지 않으면 우리 나이 든 기술직원이나 직공들은 사흘도 안 돼 깨끗이 물러나야 할 거야."

두 사람은 한동안 탄식했고 쉬성이 먼저 일어나서 말했다.

"덩 기사, 밖에 나가 새 공장을 지어도 좀 조심해줘. 혹시 우리 공장이 망할지도 모르니까. 오늘은 안 붙잡을 테니까 그만 가봐."

덩쓰셴이 쉬성을 붙들며 말했다.

"이제 우리 공장은 없어. 저들의 공장이 있을 뿐이지. 우리 같이 일하자. 그 냉각탑 도면은 아무리 머리를 쥐어짜도 너무 복

잡해서 어떻게 그려야 할지 모르겠더라고. 너는 진짜 나쁜 놈이
야."

"그거야 내가 도와주면 되지. 그러니까 나를 끌고 가려고 하
지 마. 그건 부도덕한 짓이야."

"나는 공장 건축 말고도 제품 생산까지 책임져야 해. 그런데
난 설계만 할 줄 알지 기계 조작은 모른다고. 너는 일류 기계공
이니까 꼭 너를 끌고 가야겠어."

"안 돼. 나는 그런 일은 할 수 없어."

"돈을 절반 떼어줄게."

"공장이 망할지도 모른다니까. 우리는 반평생을 이 공장에 바
쳤는데……."

"12만 위안이 있는데 우선 3만 위안 줄게. 시험 생산에 성공
하면 또 5만 위안을 직공 교육비로 너 혼자 가져갈 수 있어."

"너, 그 말 책임져야 해."

33

그 사장의 공장은 건성의 고향인 쉬탕 읍에 있었다. 사장은 큰 부자였고 첫날 만나자마자 덩쓰센과 쉬성을 데리고 나이트클럽에 갔다. 그곳 여자들은 몸이 다 드러나는 옷을 입고 무대 위에서 껑충껑충 뛰었다. 그들 옆에도 일인당 한 명씩 짙은 화장의 여자가 붙어 필사적으로 술을 마셨다. 나중에 쉬탕 읍장도 와서 두 기술자에게 산업 개혁에 관해 이야기했다. 농업만 해서는 경제를 끌어올릴 수 없으므로 읍에서도 공업에 투자해야 한다는 것이었다. 쉬성이 안절부절못하고 있는데 읍장이 또 말했다.

"최고 지도자께서도 일찍이 개혁을 심화시켜야 한다고 말씀하신 적이 있지. 다들 하고 싶은 대로, 두려워 말고 일을 해주게. 어쨌거나 나는 자네들 둥순유한공사의 그 쑤 회장보다는 직급이 높으니까 말이야."

술자리를 마치고 여자들이 자리를 뜨자, 사장은 지갑에서 계약금 1만 위안을 꺼내 덩쓰셴에게 주었다. 상당히 통이 컸다. 영수증도 요구하지 않았다. 덩쓰셴이 마음을 바꿀 수도 있다는 걱정은 전혀 하지 않았다. 그것은 상대를 안심시키는 수단인 듯했다. 집에 오는 택시 안에서 덩쓰셴은 5000위안을 떼어 쉬성에게 주었다.

쉬성은 여태껏 그렇게 많은 돈을 손에 쥐어본 적이 없었다. 더구나 아직 일도 안 했는데 그런 거금을 받은 것이다. 덩쓰셴이 말했다.

"이게 요즘 비즈니스 원칙이야. 계약금도 없이 술이나 마시고 헤어지면 구체적인 일은 아무것도 진행이 안 되거든."

집에 돌아가서 쉬성은 위성도 기뻐하라고 현금 5000위안을 그녀의 사진 앞에 놓았다. 그리고 그때부터 출근도 하지 않고 집에 틀어박혀 온종일 도면을 그리는 데만 몰두했다. 마침 푸성도 종일 공부에 몰두하고 있어서 집 안이 내내 조용했다. 위성만 높은 곳에서 그들을 가만히 바라보고 있었다.

도면이 다 완성되어 또 5만 위안을 받았다. 덩쓰셴은 이번에는 쉬성에게 1만 위안을 떼어주었다.

새 페놀 공장이 쉬탕 읍 가장자리에 세워지기 시작하자 덩쓰셴과 쉬성은 서로 의논해 옛 동료들, 즉 이미 퇴직한 전기공, 용접공, 수리공을 비롯해 화학 실험실의 여자 검사원까지 불러 모았다. 그들이 전부 쉬탕 읍에 온 날은 마치 설날 같았다. 각자 사례금을 받았을 뿐만 아니라 앞으로 자기 일과는 별도로 공장의 기술 인력 양성까지 돕기로 했다. 그리고 여름이 되자 새 공장이 다 지어졌다.

시운전 날은 공교롭게도 푸성의 대학 시험 날이었다. 쉬성은 푸성에게 물었다.

"같이 못 가줄 것 같은데 괜찮겠니?"

"괜찮아. 나 혼자 밖에서 뭐 좀 사먹으면 돼. 아빠가 시험 보는 걸 도와줄 것도 아닌데 뭐."

"작업장에서 시운전을 하거든. 제품이 안 나오면 아빠는 끝장이고 나오면 너 대학 다닐 돈이 생기지."

푸성이 쉬성의 어깨를 툭 치며 말했다.

"아빠, 우리 열심히 해서 엄마를 실망시키지 말자."

쉬성은 자기 딸이 정말 대견하다는 생각이 들었다.

시운전은 이른 아침이었다. 작업장 사람들은 모두 안색이 무거웠고 읍장과 사장은 가장자리에 앉아 은근히 압박을 주었다. 쉬성은 무척 긴장했지만 덩쓰셴은 비교적 여유가 있었다. 진하게 찻잎을 우려 마시면서 쉬성이 기계를 조작하는 모습을 지켜보았다. 쉬성이 몰래 물었다.

"덩 기사, 시운전을 성공하지 못하면 어쩌지?"

"수백만 위안을 투자했는데 무조건 성공하게 만들어야지."

"그래, 필사적으로 해보자."

"예전 공장에서는 제품이 다 불량이 나와도 기껏해야 절반도 안 되는 비용만 변상을 시켰잖아. 하지만 지금은 정말 필사적으로 해야 돼. 왜냐하면 우리는 더 이상 수십 위안짜리 기술자가 아니기 때문이야. 십몇 만 위안을 받잖아. 하지만 따로 손을 써두기는 했어. 계약서에 분명히 밝혀두었지. 세 번째 생산 제품까지는 불합격이 나와도 사장이 다 비용을 지불한다고 말이야."

"사장도 필사적이로군."

쉬성은 직공들에게 계량기를 켜고 밸브를 열게 했다. 작업장 전체가 살아난 듯 웅웅 떨리며 호흡과 체온이 생겼다. 쉬성은 문득 작업장이 자기 아들 같다는 생각이 들었다. 비록 사생아이기는 하지만 자기와 핏줄이 연결되어 있는 듯했다. 그리고 그날 정오, 마침내 첫 제품이 나왔지만 화학 검사원은 쓱 보기만 하고도 고개를 저으며 불합격이 틀림없다고 말했다. 이렇게 첫 번째 가마의 원료를 몽땅 날렸다. 실로 엄청난 손실이었다. 읍장과 사장의 안색이 일그러졌고 쉬성과 덩쓰셴은 할 말을 잃었다. 다들 점심을 먹고서 도면을 살피고 설비도 한번 검사를 했다. 오후에 다시 원료를 투입할 때 사람들은 머리가 다 얼얼했다. 이때 쉬성이 입을 열었다.

"잠깐만."

덩쓰셴이 물었다.

"뭘 하려고?"

"제를 올리자."

그는 어린 직공을 시켜 식당에서 술 두 병을 가져오게 하고 작업장 입구에 탁자 두 개를 편 뒤, 향 세 개를 살랐다.

덩쓰셴이 어리둥절해서 물었다.

"누구한테 제를 올리려고?"

사장과 읍장이 옆에서 거들었다.

"천 기사가 옳아. 시운전을 하기 전에 향을 살랐어야 하는데."

쉬성은 말없이 이를 악문 채 상의를 벗어 허리에 맨 다음, 술잔을 높이 들고 하늘과 땅에 권하고서 술을 뿌렸다. 그다음에 또 한 잔을 채우고 말했다.

"사부님, 이 잔을 바칠 테니 제가 잘돼서 오늘 이 고비를 넘기게 도와주세요."

그는 작업장 바닥에 그 술을 뿌렸다. 다음 잔은 당연히 사형인 멍건성의 몫이었다. 그렇게 페놀 공장에서 일했던 죽은 동료들에게 생각나는 대로 한 잔씩 술을 바쳤다. 그중에는 리톄뉴와 돤성왕도 있었다. 그때 읍장이 돌연 말했다.

"맙소사. 기적이라도 일어나려나."

쉬성이 고개를 들어보니 작업장 밖의 하늘에 먹구름이 다가와 태양을 가렸다. 덩쓰셴이 나지막이 말했다.

"왕싱메이가 빠진 것 같은데."

쉬성이 자기 머리를 툭 치고는 물었다.

"그 여자한테도 술을 바쳐야 하나?"

"그 여자가 얼마나 대단한데."

덩쓰셴이 술 한 잔을 따라 또 뿌리고서 말했다.

"왕싱메이, 당신 몫도 있어요. 나와 쉬성이 이렇게까지 하는데 좀 도와줘요."

두 사람이 이렇게 열심인 것을 보고 사장은 믿음이 가는지 옆에 있던 직공들이 웃지 못하게 했다. 쉬성은 술병을 들고 작업장 가장 높은 곳의 컨베이어에 올라갔다. 손을 뻗으면 거의 피뢰침이 닿을 정도의 높이였다.

"사부님, 사형, 어르신들 그리고 형제자매여. 여러분은 이미 해탈해서 신선이 되었으니 이 천쉬성이 잘되도록 좀 도와주세요. 제가 가장 자신 있는 일을 하다가 죽지 않게 해주세요. 이제부터 청명절, 동짓날마다 여러분께 향을 사르고 절을 할게요."

그 먹구름은 상공에 멈춰 움직이지 않았다. 쉬성은 술병을 들어 반 넘게 뿌린 뒤 자기도 한 모금을 마시고 소리쳤다.

"원료를 투입해."

그날 오후에 나온 제품은 품질과 냄새가 다 괜찮았다. 화학 검사 결과도 일등품으로 나와서 직공들이 다 환호했다. 쉬성은 작업장 뒤편에 가서 나무를 끌어안고 눈물을 흘렸다. 나흘 연속으로 설비는 정상 운행되었고 닷새째에 쉬성은 개처럼 지친 몸으로 집에 돌아갔다. 푸성은 침대에 비스듬히 기댄 채 텔레비전을 보고 있었다. 대학 시험도 끝난 것이다.

푸성이 피식 웃으며 쉬성에게 물었다.

"천 기사, 기분이 어때?"

"이 천 기사는 애를 하나 더 낳은 기분이다."

새 공장을 보름간 돌리고 공장의 직공들을 다 교육한 뒤, 쉬성은 정식으로 모든 사무를 사장에게 인계했다. 이치대로라면 이때 설계비와 교육비를 다 받았어야 했다. 하지만 받지 못했다. 덩쓰셴은 여러 번 재촉했지만 읍장은 보이지 않았고 사장도 찾을 수 없었다. 어느 날 작업장에 갔더니 공장의 두 간부가 쉬성과 덩쓰셴을 밖에서 막아섰다.

"두 분은 여기 못 들어옵니다."

쉬성이 이유를 묻자 그들은 말했다.

"우리도 몰라요. 직접 사장님을 찾아가 물어보세요."

일주일을 찾아다닌 끝에 마침내 사장이 나타났다. 이번에는 나이트클럽이 아니라 식당에서 만났다. 사장 뒤에는 팔뚝을 드러낸 청년들이 서 있었다. 그들은 무척 성가셔하는 표정이었다.

사장이 말했다.

"자네들이 불량품을 내는 바람에 20만 위안을 손해 봤네. 원래는 배상금을 청구해야 하는데 자네들이 그간 고생한 걸 봐서

서로 비긴 걸로 하지. 계약금을 제외한 나머지 돈은 그냥 포기하고 나를 위로하는 셈 치게."

덩쓰셴이 말했다.

"말이 다르잖아요. 우리는 계약서를 썼고 거기에 쓰여 있기를……."

"계약서는 나한테 휴지나 다름없어."

두 사람은 쫓겨났다. 전에는 승용차를 타고 오갔는데 이번에는 걸어서 시내에 돌아가야 했다. 한 시간 남짓 걸었을 때 덩쓰셴은 더 걸을 수가 없어서 길가에 주저앉아 입을 다물었다. 쉬성이 그에게 말했다.

"잊어버려, 덩 기사. 어쨌든 4만5000위안 벌었잖아. 나도 1만5000위안을 벌었고."

덩쓰셴은 눈을 감고 잠시 생각하다가 물었다.

"후반 공정에서 오염 물질 처리는 설계를 안 했는데 환경보호 부서에서 통과가 될까?"

"모르겠어. 시내에서라면 당연히 통과가 안 되지. 벌금도 날짜별로 물어야 하고. 그런데 쉬탕 읍에서는 환경보호라는 게 뭔지도 아예 모를 것 같은데."

"돌아가자마자 신고 전화를 해야겠어."

"덩 기사, 너 진짜 독하구나."

덩쓰셴은 큼지막한 나뭇잎 한 장을 따서 부채질을 하며 차갑게 웃었다.

"그뿐만이 아냐. 나는 벌써 다음 비즈니스를 마련해놓았어. 바이타白塔 읍에도 페놀 공장이나 비료 공장을 내고 싶어하는 사장이 있는데 아직 결정을 못 했어. 우리, 먼저 집에 돌아가 며칠 있다가 바이타 읍에 가서 그 사장한테 페놀을 제조해보라고 설득하자. 이번에는 머리를 좀 써서 가격을 높게 부르자고. 쉬탕 읍의 공장 시운전이 잘돼서 앞으로 사장들이 우리를 줄줄이 찾아올 거야."

"엉? 덩 기사, 너 계속 이 일을 하려고?"

"한번 시작한 일이니 끝을 봐야지. 나는 쑤샤오둥의 공장뿐만 아니라 쉬탕 읍의 공장까지 망하게 할 거야. 니미럴, 기술자를 만만하게 보지 말란 말이야."

34

쉬성은 설계 일을 하면서 매번 보수를 현금으로 받았다. 사장들이 하나같이 현금을 주었기 때문이다. 돈을 갖고 집에 돌아올 때마다 그는 위성의 사진 아래에 그것을 놓고 그녀에게 보여주며 중얼거렸다.

"위성, 당신은 참 복도 없어. 내가 이렇게 돈을 많이 벌었는데 당신을 위해 쓸 방법이 없네."

집에는 쉬성 혼자밖에 없었다. 푸성은 대학에 합격해 이웃 성의 대도시에 있었다. 투포환으로 가산점을 받지는 못했지만 그래도 4년제 커트라인을 넘어 관광 비즈니스를 전공하게 됐고 매년 방학 때나 집에 돌아왔다. 쉬성도 늘 외지 출장이어서 문을 나설 때마다 당부하곤 했다.

"위성, 집 좀 봐줘. 나 돈 벌고 올게."

쉬성은 퇴직 수속을 밟고 덩쓰셴과 함께 근처 읍에 네 곳, 강 건너편 두 곳에 페놀 공장을 세웠다. 생산량은 각기 차이가 있었지만 이 여섯 개 공장의 생산량만 다 합쳐도 벌써 둥순유한공사와 맞먹었다. 하지만 공장을 더 짓는 것은 조금 무리였다. 생산 능력 과잉에다 시내 안팎이 다 페놀 냄새에 휩싸이기 때문이었다. 사장들도 바보가 아닌 이상, 시장의 빈틈을 찾아 새로운 상품에 투자하기를 바랐다. 쉬성은 자기도 돈을 벌 만큼 다 벌었다고 생각했다. 비록 수십만 위안 정도였지만 그 정도만 해도 그의 예상을 훨씬 넘어섰다. 페놀 공장의 어떤 퇴직자가 그렇게 많은 돈을 벌 수 있겠는가? 다들 마작이나 하면서 죽기를 기다렸다.

어느 날 그는 전화 한 통을 받고 상대가 입을 열자마자 욕을 했다.

"기린 이 개자식, 나는 죽을 때까지 네 목소리를 못 잊는다."

기린이 말했다.

"화내지 마세요, 아저씨. 돈을 벌게 해드리러 왔으니까."

쉬성 앞에 다시 나타난 기린은 지난 십 년 사이에 엄청난 뚱보가 돼서 목이 아예 없어졌고 반질반질한 양복 차림에 넥타이까지 매고 있었다. 쉬성이 그간 어떻게 지냈느냐고 묻자 그는 말했다.

"몇 년간 여러 사람한테 밉보이는 바람에 다른 성에 가서 장사를 했어요. 벌기도 하고 잃기도 하다가 저장성의 사장 밑에 들어가서 한 부서를 맡았죠."

"비커, 그 짐승 같은 놈은?"

"5년 전에 살해당했어요. 구체적으로 무슨 일이 있었는지는 나도 잘 몰라요."

"죗값을 치른 거지. 그런데 어떻게 돈을 벌게 해준다는 거야?"

"옛날에 나도 페놀 작업장 기계 조작공이었잖아요. 지금 이쪽 제품들은 다 국제적으로 공급이 달리고 우리 중국 화학 공업 제품이 경쟁력이 있어요. 앞으로 중국은 세계의 가공 공장이 될 거예요. 아저씨가 저장성에 가서 보면 단박에 아실 거예요."

"나는 국제적인 일 따위에는 관심 없어."

"우리 사장은 억만장자예요. 사장이 페놀 공장에 투자하려고 마음먹었는데 무슨 둥순유한공사 따위는 그 사람 안중에도 없어요. 어쨌든 나는 페놀 공장에 다닌 경험이 있어서 앞으로 그 공장의 책임자가 될 거예요. 사장한테 무상으로 지분도 받을 테고. 그러니 지금 가장 급한 일은 아저씨를 모시는 거예요. 이미 다 들었어요. 아저씨랑 덩 기사의 화려한 전적을. 벌써 두 사람이 쑤샤오둥을 죽기 직전까지 몰아붙였더군요."

"너를 못 믿겠어. 워낙 나쁜 짓을 많이 해서."

"아이고, 아저씨. 제발 함부로 말하지 마세요. 우리 사장이 얼마나 나를 믿는데요. 혹시 아저씨가 사장 앞에서 그런 말을 하면 내가 뭐가 되겠어요? 아저씨가 하기 싫다면 덩 기사를 찾아가겠어요."

"그렇다면 나와 하는 게 낫긴 해."

"바로 그거예요. 그래서 돈을 벌어드리겠다고 한 거고. 안 그러면 덩 기사한테 돈을 벌게 해주는 거죠 뭐."

"돈이라는 건 아무리 벌어도 충분치 않군."

"아저씨. 옛날에 아저씨한테 입은 은혜를 난 잊지 않았어요. 아저씨는 좋은 사람이에요."

쉬성은 고개를 끄덕였다.

"사장과 만날 테니 준비해줘. 나는 덩 기사를 찾아가지."

기린은 그러겠다고 하고 한 가지를 부탁했다.

"앞으로 나를 기린이라고 부르면 안 돼요. 앞에서든 뒤에서든 꼭 창_常 사장이라고 불러야 해요."

"그러고 보니 네 성이 뭔지 잊고 있었네그려."

"창 씨잖아요, 창 씨!"

집에 돌아가서 쉬성은 덩쓰셴에게 전화를 걸었다. 이야기를 듣고 덩쓰셴이 말했다.

"이 일이 성사되면 천 기사, 큰 몫은 네 거야. 네가 받은 일이니까."

그 일은 규모가 정말 컸다. 저장성의 사장이 예상하는 생산능력은 둥순유한공사와 거의 막상막하였다. 그리고 투자 비율에 따라 계산할 때 쉬성과 덩쓰셴은 설계비로 50만 위안을 받을 수 있었다. 두 사람은 항저우로 건너가 사장을 만나서 현장 도면과 사진을 확인하고 여러 업무에 관해 이야기를 마친 뒤, 집에 돌아와 다시 도면 작성에 몰두했다. 족히 두 달 만에 도면이 다 나왔을 때 덩쓰셴이 말했다.

"내 생각에 이번에는 쑤샤오둥이 눈물깨나 짜겠는데."

반백의 두 노인은 도면통을 메고 여행 가방을 든 채 장거리 침대 버스에 몸을 싣고 저장성으로 향했다. 차에 올랐을 때 하늘에서 봄우뢰가 울리는 소리를 듣고 쉬성은 속으로 생각했다.

'위성이 나를 배웅하는 소리로군. 위성이 세상을 떠난 지도 벌써 삼 년이 됐네.'

저장성 일대는 산수가 수려하고 빗줄기 속에 모든 것이 몽롱해 보였으며 언덕마다 차나무가 가득했다. 두 사람은 봄소풍 나온 초등학생처럼 기분이 근사했다. 중간에 작은 마을에서 쉬어 갈 때는 각자 노점에서 특제 룽징차龍井茶를 한 근씩 사기도 했다. 노점 주인은 유리잔도 하나씩 끼워주면서 거기에 찻잎을 넣고 뜨거운 물을 부어 그들에게 맛보라고 했다. 두 사람이 차를 마시며 버스가 떠나기를 기다리는데 덩쓰셴이 손가락으로 가까운 곳을 가리켰다. 거기에는 승용차 한 대가 서 있었고 쉬성은 그 차가 쑤샤오둥의 것임을 알아보았다. 뜻밖에 둥순유한공사의 쑤 회장도 그곳에 온 것이다.

잠시 후, 쑤샤오둥이 운전기사와 함께 화장실에서 나와 차에 오르려 했다. 그런데 갑자기 뭔가를 느꼈는지 고개를 돌렸고 쉬성과 덩쓰셴을 발견했다. 그는 아는 체도 안하고 물끄러미 보기만 했다. 쉬성과 덩쓰셴은 유리잔을 들어 차를 한 모금 마셨다. 유리잔이 얼굴을 가리고 눈만 드러내주었다. 봄날의 싸늘한 대기 속에서 세 늙은이가 서로를 마주보자 차가운 살기가 감돌았다. 잠시 후, 쑤샤오둥이 찻잎을 사려고 노점 쪽으로 오는 것을 보고 쉬성이 노점 주인에게 말했다.

"한 근에 10위안에 파세요."

노점 주인이 말했다.

"아이고, 무슨 농담을 그렇게 하세요. 이건 한 근에 100위안인 걸요."

쉬성의 생각을 읽은 덩쓰셴이 쑤샤오둥을 가리키며 맞장구를 쳤다.

"저 사람은 한 근에 2편分*으로 공장 하나를 다 샀거든요."

쑤샤오둥이 차를 타고 떠나자 덩쓰셴이 말했다.

"저놈은 이제 자본가야. 듣자 하니 아들은 벌써 미국에 갔다던데."

"좋아. 그렇게 자본가를 원하니 우리, 저놈한테 자본가들을

* 1편은 1위안의 100분의 1이다.

잔뜩 선사해주자고."

버스는 저장성 남부까지 달렸다. 원저우溫州에 가까워질 때쯤에는 사람들이 나누는 사투리가 무슨 뜻인지 전부 이해가 갔다. 기린이 직접 차를 몰고 마중 나와 두 사람을 어느 호텔에 묵게 했다. 그리고 먼저 시내 구경을 시켜주었는데 넓지 않은 면적에 금속 가공 공장이 대단히 많았다. 전문적으로 전통 도검과 우산을 만드는데 무척 여유로워 보였다. 쉬성은 꽤 괜찮다는 생각이 들었다.

'공장을 아주 가난한 농촌에 지으면 원가 절감이야 되겠지만 직공들 수준이 떨어지니까.'

호텔 방으로 돌아와서 기린이 도면을 요구하자 덩쓰셴이 말했다.

"현장을 보는 건 괜찮지만 이걸 가져가는 건 안 되지. 계약금 10만 위안은 네가 이미 치렀지만 우리도 도면을 다 그렸잖아. 가져가려면 나머지 40만 위안을 줘야지."

"그런 법이 어디 있어요, 덩 기사. 만일 도면을 잘못 그렸으면 어쩌고요?"

덩쓰셴이 차갑게 웃으며 말했다.

"그런 식으로 내 기분을 상하게 하면 또 어쩌려고?"

"나는 일을 관리하지 돈을 관리하지는 않아요. 우리 사장이 먼저 도면을 받아와서 대학의 전문가한테 검증을 받아야 일을 착수할 수 있다고 그랬단 말이에요. 그 전까지는 돈을 더 줄 수 없어요."

쉬성이 말했다.

"우리는 이미 상의를 끝냈어. 너희 회사는 워낙 강력해서 도면만 갖고 우리를 따돌리는 건 어려운 일이 아니거든. 이 두 통의 도면은 50만 위안짜리야. 계약서에 그렇게 쓰여 있잖아."

기린은 골치 아파하며 전화를 걸러 밖으로 나갔다. 덩쓰셴이 조용히 쉬성에게 물었다.

"쉬성, 이 일은 어쨌든 네가 끌어온 거잖아. 최저로 얼마를 받을지 생각해봤어?"

쉬성도 조용히 답했다.

"최저 20만. 그 정도만 받으면 저놈들이 우리를 내쳐도 괜찮아. 내치면 우리가 시험 생산을 할 필요가 없으니 위험이 줄어들잖아. 괜히 이리 뛰고 저리 뛰며 골치 썩을 필요도 없다는 거지."

"딴에는 꽤 실속이 있는걸."

기린이 들어와서 말했다.

"사장이 10만 위안을 더 준대요. 내일 직접 눈앞에서 줄 거예요. 두 분은 도망가면 안 돼요. 도면에 문제가 있으면 여기서 고쳐요. 우리 회사에서 좋은 술과 담배로 잘 모실 테니. 여름에 공장을 짓기 시작할 때 현장 지도를 그려 오면 그때 또 10만 위안을 줄 거예요. 시운전을 성공하면 나머지도 싹 치를 거고요. 그

밖에 직공 교육비도 있고 또 임금은 공장에서 일주일 일할 때마다 5000위안이에요."

쉬성과 덩쓰셴은 서로 눈빛을 교환했다. 옆에서 기린이 재촉했다.

"어르신들, 이 정도면 최고 대우라고요. 우리 사장도 인내심에 한계가 있고요."

쉬성은 고개를 끄덕였다.

"그러면 너를 한번 믿어보지, 기린."

"여기서는 내 별명을 부르면 안 된다고 했잖아요!"

저녁 식사를 하러 갔을 때 기린은 사장이 대접을 잘 하라고 했다며 해산물 요리 몇 가지를 주문했다. 덩쓰셴과 쉬성은 다 처음 먹어보는 요리였지만 입에 잘 맞았다. 이어서 종업원이 솥뚜껑만 한 크기의 동물을 한 마리 가져왔다. 역시 처음 보는 동물이었다. 기린이 말했다.

"투구게라고 해요. 동해 특산물이죠."

그는 사오싱紹興 황주黃酒를 몇 잔 들이켜고는 음흉한 미소를 지으며 또 말했다.

"해산물은 보양에 좋아요. 먹고 나면 양기가 왕성해지죠. 아, 두 분 화내지 마세요. 저녁에 깜짝 놀랄 일이 있을 거예요."

쉬성과 덩쓰셴은 각자의 방으로 돌아갔다. 쉬성이 침대에 모로 누워 텔레비전을 보고 있는데 누가 문을 두드렸다. 그가 문을 열고 누가 왔는지 채 보기도 전에 미니스커트를 입은 아가씨가 잽싸게 들어와 뒤로 방문을 잠갔다. 그녀는 하얀 운동화를 신고 작은 바구니를 들고 있었다. 쉬성은 놀라 한 걸음 뒤로 물러나며 물었다.

"당신은 누구죠?"

아가씨가 키득키득 웃으며 말했다.

"나는 안마사예요."

쉬성이 서둘러 말했다.

"나는 안마사를 안 불렀는데요."

"창 사장님이 벌써 계산을 다 마쳤어요."

안마사는 부드럽게 밀어 쉬성을 침대 위에 쓰러뜨렸다. 쉬성이 옷을 움켜쥐고 일어나려 하자 그녀가 말했다.

"선생님, 연세도 많으신데 고집부리지 마세요. 그러다가 어디 삐기라도 하면 어쩌시려고요."

쉬성은 사람을 부를까 하다가 마음을 바꿨다. 이런 일로 사람을 부르면 체면이 상할 게 뻔했다. 그래서 몸을 몇 바퀴 굴려 안마사에게서 멀리 떨어졌다. 안마사가 말했다.

"벗어요."

"나는 못 벗어."

"안 벗으면 내가 어떻게 안마를 해요?"

"기린, 이 개 같은 놈. 나는 못 벗어."

안마사가 속상해하며 또 말했다.

"벗으라니까요."

"못 벗는다니까."

"흑, 창 사장님이 나한테 시킨 일이란 말이에요."

그때 쉬성은 침대 머리맡으로 삐걱삐걱 소리가 전해지는 것을 들었다. 옆방의 덩쓰셴은 못 참고 벌써 시작한 것이다. 방음이 너무 안 좋아서 소리가 다 들렸다. 쉬성은 속으로 생각했다.

'덩쓰셴 이 녀석, 아무튼 옛날부터 의지가 약했다니까.'

쉬성은 벽을 두드리며 소리쳤다.

"덩 기사, 네가 몇 살인데 아직 이래?"

덩쓰셴의 들뜬 목소리가 들렸다.

"우리는 겨우 쉰 살이 조금 넘었을 뿐이라고, 쉬성!"

안마사가 그를 확 끌어안으며 말했다.

"벗어요, 쉬성."

35

저장성에 가서 쉬성은 국제적인 가공 공장의 면모도 보고 거액의 돈도 손에 넣었다. 더구나 늙은 바람둥이로 타락하기까지 해서 오는 내내 양심의 가책으로 침울해했다. 옆에서 덩쓰셴이 그를 위로했다.

"쉬성, 남자가 오랜만에 한번 풍류를 즐기는 건 나쁜 일이 아니야."

"나는 홀아비니까 이론적으로 그렇다 치고, 그럼 너는?"

"나는 좀 고민이 되지. 집에 호랑이 마누라가 있고 내가 벌어다주는 돈도 다 자기가 관리하니까. 마누라는 나한테 통 자상하지가 않아. 해주는 음식도 맛이 없고. 게다가 내 몸에서 페놀 냄새가 나서 싫대. 내가 공장에서 일하긴 하지만 그래도 지식인이고 추구하는 바가 있는데도 말이야. 마누라는 나를 노동자처럼 부려먹고 진즉에 감정이 사라졌어."

"네 마누라가 자상하고 따뜻했어도 너는 안마사랑 놀아났을 것 같은데."

"하긴 그래."

"보통 남자들은 다 그렇다고."

"너는 스스로 명분을 찾았군그래."

"기린이 돈을 다 치렀지만 난 추가로 500위안을 줬어."

"뭘 좀 아는군. 그 아가씨들은 집이 다 가난하거든. 자선을 베 푼 셈이야."

"그 아가씨들도 뭔가 올바른 일을 하고 살아야지."

덩쓰셴이 피식 웃었다.

"올바른 일? 페놀 공장에 일하러 오면 네가 받아줄 거야? 그 아가씨들도 평생 안마사를 할 생각은 없어. 내가 물어봤지. 돈을 좀 벌면 고향에 돌아가서 시집가고 가게를 열겠대. 그러니까 네 가 가르치려들 필요는 없어. 다 올바른 사람이 될 거라고."

버스가 시내에 도착해 두 사람은 차에서 내려 먼저 화장실로 달려갔다. 덩쓰셴은 이때 자기가 늙었다는 생각이 들었다. 전립 선이 온전치 않은 것이다. 그런데 누가 옆에서 갑자기 덩쓰셴을 툭 쳤다.

"어린 녀석이 머리가 다 하얘졌군."

두 사람이 돌아보니 바로 전임 서기였다.

일흔 살이 훌쩍 넘은 서기는 남은 머리칼이 몇 가닥 안 됐고 양복 차림에 가죽 가방을 메고 있었다. 성 소재지에 가는 중이라고 했다. 쉬성이 무슨 일로 가느냐고 묻자 서기는 말했다.

"쑤샤오둥이 국유 재산을 착복한 것에 관해 이미 증거를 다 찾아놓았지. 전에 신고를 했는데 위에서 듣는 둥 마는 둥 하더라고. 요즘 내 친척이 성의 고위 간부로 올라갔기에 다시 신고하러 가는 거야. 쑤샤오둥을 반드시 끌어내려야지."

쉬성이 말했다.

"서기님, 벌써 일흔 살이 훨씬 넘으셨잖아요."

"늙었어도 나서야만 해. 공장은 내 자식이나 마찬가지인데 저렇게 억울하게 내버려두는 건 도리가 아니지."

덩쓰셴이 말했다.

"서기님, 승전보를 기다릴게요. 쑤샤오둥 그 비열한 자식이 붙잡혀서 혼쭐이 나고 있다는 소식을요."

"두 사람이야 쑤샤오둥하고 사적인 원한이 있지만 나는 없어. 모두를 위해 나서는 것일 뿐이야. 가방을 메고 성 소재지까지 고발하러 가니 나도 늙은 거지가 됐군그래."

세 사람은 길가에 앉아 서로의 근황을 물었다. 쉬성과 덩쓰셴은 둘 다 솔직히 얘기 못 하고 그냥 찻잎을 사러 저장성에 다녀왔다고만 했다. 서기는 그들을 힐끗 보고는 담담하게 말했다.

"두 사람이 파트너가 돼서 돈을 적잖이 벌었다던데."

쉬성이 말했다.

"조금 벌기는 했죠……."

"공장의 나이 든 직공들도 빼갔다면서?"

이번에는 덩쓰셴이 말했다.

"생활이 나아지라고 도와준 거죠……."

서기는 탄식했다.

"그러면 됐어. 두 사람은 돈을 벌었으면 허투루 쓰면 안 돼. 주식도 사지 말고 꼭 집을 사도록 해. 우리 집 근처의 집들은 작년에 1제곱미터에 600위안이었는데 올해 벌써 800위안까지 뛰었더군. 공장에서 분배한 주택은 내가 잘 아는데 건축 품질이 나빠서 두 사람이 늙을 때까지 못 살아. 새 집을 사서 노후를 보내게."

쉬성이 말했다.

"꼭 명심하겠습니다."

서기는 일어나서 가방끈을 고쳐 맨 뒤, 고개를 흔들며 마치 어린 건달을 대하듯 그들을 힐끔 보고서 가버렸다. 쉬성은 마음이 괴로웠다. 서기는 일흔이 넘은 나이에 머리카락도 몇 가닥 없는데 등에 가방을 멨고 그 안에 든 것은 전부 고발 자료였다.

쉬성은 도면통을 메고 집에 돌아갔다. 통에서 지폐 다발을 쏟아 위성의 사진 앞에 놓고 그만 넋을 잃었다.

쉬성은 말했다.

"위성. 나 저장성에 가서 큰돈을 벌어왔어."

"푸성의 학비가 생겼어. 혼수도 생겼어."

"투구게라는 걸 먹었어. 당신은 본 적도 없을 거야."

"번 돈으로 새 집을 살까 해. 이 집은 세를 주고. 나랑 같이 이
사 가자."

마지막으로 쉬성은 잠깐 생각하고 다시 말했다.

"안마사 일은 알려고 하지 않는 게 나아. 앞으로 다시는 그런
일 없을 거야."

위성은 외면한 채 여전히 웃으면서 창밖만 바라보고 있었다.
이미 위성은 너무나 멀리 가버렸다.

그날 밤, 쉬성은 꿈을 꾸었다. 꿈에서 사부와 건성 그리고 이
런저런 사람들을 잔뜩 만났다. 그들은 우르르 달려와 쉬성을 때
렸다. 쉬성은 온몸이 시큰시큰 아파 깨어났는데 날이 아직 밝기
전이었다. 그 꿈속에는 위성이 없었다. 그를 때린 사람들만 있었
다. 쉬성은 곰곰이 생각했다.

'내가 죽더라도 위성을 찾기가 어려울 수도 있겠네. 만약 위성
을 못 찾으면 죽는 게 무슨 큰 의미가 있지?'

며칠 뒤. 둥순유한공사에서 황黃 과장이 찾아왔다. 쉬성이 모
르는 사람이었다. 쉬성은 그를 부엌에 앉게 했지만 그는 오만한
사람이어서 앉지 않고 선 채로 말했다.

"회장님은 당신에 대해 이미 알고 있소. 법원의 소환장을 기다리시오."

"내가 무슨 죄를 졌는데요?"

"당신은 공장의 기술 특허를 침해했소."

요 몇 년 사이 세상 물정에 밝아진 쉬성은 금세 파악하고 차갑게 대꾸했다.

"나는 퇴직한 늙은이여서 공장이든 회사든 관련이 없어요. 뭘 생산하지도 않고. 그런데 내가 어떻게 당신네 특허를 침해했단 말이죠?"

황 과장이 잠시 어리둥절하다가 겨우 말했다.

"당신은 회사의 기술 자료를 빼갔소."

"나는 둥순유한공사의 도면은 단 한 장도 가져간 적이 없어요. 사실대로 말하자면 둥순유한공사의 작업장은 내가 설계한 것이라 그것들은 내 머릿속에 있죠. 그러니까 남에게 알려주는 건 내 권리란 말입니다. 당신들, 언제 나와 비밀 엄수 계약을 맺은 적이 있나요? 입막음 비용을 낸 적이 있느냐 이 말이에요."

황 과장은 아무 말도 못했다. 쉬성은 또 말했다.

"나는 국가의 공장을 위해 도면을 설계했지만 그 공장은 지금 쑤샤오둥의 회사가 됐죠. 돌아가서 그 사람한테 말해요. 내가 기분만 내키면 그 도면을 전 세계 자본가들에게 무료로 보여주겠다고."

"당신, 너무 방자하군그래."

쉬성은 일어나서 황 과장을 내쫓았다. 그가 돌아간 후, 쉬성은 덩쓰셴에게 전화를 걸었고 덩쓰셴은 껄껄 웃었다.

"쑤샤오둥 이 개새끼가 아마 나한테도 찾아오겠군. 내가 그놈들에게 묻지. 대체 무슨 논리로 이러느냐고. 우리가 설계한 작업장을 놈은 푼돈으로 사들여 자기 걸로 만들고서 지금 그러는 거야. 우리가 평생 연구한 기술이 다 자기 것이라고."

"앞으로 어떡하지?"

"쉬성, 우리는 이미 목숨을 걸었어. 나한테 어떻게 해야 하느냐고 묻지 마. 마음대로 해. 그리고 알려줄 게 있는데, 이번 분기 둥순유한공사의 생산량과 판매량이 아주 곤두박질쳤어. 기술 좋은 직공들은 전부 우리가 설계한 공장으로 달아났고. 지금 둥순유한공사는 일등품 생산 비율이 낮아서 무역 회사들이 제품을 받으려고 하지 않아. 이등품은 팔수록 손해고."

"덩 기사, 우리가 하는 일은 대체 좋은 일이야, 나쁜 일이야?"

"우리가 만든 공장은 제품의 품질도 좋고 직공들도 돈을 많이 벌잖아. 사장들도 직공들을 존중하고. 그 밖에 적어도 농민 500명의 취업 문제도 해결해줬고. 우리는 국가를 위해 공헌한 거야."

쉬성은 탄식했다.

"너는 그렇게 말하는데 국가에서도 인정해줄지 모르겠어."

"어쨌든 복수를 했잖아. 나는 쑤샤오둥이 땅도 팔고 공장도 팔아치우는 것을 앉아서 기다릴 거야."

쉬성은 아무래도 안전을 위해 이사해야겠다고 생각했다. 그래서 이튿날 바로 은행에 가서 돈을 인출해 서기의 집 근처에 있는 집 한 채를 10만 위안에 샀다. 길 건너편에 파출소가 있어서 신고하기가 쉽고 감옥도 가까웠다. 집은 3층이어서 빛이 잘 들어오고 창밖으로 작은 강도 보였다. 무엇보다도 그곳은 화학 공장과 멀리 떨어져 있어서 더 이상 그 현기증 나는 냄새가 나지 않았다.

36

그해 겨울, 저장성의 화학 공장이 벌써 다 지어지고 시운전이 코앞으로 다가왔다. 쉬성과 덩쓰셴은 또 장거리 버스를 타고 가장 큰 돈벌이를 하러 떠났다.

쉬성이 덩쓰셴에게 말했다.

"덩 기사, 이번 일만 끝나면 우리, 손을 털 수 있겠네."

"무슨 소리야, 계속해야지. 나는 집에만 있으면 재미없다고. 저장성이 놀기 좋던데."

"너, 아직도 안마사를 생각하고 있구나."

"쉬성, 너와 나는 오랜 세월 함께 일했잖아. 같은 사무실에서 얼굴을 마주보면서 말이야. 나는 너와 함께한 세월이 마누라와 함께한 세월보다 길어. 때로는 네가 내 마누라가 된 것 같다니까."

"헛소리 좀 작작 해."

"이번에는 기린한테 좀 좋은 호텔을 잡아달라고 해야겠어. 적어도 방음 시설 하나는 괜찮은 데로 말이야."

"덩 기사, 너를 안 지 삼십 년이 됐지만 네가 이렇게 자유분방한지는 몰랐어. 게다가 조금 저속하기까지 하다고."

"내 인생은 너무 힘들었어. 젊었을 때는 감옥에도 다녀왔지. 생산파괴죄로 고발을 당해서 말이야. 마누라의 관계도 여의치 않았는데 감히 이혼도 못 했어. 나는 나름 배운 사람이고 원래는 낭만적이었지. 하지만 감옥에 다녀와보면 너도 알 거야. 니미럴, 여자에 대해 아무 욕심도 없어져. 그냥 시집만 와주면 그만이라고. 결국 나는 살아온 인생이 온통 후회뿐이야. 그래서 다시 낭만적으로 살고 싶다고."

"덩 기사, 하지만 그 여자들은 안마사일 뿐이야."

덩쓰셴은 눈을 감고 웃었다. 쉬성은 그가 또 환상에 빠졌음을 알았다. 젊었을 때 그는 사무실에 앉아서 늘 의자 등받이에 기댄 채 짧고 야한 노래를 흥얼거리곤 했다. 그러다가 누가 들어오면 즉시 자세를 바로잡았다. 아마도 당시 그의 머릿속에는 각양각색의 여자들이 스쳐갔을 것이다.

버스가 반쯤 갔을 때, 덩쓰셴은 침대에서 내려와 가방에서 물건을 꺼내려 했다. 그런데 물건을 꺼내고 가방을 만지던 그의 손이 갑자기 말을 듣지 않았다. 덩쓰셴은 겨우 고개를 들어, 꾸벅꾸벅 졸고 있던 쉬성을 향해 불분명한 목소리로 말했다.

"쉬성, 나, 살려줘."

쉬성이 눈을 떴을 때, 덩쓰셴은 풀썩 쓰러졌다.

쉬성이 침대에서 내려오자 덩쓰셴은 마지막으로 그를 보았다. 젖은 눈이 애처로워 보였고 이미 대화는 불가능했다. 쉬성은 그가 중풍에 걸린 것을 알고 서둘러 그의 손을 붙잡았다. 덩쓰셴은 쉬성의 손을 꼭 붙들고 호흡이 거칠어지다가 조금씩 의식을 잃었다.

그 버스는 승객이 네댓 명밖에 없고 위치가 산속이어서 치료할 방법이 없었다. 중풍에 관해 조금 아는 사람이 말했다.

"그대로 놔두고 몸을 옆으로 뉘여요. 계속 말을 걸어서 정신이 들게 하고요."

쉬성은 계속 쭈그리고 있다가 나중에는 지쳐서 덩쓰셴 옆에 앉았다. 그리고 그의 손을 붙잡고 이름을 불러 깨우려 했다.

"덩 기사, 우리 이번에 큰돈을 벌 거야."

"왜 아직 집을 안 샀어? 서기님이 그러셨잖아, 집을 사라고."

"덩 기사, 나 혼자 어떻게 시운전을 하라는 거야, 자신이 없다고."

"덩 기사, 안마사를 생각해. 낭만적으로 살 수 있어. 내가 다시는 뭐라고 안 할게."

두 시간 뒤, 버스가 정류장에 도착했을 때 덩쓰셴은 아기처럼 자고 있었다. 그는 병원으로 옮겨졌지만 이튿날 숨을 거뒀다.

쉬성은 혼자 새 공장에 갔다. 그 공장은 으리으리했다. 파이프가 쭉쭉 뻗어 있고 반응탑은 하늘 높이 솟아 있었으며 하나같이 새것인 설비마다 일련번호가 선명했다. 그리고 직공들은 모두 건장한 젊은이였고 화학 검사원과 기술직원은 대졸자가 아닌 사람이 없었으며 각종 보호 용품도 잘 갖춰져 있었다. 실로 국제화된 대기업 같았다. 쉬성은 마음속으로 생각했다.

'덩 기사, 네가 이것들을 못 보다니 정말 유감이야.'

시운전 날, 쉬성은 작업장 앞에 탁자를 깔고 그 위에 술 세 잔을 놓은 다음, 단정한 옷차림으로 향 세 대를 피웠다. 그는 줄줄이 여러 이름을 읊다가 덩쓰셴의 이름도 추가했다.

"여러분, 저를 보살펴주세요. 저 혼자 돈을 벌게 돼서 정말 죄송해요. 여러분한테 신세를 지는 건 이번이 마지막이에요."

그날은 사장이 사무실에서 기다리고 있었을 뿐만 아니라 기린도, 무역 회사 화물차도 기다리고 있었다. 제품이 나왔고 모두 일등품이었다. 곧 화물차가 그것들을 싣고 떠났다. 무역 회사 직원이 말했다.

"축하드립니다. 둥순유한공사가 전국 최대의 페놀 생산 기지가 되겠다고 그랬었는데 다 수포로 돌아가겠군요."

쉬성이 물었다.

"그 회사는 어떻게 될 것 같나요?"

"거의 끝장났어요."

쉬성은 그제야 실감이 났다.

'내가 정말 우리 공장을 문 닫게 했구나.'

그 후로 한동안 쉬성은 공장에서 설비 테스트를 책임졌고 직공들도 가르쳤다. 직공들은 그를 매우 존중했지만 그는 마음 한 구석이 허전했다. 덩쓰셴이 잘못된 후로 기린은 더 이상 감히 안마사를 부르지 못했다. 그랬다가 혼자 남은 노인네까지 침대 위에서 죽을까 두려웠기 때문이다. 공장은 순조롭게 돌아갔고 쉬성은 가끔 작업장을 한 바퀴씩 거닐었다. 마음이 흡족하면서도 왠지 쓸쓸했다.

어느 날 그는 작업장을 돌다가 작업복을 입은 한 청년이 밸브를 발로 차는 것을 보았다. 마침 그 옆에 있던 기린도 그 광경을 보고 청년을 불러 혼쭐을 냈다.

"이런 짓을 하면 감옥에 가야 돼."

"잘못했습니다. 창 사장님."

기린은 흥분해서 계속 욕을 했다.

"못 믿겠나 보군. 분명히 못 믿을 거야. 하지만 내가 있던 공장에서는 발로 밸브를 차면 감옥에 간다는 걸 모르는 사람이 없었어."

"저는 감옥에 가고 싶지 않아요. 창 사장님."

"너는 해고야. 임금은 줄 테니까 받고 꺼져."

쉬성이 다가가 기린을 달래고서 그 청년에게 물었다.

"왜 밸브를 찼지?"

"그게 편해서요. 허리를 굽힐 필요가 없으니까요."

"그 말이 맞기는 해. 하지만 이 밸브는 함정이야. 찬 사람을 감옥으로 보내지."

그 청년의 이름은 린푸셴 林福先이었다. 4년제 대학 졸업생으로 공장의 수습 기술직원이었지만 실제로는 기계공이었다. 쉬성은 그를 감싸주고 데리고 나가 밥도 사주었다.

"너는 화공과 졸업생인데 왜 국영 기업이나 외국 기업에 안 가고 저장의 이 산골에 와서 일하는 거지? 이곳 생활은 무료하고 배울 것도 별로 없는데 말이야."

쉬성의 물음에 린푸셴이 대답했다.

"선생님, 저희 집은 내륙의 농촌에 있고 찢어지게 가난해요. 저는 대학에 다닐 때 줄곧 아르바이트를 해야 했어요. 그래서 전공 공부도 잘 못 하고 영어 실력도 안 좋아서 일자리를 찾기가 어려웠어요."

"부모님은 다 농민이신가?"

"어머니는 일찍 돌아가셨고 아버지는 농민이 맞아요. 옥수수와 감자 농사를 조금 지으세요."

"안됐군그래. 삼십 년 전 내가 처음 사부님을 뵈었을 때, 그분은 나를 가엾게 여기고 아낌없이 기술을 가르쳐주셨어. 너는 원래 나한테 설계를 배워야겠지만 나는 이론적인 수준이 화공과를 졸업한 너보다 낮지 않아. 네가 원한다면 기계 조작법을 가르쳐 줄 수는 있어. 경험 많은 기계공도 꽤 대접을 받지. 너는 천천히 작업장 관리를 할 수 있게 될 거야. 하지만 기계 조작을 잘 못하면 다 탁상공론에 공염불일 뿐이야. 관리할 자격이 없지."

린푸셴은 벌떡 일어나 쉬성에게 허리를 숙였다.

"감사합니다, 사부님."

"다시는 밸브를 차면 안 돼."

린푸셴은 상당히 영민해서 쉬성의 가르침을 받고 기계 조작 수준이 빠르게 높아졌다. 쉬성은 전에 공장 생활을 하며 퇴근 후 목욕탕에 가서 목욕하는 습관이 생겼는데, 이곳에서는 바깥의 대중목욕탕에 갔고 린푸셴이 그와 함께했다. 과거에 공장에서는 제자가 사부의 등을 밀어주곤 했지만 지금은 그럴 필요가 없었다. 쉬성은 돈이 넉넉해서 세신사를 불러 등을 밀게 했다. 린푸셴이 옆에서 기다리고 있는 것을 보고 쉬성이 말했다.

"너도 등을 밀렴."

린푸셴이 조금 난처해하자 쉬성은 또 말했다.

"내가 돈을 내줄게."

"사부님이 돈을 내는 건 규칙에 안 맞습니다."

"세상에 무슨 놈의 규칙이 그렇게 많아? 우리는 다 보통 직공이야. 공장에서는 사부와 제자지만 목욕탕에 와서는 둘 다 목욕하러 온 손님일 뿐이라고."

쉬성은 또 말했다.

"우리 사부님은 정말 좋은 분이셨지. 내가 작업화를 수령하게 도와주셔서 당신은 한 켤레밖에 없는데 나는 두 켤레가 있었지. 내가 보조금을 받는 것도 도와주셔서 덕분에 나는 처음으로 자전거를 살 수 있었어."

"그다음에는요?"

"그다음에는 딸도 내게 주셨어."

"와, 그러면 사부님도 딸이 있나요?"

쉬성은 웃으며 말했다.

"나도 있기는 한데 안타깝게도 성질이 나빠서 그 애를 감당할 만한 남자가 없어."

"창 사장님이 그러시는데 사부님이 옛날 공장에서 명망이 대단하셨다더군요."

"젊었을 때 나는 공장을 좋아해서 마치 내 집처럼 여겼어. 기술자는 밖에서는 강아지만도 못해. 딱 공장에서만 가치를 인정받지. 그런데 점점 공장을 안 좋아하게 됐어. 사람이 한평생을 한 공장에서, 그것도 페놀 작업장 한곳에서 사는데 직공 중에 삼분의 일이 퇴직하자마자 암에 걸리는 거야. 이 비율은 수십 년간 떨어진 적이 없다고. 그 사람들은 다 너무 고통스럽게 살았어.

푸셴, 너도 기회가 생기면 밖에 나가 한번 살펴봐."

"알겠습니다."

"나는 집에 돌아가야겠어. 위성이 보고 싶어."

쉬성은 돈이 담긴 도면통을 메고 혼자 떠났다. 그날은 린푸셴
이 정류장까지 그를 바래다주었다.

"사부님, 이곳을 그만두게 되면 찾아뵐게요. 계속 저를 가르
쳐주세요. 함께 다니면서 설계를 하고 싶어요."

"웃기는 소리. 나 같은 늙은이가 너한테 뭘 가르쳐? 그리고 앞
으로는 설계도 안 할 거야. 또 내가 너를 데리고 있으면 딱 늙은
거지가 어린 거지를 데리고 있는 꼴이어서 보기가 안 좋아."

쉬성은 차에 오르며 린푸셴의 어깨를 두드렸다.

"직접 세상을 겪어봐."

37

쉬성은 집에 돌아가지 않고 도면통을 멘 채 버스를 타고 이곳
저곳을 돌아다녔다. 어느 날에는 해변에 도착했는데 마침 시간
이 정오였다. 그는 속으로 생각했다.

'내 이름에 물 수水 자가 있는데도 여태 바다에 와본 적이 없
네. 강만 배를 타고 건너다니고. 너무 재미없게 살았어.'

그는 백사장에 앉았다. 먹구름이 머리 위 하늘에 머물러 있었
다. 파도 소리가 들릴 줄 알았는데 들리지 않았다. 바다는 조용
했고 먹구름도 조용했다. 쉬성은 말했다.

"위성, 내 인생이 어디에 머무를지 나도 잘 모르겠어."

곧 여름방학이어서 쉬성은 푸성을 데리러 갔다. 대학 기숙사
에 가보니 같은 과 친구가 푸성이 운동장에 있다고 했다. 쉬성이

가보니 푸성은 러닝셔츠와 반바지를 입고 미친 듯이 트랙을 달리고 있었다. 운동화는 지저분했고 다리는 더 길어진 듯했다. 쉬성을 보고 푸성이 손을 흔들었다.

"아빠, 안녕."

그녀는 한 바퀴를 다 돌고서 달리기를 멈췄다.

푸성이 쉬성에게 물었다.

"요즘 어디 갔었어?"

"여기저기 마구 돌아다녔어."

푸성은 그의 도면통을 받아 뚜껑을 열고서 한쪽 눈을 감고 속을 들여다보았다.

"와, 정말 돈이 들었네."

"돈은 도면통 안에 넣고 다니는 게 가장 안전해. 몸에 갖고 있는 돈을 다 쓰면 그 안에서 조금 꺼내 쓰지. 이번에 돌아다니면서 돈을 얼마나 썼는지 모르겠네."

이때 안경을 쓴 남학생 하나가 푸성을 따라오다가 돌부리에 발끝이 차여 휘청거렸다. 쉬성이 말했다.

"저 애는 왜 저러는 거냐?"

푸성이 비웃으며 말했다.

"저 애는 머리가 조금 안 좋아. 그냥 가자."

"지금 너를 따라다니는 거 맞지?"

"웃기는 녀석이야."

거리가 멀어진 다음에 푸성은 또 말했다.

"속이 콩알딱지만 한 녀석이야. 화도 잘 내고 인색해서 1위안
도 쓰기 아까워해. 나는 쟤를 좋아하지 않아. 특히 중국인의 그
쩨쩨한 근성을 안 좋아한다고."

"옛날에는 1위안이면 참깨빵을 꽤 여러 개 사먹을 수 있었어.
사람이 배가 고파 곧 죽을 것 같아도 참깨빵 하나만 먹으면 금세
기운이 돌아오지. 그럴 때는 쩨쩨하다는 소리를 들어도 어쩔 수
없어."

"아빠랑 나랑 완전히 다른 얘기를 하고 있잖아."

두 사람은 짐을 정리하고 장거리 버스를 타고서 집으로 출발
했다. 그런데 도중에 갑자기 타이어에 펑크가 났다. 쉬성은 엉
덩이 밑에서 무언가가 울리는 느낌이 들었고 버스는 곧 앞머리
를 꺾어 끼익하고 밭에 멈춰 섰다. 운전기사는 안색이 창백해졌
으며 차 안 가득했던 승객들은 우르르 밖으로 나갔다. 쉬성은 십
년감수했지만 푸성은 아무렇지도 않은 듯 밭에서 잠자리를 잡고
있었다. 쉬성이 투덜거렸다.

"전에 국도에서 타이어 펑크 사고를 본 적이 있는데 차도 많
이 부서지고 인명 피해도 있었어. 내가 여기 멈춰 선 건 별일이
아닌데 너까지 더해지니 왠지 손해가 막심한 것 같군."

푸성이 먼 곳을 가리키며 말했다.

"스양 읍에 온 것 같아."

쉬성이 좀 보더니 말했다.

"정말 스양 읍이네. 이 차는 금세 고쳐지지 않을 테니 투건이나 보러 가자꾸나."

두 사람은 읍내에 도착했다. 모래바람이 자욱하고 나뭇잎마다 가득 먼지가 묻어 있었으며 멀리서 기계 울음소리가 들리는가 하면 대형 트럭이 돌을 싣고 지나갔다. 안쪽으로 더 들어가니 수많은 인부가 무리를 지어 앉거나 쪼그린 채 그 작은 읍을 완전히 점령한 상태였다. 그들은 짙은 남색 작업복을 입고 안전모를 썼으며 등판에는 아주 낯익은, '둥순東順'이라는 두 글자가 찍혀 있었다. 그 밑에는 'DONGSHUN'이라고 병음 자모*도 있었다.

쉬성이 한 인부에게 물었다.

"둥순유한공사가 여기서 뭘 하죠?"

"이곳의 산 하나를 샀어요. 돌을 캐려고요."

"그 회사는 화학 공업 기업이잖아요."

"이제는 그룹이에요. 돈만 생기면 뭐든지 하죠. 산을 개발해 돌을 파는 게 더 짭짤해요. 요즘 건축 자재가 아주 품귀거든요. 회장은 부동산에도 투자했어요."

쉬성은 어떻게 된 일인지 짐작하고 푸성을 끌고서 읍내 깊숙이 들어갔다. 그쪽은 조금 조용했다. 잠시 후 투건의 작은 공장

---

* 한자의 발음을 표기하기 위해 쓰이는 중국식 알파벳 결합

을 찾아 들어가니 직공도 없고, 개도 없고, 기계도 반이 줄어든
채 전부 멈춰 있었다. 투건은 혼자 계단 위에서 울고 있었다.

"투건 형."

쉬성이 부르는 소리에 투건은 그를 보고 고개를 끄덕였지만
울음을 멈추지 않았다. 쉬성이 물었다.

"형, 무슨 일이야?"

투건은 더 마음 아프게 흐느꼈다. 푸성이 다가가서 투건을 툭
차며 물었다.

"투건, 울다가 머리가 어떻게 된 거예요?"

투건이 놀라서 말했다.

"너도 나를 투건이라고 부르냐?"

"왜요? 아저씨 이름이 투건이잖아요. 이름이 마음에 안 들면
바꾸시든가."

투건은 엉엉 대성통곡을 했다.

쉬성은 한 번 쓱 훑어보고 알았다. 투건의 공장은 이미 망한
상태였다. 투건이 그에게 말했다.

"내 아들 창성이 화근이었어."

"창성이 무슨 사고를 쳤는데?"

"도박을 했어."

올해 벌써 스무 살이 된 창성은 중학교만 졸업하고 집에서 놀
다가 자기가 무슨 재벌 이세인 줄 알고 근처의 한량들과 어울렸

다. 그러면서 마작과 포커에 빠졌고 반드시 도박을 해야 재미를 느꼈지만 번번이 돈을 잃기만 했다. 처음에는 판돈이 수십 위안 정도였으나 나중에는 수백, 수천 위안이 되었다. 재산이 많은 투건도 감당할 수 없는 규모였다. 더구나 창성은 능력도 없는 주제에 욕심은 많아서 갓 스무 살 나이에 공장을 물려받고 투건을 은퇴시키려 했다. 투건은 이를 거부했지만 공장은 이미 엉망진창이 됐다. 얼마 안 있어 직공들까지 전부 달아나는 바람에 투건이 직접 일을 해야만 했다.

"아침에 차를 몰고 가서 원료를 가져오라고 보냈는데 중간에 또 도박을 하러 가서 다 잃었지 뭐야."

투건의 하소연을 듣고 푸성이 말했다.

"걔한테 돈을 주니까 당연히 다 잃어야 직성이 풀리는 거잖아요."

"돈을 주긴 뭘 줘. 원료를 저당 잡히고 도박을 한 거야."

푸성은 한숨을 쉬었다.

"그러면 앞으로는 화물도 못 나르게 하세요."

투건이 울먹이며 말했다.

"아예 차까지 다 날렸는데 뭐."

그때 밖에서 우당탕퉁탕 소리가 들리더니 입이 뾰족하고 뺨이 홀쭉한 젊은이가 담배를 문 채 어깨를 흔들며 들어왔다. 바로 창성이었다. 그가 아직 덜 여문 목소리로 앙칼지게 물었다.

"투건, 생각 좀 해봤어요?"

투건이 푸성의 바지통을 붙잡고 창성을 가리키며 말했다.

"보라고. 쟤도 나를 투건이라고 부르잖아."

푸성이 다가가서 멱살을 거머쥐자 창성이 비명을 질렀다. 그녀는 오른손으로 창성의 턱을 붙잡고 투포환을 던지듯 문가에 내팽개쳐버렸다. 투건이 자기 허벅지를 치며 타박을 했다.

"왜 내 아들을 때리는 거야?"

푸성이 소매를 걷고 위풍당당하게 투건을 돌아보며 말했다.

"아저씨 아들은 덜 맞아서 철이 안 든 거라고요."

투건은 머리가 어지러워 기어가서 푸성의 다리를 부여잡고 말했다.

"내 아들을 때리면 너랑 사생결단을 낼 거야."

푸성은 어쩔 도리가 없었다. 다시 투건을 툭툭 차며 말했다.

"울지 말아요. 아저씨 아들은 벌써 토꼈으니까."

그날 오후, 투건은 차차 정신이 들고 기분도 안정돼서 푸성을 보고 또 기뻐하며 말했다.

"푸성이 대학생이 됐구나. 내가 너 학비 내는 것도 도와줬는데 나를 좀 보러 오지 그랬니."

"그래도 마음속으로는 늘 생각했다고요."

쉬성도 옆에서 거들었다.

"맞아. 푸성이 차에서 내리자마자 여기가 스양 읍인 걸 알아

보더라고."

투건은 또 울음을 터뜨렸다.

"나는 평생 배운 것도 없는데 푸성은 대학생이라니, 지금 나는 너무 기뻐서 우는 거야. 내 아이 넷 가운데 딸 셋은 아이 낳는 것 말고는 아무것도 할 줄 모르고 아들 하나도 도박 말고는 아무것도 할 줄 아는 게 없어."

푸성이 물었다.

"앞으로 어쩔 거예요?"

"괜찮아, 숨겨둔 돈이 좀 있거든. 공장은 못 열겠지만 노후를 보내기에는 충분해. 내 묘도 아버지, 어머니 옆에 잘 만들어놓았잖아. 삼촌하고도 붙어 있고."

"걱정 마세요. 방학도 했으니 며칠 있다가 창성을 타이르러 올게요."

"오늘은 이미 늦었으니 두 사람은 읍내에서 자고 가. 푸성아, 내 마누라도 보고 가야지. 그 사람은 그래도 네……."

투건은 여기까지 말하고 쉬성의 눈치를 봤다. 쉬성이 말했다.

"푸성한테 물어보는 게 맞지. 푸성도 다 컸으니까."

푸성은 정색을 하고 말했다.

"투건, 쉬성, 두 분은 다 내 아빠예요. 인정해요. 하지만 엄마는 리위성 한 분뿐이에요. 다른 사람은 없어요. 관음보살이 나를 엄마한테 보냈다고요. 내 이름도 엄마가 지어주셨고요. 엄마는 내가 언청이였던 것도, 내가 여자아이인 것도 싫어하지 않았어요. 사실 나는 원래 열등감이 조금 있었는데 엄마가 어떻게 자존감을 갖고 사는지 가르쳐주었어요. 엄마는 배운 것도 얼마 없고 출신이 안 좋은데도 자신에 대한 자부심이 컸거든요. 만약 내가 아주머니를 만나러 가면 엄마가 저승에서 신경질을 낼 것 같아요."

그날 밤, 쉬성과 푸성은 읍내의 작은 여관에 묵었다. 바깥에서 부르릉대는 자동차 소리가 끝없이 들려왔다. 쉬성은 마음이 불안했지만 옆방의 푸성은 벌써 곤히 자고 있었다. 결국 이야기 나눌 사람이 없어 혼자 여관을 나섰다. 과거에 스양 읍은 저녁만 되면 칠흑처럼 컴컴했는데 이제는 가로등과 헤드라이트가 교차하며 희고 어슴푸레한 빛을 비쳤다. 하지만 길에는 한 사람도 보이지 않았다. 쉬성은 걷고 또 걸었다. 귀에서 위성이 쉬성, 하고 부르는 소리가 들리는 듯했다. 또 아빠가 쉬성아, 하고 부르는 소리도 들리는 듯했다. 그는 몇 년간 아빠의 목소리를 떠올려본 적이 없었다. 쉬성은 더욱더 처량한 기분으로 여관에 돌아와 누웠고 다시 한밤중까지 잠을 설쳤다.

이튿날 아침, 투건이 같이 아침을 먹으러 찾아갔을 때, 여관 앞에서 셔츠와 반바지 차림의 아가씨가 휙 하고 뛰어오는 것을 보았다. 도로의 황토가 그녀의 발밑에서 날렸고 운동화는 여전히 지저분했다. 그녀가 시집을 갈 수 있으리라고는 도저히 생각할 수 없었다. 투건은 자기 눈이 의심스러워 뒤를 쫓으며 "푸성아, 푸성아"하고 소리쳤다. 하지만 푸성은 무시하고 쏜살같이 읍내를 빠져나갔다.

투건이 쉬성을 붙잡고 물었다.

"저 애가 왜 저 꼴로 뛰어나간 거야?"

쉬성이 하품을 하며 말했다.

"쟤는 아침에 조깅하는 걸 좋아하거든. 그래서 내가 집까지 화학 공장이 없는 곳으로 옮겼잖아. 여기 읍내는 먼지가 많아서 산길을 뛴다던데."

"무슨 산길?"

"형 묘가 있는 그 산길."

"아니 재수 없게 왜 하필 거기를 가. 하긴 괜찮을 거야. 거기 묻힌 사람들은 다 우리 친척이니까."

"푸성이 그러더군. 산꼭대기까지 올라가 형 무덤에 인사하고, 다시 내려와 형한테 인사를 하겠다고."

투건은 생각할수록 불안해서 쉬성을 끌고 함께 읍내를 나와 그 산 밑에 섰다. 장밋빛 셔츠를 입은 푸성의 그림자가 멀리 산길 위에 어른거렸다. 구불구불한 그 산길을 암사슴처럼 잘도 달렸다. 두 사람은 서로를 붙잡은 채 고개를 들고 그녀를 바라보았다. 그녀는 갈수록 높아져서 세상에 그녀를 묶어둘 수 있는 것은 아무것도 없는 듯했다. 투건이 말했다.

"쉬성, 우리는 다 헛살았어. 창성은 쟤와 비교하면 한 마리 돼
지새끼로군."

38

쉬성이 예순이 되던 해에 꿈을 꿨는데 꿈속에서 위성이 편안히 땅에 묻히고 싶다고 했다. 쉬성은 말했다.

"나는 당신과 함께 묻히려고 했는데."

위성이 웃으며 말했다.

"당신은 한참 더 살 거잖아."

"그러면 동지까지는 묻어줄게."

쉬성의 말에 위성은 그럴 필요는 없다고 했다.

쉬성은 위성이 자기만의 생각이 있을 것이라고 짐작했다. 그래서 깨어난 뒤 투건에게 전화를 걸어, 재작년 산 위에 사두었던 작은 묏자리를 당장 쓸 수 있느냐고 물었다. 투건이 깜짝 놀라 다그쳐 물었다.

"너 무슨 일이라도 생긴 거야?"

"아무 일도 없어. 그냥 이제 위성을 매장해야 할 것 같아서."

쉬성은 투건에게 석재와 인부를 준비해달라고 부탁했다.

쉬성은 혼자 장의사에 들러 철제 상자에서 위성의 유골함을 꺼냈다. 그 안에 들어가 있은 지 벌써 거의 십 년이었다. 쉬성은 무릎을 꿇고 위성에게 절을 하고서 붉은 천으로 유골함을 꽉 묶고 다시 삼베로 싼 뒤, 양쪽으로 매듭을 지어 목에 걸었다. 그런 차림이다보니 택시가 태워주려 하지 않았다. 따로 차를 임대하는 것도 번거로워서 쉬성은 그냥 장거리 버스를 타고 강변으로 향했다.

쉬성은 죽은 사람의 영혼이 유골함을 따라다닌다던 위성의 이야기가 떠올랐다. 영혼은 야외에 나가면 길을 잃어버리기 때문에 유골함을 안고 있는 사람이 계속 방향을 안내해야 한다고도 했다. 산과 다리와 모퉁이를 지날 때마다 일일이 얘기해주면서 매장할 곳에 이르러야 영혼도 그곳에 다다를 수 있다고 위성은 가르쳐주었다.

그래서 쉬성은 가는 내내 중얼거렸다.

"위성, 앞에서 다리를 건너."

"위성, 모퉁이를 돌았어."

"위성, 페놀 공장을 지났어. 하지만 거기는 벌써 문을 닫았어."

"위성, 부두에 도착했어. 강을 건널 거야."

장거리 버스가 천천히 기선 위에 올랐고 쉬성은 차에 탄 채 다갈색 차창 너머로 바깥을 바라보았다. 구름이 유난히도 선명해서 한 점 한 점 하늘에 새겨져 있는 듯했다. 뒤를 보니 페놀 공장의 굴뚝과 건물은 이미 사라지고 그 자리에 강을 따라 고층 아파트가 지어지고 있었다. 쉬성은 은근히 걱정되었다.

'저 아파트는 바보들한테 사기를 치겠군. 아는 사람은 다 아는데 말이야. 화학 공장 부지는 오염이 너무 심해서 백년 내에 거기서 사는 사람은 암에 걸리기가 쉽다는 걸.'

쉬성은 버스에서 내렸다. 햇빛이 쨍쨍했다. 그는 위성의 유골함을 안은 채 난간에 기대어 강물과 강물에 덮인 사주沙洲를 바라보았다. 강물이 한 겹 한 겹 밀려들고 또 밀려갔다. 쉬성 옆에는 회색 승복을 입은 스님이 서 있었다. 역시 나이가 거의 예순 가까이 돼 보였다. 무슨 까닭인지 쉬성은 그 스님이 낯설지 않아 몇 번이나 훔쳐보았고 스님의 머리에 희미한 흉터 자국이 일곱 군데 있는 것을 발견했다. 그것은 향 자국이 아니었다. 요즘 스님들은 옛날처럼 머리에 향 자국을 남기지 않았다. 또 그 일곱 개의 흉터는 정수리에 무질서하게 흩어져 있었다. 쉬성은 한참 그것을 바라보다가 불쑥 스님의 옷소매를 잡아챘다.

"너는 내 동생 원성이구나."

스님도 고개를 돌려 쉬성을 보았다. 두 사람은 얼굴이 매우 비숫했다. 스님은 한참 멍하니 있다가 입을 열었다.

"형, 쉬성 형."

쉬성이 급히 물었다.

"아빠는?"

"아빠는 돌아가신 지 벌써 오십 년이 됐어. 엄마는?"

"마찬가지야."

쉬성은 아침에도 울지 않았고 오전에도 울지 않았지만 이때는 갑자기 왈칵 눈물이 흘러내렸다. 기선은 여전히 강 위를 천천히 움직이고 있었다. 쉬성은 바닥에 쪼그리고 앉았고 동생도 쪼그리고 앉아 그가 우는 것을 지켜보았다. 쉬성이 말했다.

"윈성아, 내가 어떻게 너를 알아봤는지 알아? 네 머리의 흉터를 보고 알았어. 너는 그 일곱 개의 흉터가 어떻게 생겼는지 아니?"

동생은 고개를 흔들었다.

"기억이 안 나."

쉬성은 말했다.

"그해, 마을 사람들은 전부 배가 고파 미칠 지경이었어. 누구집 굴뚝에 연기가 나면 생산대장이 바로 사람들을 데리고 찾아갔지. 어느 날 아빠가 나를 데리고 마을 식당에 먹을 것을 찾으러 갔는데, 사실은 훔치러 간 것이어서 잡히면 맞아 죽을 게 뻔했지. 그래도 아빠는 무서워하지 않았어. 마침 식당에 사람이 없어서 아빠는 뒤지고 또 뒤지다가 어느 포대에서 메주콩을 찾았어. 딱 일곱 알이었지. 내가 그걸 움켜쥐고 먹으려니까 아빠가 그랬어. 생콩을 먹으면 설사를 한다고. 그러면 안 먹는 것보다 더 큰일이라고 말이야. 아빠는 그 메주콩 일곱 알을 집으로 가져가 솥에 넣어 볶았어. 겨우 일곱 알인데도 솥 안에서 이리저리 굴리니까 콩 냄새가 솔솔 풍겨서 먹고 싶어 죽을 지경이었지. 바로 그때 생산대장이 사람들을 데리고 왔어. 아빠는 너무 급해서 그 콩들을 움켜쥐었지만 어디에 숨겨야 할지를 몰랐어. 그때 너도 옆에 있었는데 아빠는 네 모자를 벗기더니 콩을 그 안에 넣고 다시 모자를 네게 씌웠어. 너는 엉엉 울음을 터뜨렸지. 생산대장은 아무리 찾아도 먹을 것이 안 나오니까 네가 왜 우는지 아빠한테 묻더군. 아빠는 배가 고파서 운다고 그랬고. 생산대장이 가자마자 우리는 네 모자를 벗겼는데 콩이 너무 뜨거워서 네 정수리에 물집이 일곱 군데 잡혔지 뭐야. 그 물집들이 나중에 전부 흉터가 된 거야."

동생이 물었다.

"콩은 어쨌어?"

"나눠 먹었어. 너 두 알, 나 두 알, 엄마 세 알."

"아빠는 한 알도 안 드셨구나."

이번에는 쉬성이 물었다.

"그동안 너는 어디 있었던 거야?"

"한마디로 다 설명하기 힘드니까 천천히 얘기해줄게. 아빠가 돌아가신 후 노스님 한 분이 나를 거둬 길러주셨어. 그분은 나를 다른 성으로 데려가셨지. 그분이 입적하신 뒤에는 혼자 스님 노릇을 할 수가 없어 탄광에서 석탄을 캤고. 탄광 일은 너무 힘든 데다 위험하기까지 해서 운 나쁜 사람들은 목숨을 잃기도 했어. 나는 평생 결혼도 안 하고 돈을 조금 모아 다시 여기로 돌아왔어. 벌써 오십 년이 흘러서 조금 돌아다녀보긴 했지만 형이 어디 있는지 알 수가 없더라고."

"그런데 너는 왜 또 스님이 된 거야?"

동생이 빙그레 웃더니 다시 말했다.

"나는 가짜 중이야. 둥순유한공사라는 데가 있는데 이 지역의 대기업이니까 틀림없이 형도 알 거야. 그 회사가 여기서 토목공사를 크게 벌이고 있어. 부지를 사서 별장을 짓고 농지는 다 평평하게 닦는 중이지. 그런데 거기 회장이 갑자기 5000만 위안을 투자해서 강변에 절을 지었어. 그리고 절에서 일할 사람을 모집하기에 머리를 밀고 중이 되었어. 출근도 사찰로 하고 잠도 사찰에서 자지. 내 법명은 혜생慧生이야."

"둥순 그 회사는 나쁜 짓을 엄청나게 많이 했는데 공덕을 쌓으려고 절을 지은 건가?"

"역시 돈벌이야. 이곳 현縣*에 절이 하나도 없어서 전에는 불공드리러 다들 강 건너 시내로 가야 했잖아. 게다가 요즘 다들 부유해지고 먹고사는 게 안정돼서 시주할 돈이 넉넉해지기도 했고. 투자한 5000만 위안은 삼사 년이면 다 회수될 거야. 그래서 2차 개발에 1억 위안을 더 추가한다고 하더군."

쉬성은 탄식하고는 엄마는 어떻게 세상을 떠났고 삼촌은 또 어떻게 세상을 떠났는지 이야기했다. 그리고 자기는 지금 위성을 매장하러 스양에 가는 길이라는 것도 이야기했다. 동생이 말했다.

"아미타불. 사는 것도 고통이고 죽는 것도 고통이니 인간사 모든 것이 다 고통이야."

기선은 직선으로만 운행하지는 않았다. 어떤 사주 근처에 이르러서는 크게 원을 그리며 물결을 따라 나아갔다. 쉬성이 중얼거렸다.

"위성, 배가 빙 돌아가고 있어. 나를 바짝 따라와야 해."

그와 동생은 갑판 위에 선 채 음료수를 사서 마셔가며 계속 이야기했다.

쉬성이 물었다.

"아빠는 어떻게 돌아가셨어?"

"아빠는 우리가 강을 건너려고 기다리던 그곳, 바로 저 나루터에서 돌아가셨어."

---

* 성省 아래 속한 지방 행정 단위로 군에 해당된다.

동생은 강 건너편을 가리키며 말했다.

"그때 나는 아직 어려서 다 기억이 나지는 않아. 아빠가 나를 업고 나루터에 도착한 건 기억이 나지만. 그때 나루터에는 나무배밖에 없었어. 우리는 강변에 도착하자마자 민병들에게 제지를 당했지. 우리가 강을 건너려는 걸 알고 못 건너게 한 거야."

"그러고 나서는?"

"어느 낡은 건물에 갇혔어. 안에는 굶어 죽기 직전인 사람들이 가득했어. 우리는 안에서 쪼그리고 있었는데 역시 먹을 것은 없었고 그렇게 얼마나 오래 기다렸는지 잘 모르겠어. 아빠가 그러셨어. '이 사람들이 우리한테 먹을 걸 줄 리가 없어'라고. 아빠는 담 구멍 하나를 찾아 밤에 손으로 그걸 파서 넓히고 또 말씀하셨어. '원성아, 구멍이 아직 작지만 정말 더는 못 파겠다. 여기로 기어나가라'라고. 내가 그 구멍 밖으로 나간 다음에는 '원성아, 밖에 풀하고 나뭇잎이 있거든 내가 먹게 좀 따서 주려무나'라고 하셨어. 내가 마구 따서 드렸더니 또 그러셨지. '원성아, 들킬지도 모르니 그만 따. 그리고 온 길로 다시 돌아가. 길만 잘 기억하고 있으면 엄마와 형을 따라잡을 수 있을 거야'라고. 하지만 나는 너무 어려서 길이 기억나지 않았어. 아빠는 울면서 말씀하셨어. '원성아, 잘 봐서 네가 갈 수 있는 곳이면 어디든 가려무나. 여기로 다시 들어오면 안 돼. 내일 아침이면 아빠는 죽을 거거든. 네가 들어오면 내가 죽는 걸 보고 있어야만 해'라고. 나는 야음을 틈타 도망쳤고 한참을 헤매다 그 노스님을 만났어. 그때 나는 '엄마와 형을 찾으러 가야 해요'라고 말했어. 하지만 노스님은 '가지 마라. 나하고 같이 가자'라고 하셨지. 그분이 먹을 것을 주시기에 나는 얼른 따라나섰어. 가면 갈수록 멀어졌고."

"그러면 너도 아빠가 어떻게 돌아가셨는지 못 봤구나."

"못 봤어. 하지만 아빠가 극락왕생하신 것은 분명해."

"사람들한테 물어보니 그러더라. 그해에 강변에 갔던 사람들은 죄다 사라졌대. 어디로 갔는지도 모르고 시체도 없었대."

동생이 강 건너편을 가리키며 말했다.

"돌아오고 나서 어떤 사람한테 물어봤지. 저 부두가 옛날에 배로 강을 건너던 그곳이냐고. 이쪽에서 저쪽으로, 또 저쪽에서 이쪽으로 사람들은 바로 저곳에서 강을 건너다녔어."

"원성아, 나는 아빠가 돌아가신 곳에 가봐야겠어."

"오십 년이 지났어. 나도 겨우 어렴풋이 기억할 뿐이야. 오늘 절로 돌아가는 길에 형하고 같이 가보도록 하지."

"원성아, 가짜 중 노릇은 안 하면 안 되겠니? 내 딸은 지금 선전深圳에서 일을 해서 나 혼자 사는 게 무척 적적해. 와서 나와 함께 살아도 괜찮아."

동생은 고개를 흔들었다.

"가짜 중이긴 하지만 나는 마음속으로 귀의한 지 이미 오래야. 절에 사는 것도 웬만큼 마음에 맞고. 더는 속세의 삶을 살고 싶지 않아. 인생의 고통을 충분히 맛보았으니까."

쉬성이 차갑게 웃으며 말했다.

"둥순유한공사의 절에서 무슨 귀의를 한다는 거야? 거기도 가짜 절일 뿐이라고."

"세상에는 원래 진짜 절, 가짜 절의 구분은 없어. 언젠가 누더기를 입은 할머니를 본 적이 있지. 두 다리를 다 못 쓰는 분이셨어. 그런데 현에 절이 생긴 것을 알고 기어서 불공을 드리러 왔더라고. 산문山門 앞에서 그 할머니가 경건하게 절을 하는데 무척 행복해 보였어. 절은 가짜여도 그 할머니의 경건함과 행복은 진짜였어. 진짜 절, 가짜 절의 구분은 다 허망한 거야."

쉬성은 한참 동안 침묵을 지켰다. 동생과 오십 년이나 헤어져 있었는데 의외로 할 얘기가 더 이상 없었다. 그래도 동생이 살아 있어서 좋다는 생각이 들었다. 또 한참 뒤, 기선이 조용히 정박했다. 쉬성과 동생은 부두 위에 올라서서 주위를 둘러보았다. 이때 동생이 말했다.

"북쪽으로 더 가야 할 것 같아."

쉬성은 장거리 버스를 타는 것을 포기하고 동생을 따라나섰다. 강을 따라 오솔길로 걸어가며 역시 입속말로 중얼거렸다.

"위성, 모퉁이를 돌았어."

시멘트 공장을 지난 뒤, 풍경이 점점 황량해졌다. 사방이 다 갈대숲이고 발밑의 땅도 축축해졌다.

동생이 말했다.

"여기인 것도 같은데 역시 확실치는 않아. 옛날에 집이 있다가 나중에 다 밀어버렸나봐."

"더 앞으로 가보자."

삼십 분쯤 더 갔을 때 동생이 말했다.

"앞이 바로 절이야."

그 일대는 갈대가 높이 자라서 시선을 가렸다. 쉬성이 말했다.

"더 안 가련다. 둥순유한공사의 절에는 한 발자국도 안 들어갈 거야."

"아미타불. 생사를 간파하고 집념을 내려놓도록 해."

동생의 권유에도 쉬성은 고개를 흔들었다.

"더 이상 얘기하지 마."

바람이 불어 갈대가 소리를 내며 흔들렸다. 쉬성은 눈을 감고 더 많은 소리를 들으려 했다.

"아빠, 아빠를 만나러 왔어요."

한참을 기다렸지만 역시 바람 소리뿐이었다. 사람의 머리카락이 훑고 지나가듯 작은 벌레들이 얼굴을 스쳤다. 쉬성은 눈을 뜨고 눈두덩을 비비면서 동생에게 말했다.

"너는 절에 돌아가야 하니까 여기서 헤어지자."

"절에 할 일이 남아 있고 출근 도장도 찍어야 해. 원래는 같이 스양 읍에 가는 게 맞는데."

"건강해라."

쉬성은 전화번호와 주소를 남겼다. 동생은 두 손을 모아 합장하고 불호를 왼 뒤, 갈대밭을 가로질러 떠났다.

쉬성은 홀로 돌아갔다. 가다가 다시 돌아보니 먹구름이 강 위로 솟아오르며 점점 짙어졌다. 정오를 알리는 절의 종소리가 꿈인 듯 생시인 듯 연이어 들려왔다. 쉬성은 그 소리가 멈추고 흩어질 때까지 제자리에 잠자코 서 있었다. 세상의 모든 시끄러운 소리가 한꺼번에 모여드는 듯했다. 그리고 지금까지 자기가 단 한 가닥의 위로도 얻어본 적이 없는 것 같다고 생각했다.

쉬성은 허리를 숙여 흙을 한 줌 움켜쥐고 가만히 목에 걸린 삼베천 속에 쑤셔 넣으며 중얼거렸다.

"위성, 아빠, 모퉁이를 돌았어."

"위성, 아빠, 나를 따라와야 해, 스양 읍까지."

"위성, 아빠, 바짝 따라와, 길을 잃지 않게."

후기

나는 수필을 쓰는 것도 서문을 쓰는 것도 서툴다. 만약 누가 내게 실제 이야기를 잘 말해보라고 한다면 나는 소설을 읽는 것이 더 낫다고 말해주고 싶다. 그러나 허구의 이야기를 읽을 때도 때로는 작은 어려움에 부딪치곤 한다. 너무 알쏭달쏭해서 글자만 보고 대강 뜻을 짐작해야 할 때도 있고, 가학적인 작가가 마치 세금을 걷듯 독자들에게 저마다 고통스러웠던 과거를 떠올리게 할 때도 있다.

소설 한 편을 쓰고 작가가 굳이 나서서 자기가 쓴 것이 실화임을 강조하면 그 소설은 엉망이 돼버린다. 나보코프도 일찍이 그런 사례를 비웃은 적이 있다. 가끔 예외도 있기는 하다. 소설『황금시대黃金時代』에서 왕샤오보王小波는 뇌수가 길거리에 쏟아지는 장면에 대해 "이 이야기는 지어낸 것이 아니다. 내가 왜 이런 이야기를 지어내겠는가?"라는 말을 덧붙인 적이 있다.

이런 글쓰기 방식은 소설에서 대단히 보기 힘들고 다른 더 좋은 방법이 생각나지 않을 만큼 훌륭하다. 물론 왕샤오보가 허구에 능한 작가여서 이렇게 쓸 자격이 있는 것이기도 하다.

언젠가 나는 잡지 『수확收穫』의 위챗 공식 페이지에 『자비』에 관한 글을 실은 적이 있다. 그것은 비교적 잘 쓴 수필이었는데 편집자는 여전히 소설의 악습이 남아 있다고 말했다. 나는 다시 썼고 그 글이 좀더 사실 같아졌기를 바란다. 하지만 별로 나아진 것 같지는 않다.

1990년대 말, 우리 집은 알거지가 되었다. 아버지는 직위 해제를 당할까봐 미리 퇴직했고 어머니는 병으로 퇴직해 집에 있은 지 벌써 여러 해였으며 나도 놀고 있었다. 우리 집 통장의 돈은 내 스쿠터 한 대를 사주기에도 모자랐다. 그때는 내 청년 시절이면서 기본적으로 파산에 처한 공황의 한가운데였다. 몇 년간 놀고 먹었고 과거에 나를 미친 듯이 때렸던 삼류 기술자 출신의 내 아버지는(소설에서 묘사한 적이 있다) 한때 길거리에서 남녀노소에게 사교댄스를 가르친 멋쟁이 중년 남성이었지만(역시 소설에서 묘사한 적이 있다) 결국 분연히 일어나 마작을 하기로 결심했다.

어머니는 그의 기본 능력으로 춤, 마작, 설계를 들었다. 그는 과거에 어느 낡은 화학 공장의 모범 기술자로서 도면을 아주 잘 그렸다. 이 기술이 아니었다면 그는 앞의 두 능력 때문에 노동 교화소에 끌려갔을 것이다. 이제 국가가 더 이상 그의 설계 능력을 필요로 하지 않아서 그는 퇴직했고, 춤도 어느새 사회 전체에 춤 못 추는 사람이 없게 되어 강습비를 벌 수 없었다. 이제 그에게 남은 것은 마작뿐이었다.

그때는 벌써 여기저기 마작방이 생겨서 합법적으로 적은 판돈의 도박을 즐기는 게 가능해졌다. 마작방 손님들은 주로 길거리의 할아버지, 할머니들이었다. 아버지는 거기에 가서 운을 시험해보기로 결심했다. 그런데 어머니는 이성적인 사람이어서 세상에 항상 이기는 도박꾼은 없으며 대부분은 빈털터리가 되어 집으로 돌아간다는 것을 알고 있었다. 특히 우리 집의 판돈은 곧 반찬값이어서 하루 돈을 날리면 그날은 맨밥만 먹어야 했다.

그러나 아버지는 어머니를 난처하게 한 적이 없었다. 매일 오후, 마작방에 앉아 몇 시간의 전투를 치르고 나면 꼭 수십 위안의 돈을 손에 넣었다. 그런 마작은 할아버지, 할머니들이 작은 판돈에 목숨을 걸고 겨루는 것이어서 수십 위안을 따는 것은 상당히 힘든 일에 속했다. 어떤 날은 100위안을 따는 바람에 상대방이 목을 맬까 두려워 일부는 잃어줘야 했다. 나중에 아버지는 내게 말했다.

"나는 여섯 살 때부터 마작을 했단다. 우리 고모가 도박장을 했거든."

매일 저물녘에 어머니는 부엌에서 복도 입구를 바라보며 아버지가 돈을 갖고 돌아오기를 기다렸다. 그 돈은 이튿날 우리 집의 반찬값이었다. 아버지는 무척 열심이어서 어머니를 실망시킨 적이 없었다. 언제나 휘파람을 불며 돌아오곤 했다. 우리 집은 가장 무시무시했던 그 실업의 시대를 그렇게 견뎌냈고, 몇 해가 지나자 어머니처럼 고지식한 사람도 남편의 도박으로 생활을 유지하는 것을 용인하게 되었다. 그녀가 삶에 대해 이미 얼마만큼 실망했는지 나는 알 수 있었다.

이 이야기는 그야말로 소설보다 더 훌륭하지만 아쉽게도 나는 소설 속에 묘사하지 못했다. 잔인한 느낌이 들 만큼 너무 황당해서 차마 이야기할 염치가 없었기 때문이다. 무거운 역사의 서사 앞에서 이런 가벼운 것들은 줄곧 내 눈앞에 어른거리기만 하고 결코 그 무거움 속에 녹아들지 못했다.

『자비』는 신념에 관한 소설이지 복수에 관한 소설이 아니다. 이것은 내 자신의 견해다. 자비 그 자체는 결코 정의의 힘이 아니며 관용적이지도, 이성적이지도 않다. 그것 역시 역사의 무거움에 휩쓸려간 이데올로기다. 하지만 우리가 역사를 이기고, 망각하고, 용서하려고 시도할 때 나는 여전히 마작을 하던 아버지의 표정이 떠오른다. 거기에 자비는 그야말로 털끝만치도 없었다. 아버지는 절이나 사당은 다 가짜라고 믿었다. 마작방이야말로 잠시 구원을 얻을 수 있는 곳이라고 여겼다.

한번은 누가 나의 삼부작*이 '벽돌' 소설이라고 비웃었는데 아무래도 벽돌은 너무 창피한 것 같다. 만약 내가 칼처럼 날렵하고 예리한 소설을 쓸 수 있다면 그런 견해를 바꾸고 나 자신도 다소 만족할 수 있을 것이다.

이상을 후기로 삼으며 나의 모든 편집자에게 감사를 표한다.

---

* 2014년 간행된 루네이의 『소년 바빌론少年巴比倫』 『그녀를 쫓는 여정追隨她的旅程』 『천사는 어디에 추락했나天使墜落在哪裏』를 뜻한다. 소년 루샤오루路小路의 청춘을 소재로 한 성장소설로 세 권을 합해 982쪽에 달한다.

나를 귀 기울이게 만드는 작가, 루네이

1

2014년 초, 41세의 늦깎이 소설가 루네이는 오랜만에 고향인 쑤저우蘇州에 가서 혼자 사는 고희의 아버지와 환담을 나누다가 흥미로운 이야기를 들었다. 한때 국영 페놀 공장의 설계사였던 아버지가 젊은 시절의 경험담을 들려준 것이다. "옛날에 내가 공장에서 동료들에게 보조금을 많이 타주었지." 아버지 말에 따르면 1960년대에서 1970년대에 걸쳐 이어진 '대기아' 시대에도 그 보조금 덕분에 그의 공장에서는 굶어 죽은 사람이 없었다. 당시 많은 이가 매달 5위안, 10위안씩 나오는 보조금에 의지해 그 힘든 세월을 버텨냈다는 것이다.

"그리고 1980년대에 직공대표자협의회가 생기면서 보조금을 받는 직공의 수가 폭발적으로 증가했지만 1990년대가 돼서는 공장이 문을 닫으면서 보조금이라는 것도 없어져버렸어."

아버지의 이야기를 듣고서 루네이는 줄곧 고민했다. 보조금이라는 이 특수한 시대의 특수한 제도가 도대체 어떤 사회적 의미가 있을까? 이 협소해 보이는 소재에서 결국 그는 영감을 얻었다. 그러나 소설을 쓰기 시작하자마자 커다란 난제에 부딪쳤다. 어떻게 직관적이면서도 방대한 이 소재를 처리하느냐는 방법상의 문제였다. 보조금은 파고들면 파고들수록 어마어마한 이야깃거리를 품고 있었다. 그는 전 세대 직공들을 취재하면서 그들이 보조금에 관해 저마다 장편소설 한 권 분량의 사연을 털어놓는 것을 보고 경악했다. 결국 그가 본래 능했던 '대하소설식'으로 30~40만 자의 장편을 쓸 것인지, 아니면 최대한 간추려서 중단편을 쓸 것인지 선택의 기로에 놓였다. 한참을 망설이다가 루네이는 절충해서 12만 자 분량의 경장편을 쓰기로 결심했다.

하지만 문제는 그게 전부가 아니었다. 중화인민공화국 건국 초부터 1990년대에 이르는, 아버지 세대의 50여 년에 걸친 역사는 그가 직접 겪어보지 못한 과거였다. 그 시대의 국외자로서 상상력만으로 어떻게 진정성을 확보할 수 있을지가 그에게는 또 다른 고민이었다. 결국 루네이는 절제된 방식으로 그 시대와 거리를 유지하기로 했다. 대기아 시대에 아버지의 죽음과 어머니와 동생의 실종을 겪은 주인공의 처참한 기억을 루네이는 과장도, 선동도 하지 않고 담담히 따라가는 방식을 택했다. 장편 『자비』는 그의 이런 기술 방식에 따라 쓰였고 이로 인해 형성된 이 작품 속 이야기의 스타일을 훗날 문단에서는 '낯빛 하나 변하지 않는 참혹함'이라고 명명했다. 이 '낯빛'은 작중 인물들의 것이기도 하고 루네이의 분신인 숨은 화자의 것이기도 하다. 인물들은 걷잡을 수 없이 빠르게 자신들을 휩쓸고 가는 개인적·역사적 비극의 조류 속에서 미처 '참혹한 낯빛'을 표출할 새도 없이 스러져가고, 화자 역시 조용히 경건하게 그들의 족적을 좇는 것만이 마치 자신의 종교적 소임인 듯 시종일관 무표정한 필체를 유지한다.

그런데 아무리 아버지와 다른 늙은 직공들의 증언을 풍부히 취재했다고 하더라도 이 작품 속 공장과 직공들의 삶은 지나칠 정도로 선명하다. 평론가들에게 "루네이가 그리는 공장은 지난 시절 중국의 축도"라는 평을 들었을 정도로 깊이 있는 전형성까지 확보했다. 이것은 지극히 당연한 일이다. 한때 공장은 작가 루네이의 삶의 터전이었기 때문이다.

2

루네이는 직공, 영업 사원, 창고 관리자, 경리, 웹 디자이너, 라디오방송국 앵커, 광고 회사 직원 등 10여 가지 직업을 전전했다. 그중 진정한 '직업'이라고 할 만큼 오래 일한 것은 직공과

광고 회사 직원이었다. 고향 쑤저우의 설탕 공장에서 5년, 쑤저
우와 상하이의 광고 회사에서 12년을 일했다. 하지만 여섯 권에
달하는 그의 장편소설은 모두 공장 이야기만을 다루고 있으며
그의 광고 회사 경력과는 무관하다. 그가 청춘의 대부분을 보낸
공장에서의 경험이 그만큼 강렬했기 때문이다. 그래서 문단에서
는 그를 '공장소설가' 혹은 '성장소설가'라는 닉네임으로 부르곤
한다.

1989년 중학교 3학년이었던 루네이는 일반 고등학교에 진학
하려 했다. 하지만 평생을 공장에서 보낸 아버지는 그에게 "공업
고등학교를 졸업하고 공장에 들어가라. 그러면 내가 야간 대학
에 보내주마. 야간 대학을 나오면 어쨌든 대졸자가 아니냐?"라
고 권했다. 당시 공장들은 대부분 국영 기업이었고 사람들은 국
영 기업에 다니는 것이 대학에 가는 것보다 못하지 않다고 여겼
다. 그래서 루네이는 자기가 베이징 대학이나 칭화 대학에 들어
갈 실력도 못 되니 아버지의 뜻을 따르는 것도 괜찮다고 생각했
다. 하지만 아버지가 정해준 공업고등학교 입시에서 그는 커트
라인을 넘었는데도 떨어졌다. 나중에 알고 보니 '뒷문'으로 들어
온 다른 학생들에게 밀린 것이었다. 어쩔 수 없이 그는 직업 기
술 학교에 가야 했고 그곳을 나오자마자 아버지의 옛 동료가 부
공장장인 설탕 공장에 들어갔다.

그 낡은 설탕 공장은 어딜 가나 폭발의 위험이 있었다. 나중에

그는 "모두가 군사 전문가처럼 폭발의 규모를 계산하고 있었어요"라고 회고했다. 어떤 동료는 대형 가마의 뚜껑을 수리하다가 가마가 폭발하는 바람에 200~300미터를 날아갔다고 한다. 그곳에서 그는 주로 전기 설비의 수리와 관리를 맡아 일하면서 점차 생활에 적응했다. 한번은 멀리 떨어진 배전실에서 밤샘 근무를 하다가 깜박 잠이 들었는데 공장 간부가 근무 확인을 하려고 담을 넘어왔다가 그를 적발했다.

"왜 근무 시간에 잠을 자는 거지? 공장 수칙을 어겼으니 수당을 깎겠다!"

하지만 간부의 날선 위협 앞에서도 그는 끄덕도 하지 않았다.

"배전실 담을 넘는 것도 수칙 위반인 걸 모르세요? 당신도 수당을 깎아야 해요!"

이처럼 루네이는 닳고 닳은 직공이 되었지만 문학은 늘 그의 벗이었다. 학창 시절에는 세계 명작을 읽었고 공장에 다닐 때는 무료할 때마다 문학잡지를 들추곤 했다. 마침 1980년대 말부터 1990년대 초반은 중국 현대문학의 생명력이 가장 왕성했던 시절이었다. 독서 이력이 쌓이면서 어느 순간부터 그는 시와 소설을 끼적이기 시작했다.

마침내 그는 공장을 그만두었다. 문학이라는 것에 자신을 걸어보기로 하고 일 년간 집에 틀어박혀 장편소설 쓰는 일에 매진했다. 하지만 그것은 무척 고통스러운 경험이었다. 아무것도 쓰지 못했고 심지어 어떤 방향으로 써야 할지도 몰랐다. 가장 견디기 힘들었던 것은 적막함이었다. 그가 살던 쑤저우에는 그와 교감을 나눌 만한 젊은 작가들이 전무했기 때문이다. 어쩔 수 없이 집에서 원고 더미만 앞에 두고 끙끙대고 있으면 가끔씩 어머니가 등 뒤에서 몇 마디 물을 뿐이었다. 게다가 생계에 대한 압박이 점점 심해지면서 그는 결국 최초의 글쓰기 시도를 포기해야만 했다.

1998년, 루네이는 광고업에 입문했다. 영업 사원이 되어 매일 일을 따내려 출장을 다니면서 자연히 글쓰기를 그만두었다. 4년 뒤, 직장도 쑤저우에서 상하이로 옮겼다. 그런데 당시 상하이에서는 인터넷이 발달하기 시작해 그는 친구를 사귈 필요가 없어졌다. 매일 게임방에 가듯 회사 컴퓨터로 인터넷을 하면서 시와 소설을 쓰는 네티즌을 무수히 사귀었다. '루네이'도 원래 그가 자주 이용하던 문학 사이트의 아이디였다. 그러면서 그는 다시 글쓰기를 해봐도 괜찮겠다는 느낌이 들었다. 시와 단편소설을 습작하면서 점차 감각을 회복하기 시작했다.

그러다가 2006년 6월, 어머니가 그를 보러 상하이에 왔다가 뇌경색으로 쓰러져 세상을 떠났다. 그는 6월 한 달을 꼬박 어머니의 상을 치르며 보냈다. 그리고 7월에는 독일에서 열린 월드컵 경기에 푹 빠졌다. 잠을 설쳐가며 단 한 경기도 빼놓지 않고 관전했다. 그리고 8, 9월부터 어떤 희한한 상태를 경험하기 시작했다.

"자꾸 옛날 일들이 떠오르더군요. 아내에게도 얘기해본 적이 없는 일들이 냄새, 색깔까지 되살아나서 글을 쓸 때면 하나로 뭉쳐졌어요."

그는 아무 일도 하고 싶지 않았다. 그해의 남은 시간을 한 권의 소설을 쓰는 데만 매달렸다. 매일 출퇴근길의 버스와 지하철에서도 그는 이야기를 구상했다. 막 집을 샀고 또 어머니의 장례까지 치른 터라 경제적인 여유가 없었다. 그래서 집에 컴퓨터가 한 대밖에 없었는데 아내도 그것으로 다른 일을 해야만 했다. 그는 어쩔 수 없이 아내가 잠든 뒤에야 담배를 피우며 그 낡은 컴퓨터를 두드렸다. 이미 잊고 있던 많은 기억이 글쓰기를 통해 되살아났다.

두 달 만인 12월 초, 18만 자짜리 장편소설 『소년 바빌론』이 탄생했다. 그제야 그는 자신이 작가가 될 수 있다는 확신이 들었다. 두 번째 장편인 『그녀를 쫓는 여정』은 더 빨리 썼다. 이듬해인 2007년, 그는 유명 문학잡지인 『수확』에 그 두 권의 장편소설을 연이어 연재했다. 하늘에서 떨어진 듯한 이 신예 작가의 갑작스러운 등장에 많은 사람이 경악을 금치 못했다.

3

그 후로 8년간 루네이는 다섯 권의 장편소설을 발표했다. 하지만 고료와 인세 수입은 보잘것없었고 사실 그 자신도 작가로서 생계를 유지할 만한 수입이 되리리곤 기대하지 않았기에 계속 직장을 다니면서 소설을 썼다. 하지만 그사이 문단에서 그에 대한 평가는 계속 높아졌다. 예를 들어 중국을 대표하는 여성 작가인 왕안이王安憶는 루네이 소설의 장점이 "청춘에 관해 쓰는 동시에 알게 모르게 1990년대 사회 변동기에 공장에서 나타난 모순과 세태와 인심을 다루면서 그것들을 관념의 선행이나 인위적 의도 없이 여유로우면서도 자연스럽게 표현한 데 있다"라고 칭찬했다.

이런 평가의 배경에는 당시까지 그가 발표했던 소설들이 거의 예외 없이 청춘과 공장을 키워드로 삼아 1970년대 생인 한 젊은이가 기술학교를 다니다가 공장에 들어가 일하는 방황의 세월을 소재로 삼았기 때문이다. 그는 끈질기게 자신의 성장기를 소설화하며 그 시절의 기억과 그 청춘의 에너지를 문자로 남기려 했다. 그것은 동시에 여느 다른 작가들처럼 창작 초기에 성장소설의 방식으로 자신의 경험과 기억의 트라우마를 다 해소하고 진정한 이야기꾼으로 재도약하기 위한 준비의 과정이기도 했다.

4

2016년 6월, 루네이는 자신의 소설 입문 10년을 기념하는 여섯 번째 장편 『자비』를 발표했다. 이 소설에서 그는 처음으로 글쓰기의 초점을 자신의 세대가 아닌 아버지의 세대로 돌렸다. 반세기에 걸쳐 전개되는 쉬성, 건성, 위성 등 평범한 인물들의 결코 평범치 않은 삶을 간결하게 절제된 문체로 묘사하여 시대의 변화와 사회 운동의 충격 속에서 중국과 중국인이 겪었던 성장과 아픔을 들춰냈다.

루네이의 이런 문학적 변화를 중국 문단은 긍정적으로 받아들였다. 그래서 그는 2016년 중국어문학매체상의 '올해의 소설가 상'을 수상했다. 이 상은 마오둔 문학상, 루쉰 문학상과 함께 오늘날 중국 문학을 대표하는 권위 있는 문학상이다. 수상 소감에서 그는 뜻밖의 영광임을 강조하면서 이렇게 말했다.

"저는 『자비』의 글쓰기가 비교적 절제되어 있고 실험적인 서사와는 거리가 멀며 제재도 리얼리즘의 틀 안에 있다는 것을 알고 있습니다. 보통 문학계는 문체나 서사 면에서 실험적인 작품을 높이 평가하기 때문에 저는 주목을 받을 줄은 몰랐습니다. 하지만 저는 이 이야기가 좋았고 이것을 쓰고 싶은 욕망에 저항할 수 없었습니다. 그래서 결과가 어떨지는 그리 고려하지 않았습니다."

그리고 어째서 과거에 쓴 '성장소설'과 다른 방식의 글쓰기를 택했느냐는 어느 기자의 질문에는 이렇게 답했다.

"『자비』의 제재 자체가 기발한 서사적 기교와는 맞지 않아 스스로 절제된 방식을 택한 듯합니다. 작중 인물이 자신의 운명을 선택하듯 소설도 자신의 적합한 언어를 선택하는 거죠."

이제 루네이에게 글쓰기는 문학을 애호하는 한 직장인의 '취미'나 '중독'이 아니다. 2, 3년 전에 그는 직장을 그만두고 전업 작가의 길로 들어섰다. 비로소 문학에 삶과 생계를 동시에 걸기로 마음먹은 것이다. 『자비』가 스스로 적합한 언어를 선택한 것처럼 비로소 그의 인생도 스스로 적합한 삶의 형태를 찾아갔다.

2015년, 그는 유수한 영화사와 감독 및 극작 계약을 맺고 새로운 도전을 감행하기도 했다. 그의 첫 장편 『소년 바빌론』의 영화화 작업이었다. 그는 영화 연출이 소설 쓰기와는 전혀 다른 성격의 일이라면서 "글쓰기는 개인적인 일이고 형식적으로 단순하지만 감독은 형식적으로 복잡해요. 때로는 예술가 같고, 때로는 공장장 같죠"라고 고충을 털어놓기도 했다. 하지만 이 영화는 2015년 상하이 국제영화제 최우수신인감독상, 2016년 베이징 대학생영화제 최우수 데뷔 작품상을 수상했고 2016년 최종 박스오피스 309만 명을 기록했다. 소규모 문예 영화로서는 작지 않은 성과였다.

루네이는 그것이 소설이든 영화든 다음 행보를 통해 어떤 작품 세계를 보여줄지 기대하게 만드는 작가다. 그는 간단치 않았던 자신의 삶의 역정과 중국인들의 지난했던 과거 속에서 인상적인 제재를 택해 숨을 불어넣고 스스로 입을 떼게 만드는 재주가 있기 때문이다. 그 입에서 나오는 유장한 숨결과 다채로운 이야기에 나는 계속 가만히 귀 기울이고 싶다.

2017년 9월 19일

김택규

자비

초판 인쇄	2017년 11월 13일
초판 발행	2017년 11월 20일

지은이	루네이
옮긴이	김택규
펴낸이	강성민
편집장	이은혜
편집	박은아 곽우정 김지수 이은경
편집보조	임채원
마케팅	이연실 이숙재 정현민
홍보	김희숙 김상만 이천희

펴낸곳	(주)글항아리	출판등록 2009년 1월 19일 제406-2009-000002호
주소	10881 경기도 파주시 회동길 210
전자우편	bookpot@hanmail.net
전화번호	031-955-8891(마케팅) 031-955-1936(편집부)
팩스	031-955-2557

ISBN	978-89-6735-459-6 03820

글항아리는 (주)문학동네의 계열사입니다.

이 도서의 국립중앙도서관 출판시도서목록(CIP)은 서지정보유통지원시스템 홈페이지
(http://seoji.nl.go.kr)와 국가자료공동목록시스템(http://www.nl.go.kr/kolisnet)에
서 이용하실 수 있습니다. (CIP제어번호: CIP2017029255)